SV

J. M. Ilves

BORDERTOWN
Der Puppenmeister

Kriminalroman

Aus dem Finnischen von
Anke Michler-Janhunen

Suhrkamp

Die finnische Originalausgabe erschien 2016 unter dem Titel
Sorjonen – Nukkekoti
bei Gummerus Publishers, Helsinki

Der Verlag dankt FILI – Finnish Literature Exchange
für die Förderung der Übersetzung.

F I
L I

Erste Auflage 2017
suhrkamp taschenbuch 4820
Deutsche Erstausgabe

Umschlagabbildung: Arcangel / David & Myrtille;
FinePic©, München; Getty images
Umschlaggestaltung: zero-media.net
Druck und Bindung: CPI – Ebner & Spiegel, Ulm
Printed in Germany
ISBN 978-3-518-46820-3

Der Puppenmeister

PROLOG

Ein totes Mädchen. Bekleidet mit einem Nachthemd liegt sie in ihrem Bett.

Jemand hat sie dorthin gelegt. Ihre Haare sind hübsch gekämmt, die Hände auf der Brust gefaltet. Das Zimmer ist in halbdunkles Licht getaucht, die Vorhänge sind zugezogen. Es riecht muffig. Irgendwas an diesem Geruch passt nicht in ein Kinderzimmer, etwas Süßliches, Stechendes. Alles in mir schreit danach, das Zimmer so schnell wie möglich zu verlassen, doch das geht nicht. Da könnte ich genauso gut kündigen.

Ich trete neben das Bett und hocke mich hin. Der Geruch ist jetzt stärker. Und wie erwartet lassen die ersten Symptome nicht lange auf sich warten: Mein Herz schlägt unkontrolliert, mein Mund ist trocken, und meine Hände zittern. Von Mal zu Mal wird es schlimmer. Wenn ich Glück habe, sieht keiner zu mir rüber, und ich überstehe es auch dieses Mal unbemerkt.

Ich schließe für einen Moment die Augen.

In den letzten Monaten musste ich immer öfter über die Begegnung mit dem Tod und den Abgründen der menschlichen Natur nachdenken. Im Laufe meiner Dienstjahre habe ich so viel davon abbekommen, dass die Folgen sich inzwischen bemerkbar machen. Als ob man permanenter radioaktiver Strahlung ausgesetzt ist. Jede Kontamination macht mich schwächer und ausgebrannter. Und es kommt mir so vor, als opfere ich mich ganz umsonst. Die Welt rast auf eine immer schwärzer werdende Dunkelheit zu, und mein Handeln hat nicht den geringsten Einfluss darauf.

Und das Schlimmste daran ist, dass ich nicht nur mich, sondern auch meine Familie opfere.

Ich schlucke und versuche, die störenden Gefühle zu verdrängen, während ich mich wieder auf das Mädchen konzentriere. Jede Einzelheit prägt sich mir ein. Unauslöschbare Bilder auf der Netzhaut. Die Augen mit Zwirnfaden zugenäht, ebenso der Mund. Die Stiche wie kleine schwarze schräge Striche auf der hellen Haut. Sauber ausgeführt, wie mit der Nähmaschine gesteppt. Es ist kaum Blut zu sehen. Vielleicht sind die zu nähenden Stellen zuvor betäubt worden, um starke Blutungen zu verhindern. Der Täter ist ganz klar psychotisch, verfügt wahrscheinlich über medizinische Kenntnisse. Eine Krankenschwester? Oder ein Arzt? Ich schaue auf die Ohren des Mädchens. Sie sind mit Wachspfropfen verschlossen, und in jedem steckt eine Nadel. Der Anblick ist absurd. Alles, was mit diesem Kind getan wurde, ist mit neurotischer Sorgfalt und äußerst akribisch ausgeführt worden, auf perfide Weise liebevoll. Das Ganze ist komplett verrückt.

Ruckartig schnelle ich nach oben. Mein Körper wehrt sich mit jeder Faser, die Symptome brechen mit voller Wucht hervor. Ich bin dem Ersticken nahe. Alles wird unwirklich, so als ob ich in einen bodenlosen schwarzen Schacht falle. Ich stehe auf und wanke mit unsicheren Schritten zum Fenster, um die kleine Lüftungsluke zu öffnen. Jemand fragt, ob alles in Ordnung sei. Die Stimme klingt weit weg, ich fühle mich wie unter Wasser. Mit beiden Händen klammere ich mich am Fensterrahmen fest und sauge meine Lunge voll mit frischer Luft.

Ich weiß nicht, wie viel Zeit verstreicht. Vielleicht eine Minute, vielleicht auch fünf. Langsam lässt der Anfall nach, und ich beginne wieder klarer zu sehen. Das Zimmer ist voller Kollegen und Uniformierter. Ich werde gefragt, nach was sie suchen sollen, das Haus sei bereits von oben bis unten auf den Kopf gestellt worden. Ich werfe sie alle raus und brülle ihnen hinterher, mich gefälligst in Ruhe zu lassen. Das Zimmer leert sich schnell.

Was wir bislang wissen: Den Vater des Mädchens hat man erreicht, er kann es nicht gewesen sein. Die Mutter dagegen ist verschwunden und steht im Verdacht, die Tat begangen zu haben. Allerdings glaube ich das keine Sekunde lang, das ist zu simpel gedacht. Nichts im Vorfeld oder in ihrem Verhalten während der letzten Tage lässt darauf schließen.

Ich wische mir den kalten Schweiß von der Stirn, atme tief durch und kehre zum Bett zurück, auf der Suche nach weiteren Details.

Auf dem Tisch ist ein Foto, auf dem die Eltern mit dem Mädchen zu sehen sind. Die Mutter hat braune Haare und blaue Augen, ebenso der Vater. Das Mädchen hat braune Augen und blonde Haare. Ist sie adoptiert? An der Wand über dem Bett sind Zeichnungen. Mit viel Klebeband befestigt, die Blätter hängen schief. Das Mädchen hat sie wohl selbst angeklebt. Auf der neuesten Zeichnung, quer über die anderen gehängt, lächelt eine blonde Frau. Sie steht am oberen Ende einer langen Treppe, hinter ihr ein kleiner Raum mit einem Fenster und einem Bett.

Ich werfe einen letzten Blick auf das Mädchen. Sie sieht nichts, hört nichts und sagt nichts mehr. Was immer sie wusste, sie kann es nicht mehr erzählen.

Plötzlich fügen sich die Puzzleteile zu einem Ganzen.

Ich gehe zur Tür und schicke die Uniformierten auf den Dachboden. Ein Poltern ist zu hören. Jemand ruft, die Bodenkammer sei leer, dort befänden sich nur ein Bett und die Sachen des Kindermädchens der Familie. Ich befehle den Männern weiter zu suchen. Irgendwas muss dort oben sein, ich weiß es. Ich höre die Männer fluchen, Möbel werden zur Seite geschoben und Wände im Licht der Taschenlampen abgeklopft.

Während die Suche andauert, gehe ich alles noch einmal durch. Meine Schlussfolgerung erscheint mir mit jeder Sekunde zwingender. Es muss so gewesen sein.

Die Mutter ist die Täterin.

Nicht die Frau von dem Familienfoto, sondern die biologische Mutter, eine Frau mit blonden Haaren. Das Kindermädchen. Sie wollte bei ihrer Tochter sein und konnte ihr irgendwann die Wahrheit nicht länger verheimlichen. Doch jetzt kann das Mädchen sie nicht mehr entlarven.

Ich bin mir sicher, dass die Mutter noch im Haus ist, sie hätte ihre Tochter niemals verlassen. Sie liebt sie doch, auf ihre eigene kranke Weise, mehr als irgendwas sonst. Sie hat ihr Kind geopfert.

In diesem Moment wird es still auf dem Dachboden. Das Klopfen bricht abrupt ab, dann folgt aufgeregtes Gemurmel. Offensichtlich haben sie hinter der Seitenwand etwas gefunden. Noch mehr Uniformierte stürmen nach oben. Dann die Geräusche einer Festnahme: hastige Schritte, ein Handgemenge, Warnrufe und der markdurchdringende Schrei einer Frau.

Dann endlich Stille.

1

An der Eingangstür zur Station bleibe ich einen Moment lang stehen. Diese Tür ist wie ein Tor in eine andere Welt, in der alles schwerer ist. Laufen, sprechen, atmen. Auf allem liegt ein zusätzliches Gewicht. Es drückt mich zu Boden, und nur mit Mühe gelingt es mir, den Kopf oben zu behalten.

An der Glastür die bekannten Zettel: Besuchszeiten, der obligatorische Hinweis zur Händedesinfektion und die Warnung vor einer grassierenden Magen-Darm-Grippe. Außerdem hat jemand passend zur Jahreszeit noch zwei rote Wichtel dazugeklebt. Die Ecken sind umgeknickt, die Farben nachgedunkelt, auf der Pappe finden sich Spuren von Klebeband und alten Klebepads. Vermutlich schon vor Jahren ausgeschnitten, die Schere eher stumpf. Oft wiederverwendet, an verschiedenen Orten und auf unterschiedlichen Oberflächen. Auch in Kerzennähe, wie die Wachsspritzer auf einer der Zipfelmützen verraten.

Ich spiele auf Zeit, es ist beschämend das festzustellen.

»Hallo«, sagt jemand hinter mir. Ein bekannter Pfleger auf dem Weg zurück auf die Station. Er öffnet die Tür und hält sie mir auf.

»Danke«, sage ich. »Schöne Wichtel.«

»Ja, auch hier ist Weihnachten«, sagt der Pfleger mit einem kurzen Lachen und geht weiter.

Ich nicke und halte die Hände unter den Pumpspender mit dem Desinfektionsmittel. Ich reibe das Mittel in meine Handflächen und gehe den langen, von Patientenzimmern gesäumten Flur entlang. Mir schlägt der altbekannte klimatisierte Geruch entgegen, eine Mischung aus Desinfektionsmittel, Krankenhausessen, Medikamenten und Linoleum. Und ein schwacher Hauch von Menschen – Gerüche, die davon zeugen, dass hinter den nummerierten Türen Kranke liegen.

Zwei mit Wichtelmützen bekleidete Schwestern kommen mir entgegen. Ich gebe mir Mühe, ihr Lächeln zu erwidern, aber das Ergebnis ist nicht sehr überzeugend. Dann stehe ich vor der richtigen Tür, Nummer zwölf. Pauliinas Zimmer.

Vorsichtig öffne ich die schwere Tür und trete ein. In dem kleinen Zwischenraum pumpe ich mir noch mehr Desinfektionsmittel auf die Hände, obwohl das alte noch nicht mal getrocknet ist. Das Zimmer ist erfüllt vom üblichen grünlichen Dämmerlicht. Die Sonne erreicht die Fenster hier nie, und die Jalousien sind fast ganz geschlossen.

Da bemerke ich Janina. Sie sitzt halb schlafend und in eine blaue Krankenhausdecke gewickelt auf einem Stuhl in der Ecke.

»Du bist ja noch hier«, wundere ich mich.

Janina schreckt auf, legt den Finger an die Lippen und flüstert: »Mutter schläft.«

»O Mist«, flüstere ich zurück, »tut mir leid.«

Pauliina bewegt sich und schluckt. Ich gehe zum Bett und kann Janinas anklagenden Blick deutlich auf meinem Gesicht spüren.

»Mutter wird noch ein paar Tage müde sein«, sagt sie. »Das ist aber ganz normal. Ich habe mit der Krankenschwester gesprochen.«

»Ja, es war ein großer Eingriff. Und eine lange Narkose.«

Ich betrachte Pauliinas Gesicht. Es ist noch geschwollen, aber schon deutlich weniger als direkt nach der Operation. Sie sieht nicht mehr ganz so fremd aus wie in den ersten Tagen danach. Um den Kopf hat sie einen festen Verband, und in der Kanüle auf dem Handrücken steckt ein Schlauch. Kochsalzlösung, die Medikamente wurden ausgesetzt.

Pauliina öffnet die Augen und sieht mich an.

»Hallo«, sagt sie mit heiserer Stimme. »Sie haben dich also gehen lassen.«

Ich würde ihr gern die Hand drücken, traue mich aber nicht, die Kanüle zu berühren. Die andere Hand liegt unter der Decke versteckt. Nach kurzem Zögern streiche ich ihr etwas unbeholfen über den Knöchel, der in einem Krankenhausstrumpf steckt.

Dann drehe ich mich zu Janina um: »Möchtest du dir nicht ein bisschen die Beine vertreten? Du könntest unten am Automaten eine Cola holen.«

»Für dich?«

»Nein, für dich.«

Doch Janina lehnt ab, sagt, sie habe gerade erst im Aufenthaltsraum einen Tee getrunken. Also muss ich ihr wohl oder übel gestehen, dass es nur ein Vorwand war und ich gern einen Augenblick mit meiner Frau allein sein möchte.

»Ziemlich billiger Trick«, zischt Janina leicht verärgert und steht betont langsam auf. Sie bleibt vor mir stehen und hält mir ihre Hand mit der Handfläche nach oben hin. Ich weiß nicht, was diese Geste bedeuten soll, und schlage ein.

»Was war das?«

»Low five.«

Janina schüttelt den Kopf. »Manchmal wundere ich mich, wie du bei der Kripo sein kannst. Ich wollte keinen Handschlag, sondern Geld für den Automaten.«

Ich krame in der Seitentasche meiner Jacke und klaube ein paar Münzen heraus.

Pauliina wartet, bis sich die Tür hinter Janina schließt. Dann sieht sie mich besorgt an. »Ist was passiert?«, fragt sie.

Ich weiß nicht recht, wie ich anfangen soll, aber ich muss es jetzt sagen, das ist der richtige Moment. Darüber zu sprechen fällt mir allerdings schwerer, als ich erwartet hatte. Ich merke, wie mein Blick ausweicht und Pauliinas Miene immer besorgter wird. Dann ziehe ich mir einen Stuhl heran, setze mich und versuche, einen unbekümmerten Ton anzuschlagen, doch meine Stimme trieft vor Gefühlen.

»Ob Janina wohl einverstanden wäre«, setze ich stockend an, »mit uns wegzuziehen?«

»Wegziehen, aus Helsinki? Wohin?«

»Weit weg.«

Pauliina sieht mich lange an und schweigt.

Ich werde unruhig und beginne nervös zu blinzeln. »Hier drin ist ganz trockene Luft«, sage ich ausweichend. Mein Versuch zu lächeln gelingt nur kläglich.

»Du hast das Mädchen gefunden.«

Das war eine Feststellung, keine Frage. Pauliina ist gut, besser als mancher meiner Kollegen. Sie sieht mich forschend an.

»Du möchtest schon wieder nicht reden. Es wäre aber besser, wenn du mehr über berufliche Dinge sprechen würdest, Kari, das täte dir gut.«

»Es gibt nichts zu erzählen.«

»Ich würde es aushalten. Du hast mich doch auch bei alldem hier unterstützt«, sagt sie und fasst sich an den einbandagierten Kopf.

Das Gespräch läuft in die falsche Richtung. Irgendwie muss ich versuchen, es wieder in die richtige Bahn zu lenken. Hin zum Wesentlichen.

»Der Schuldige ist gefunden. Ein stinknormaler Tag. Aber was ist jetzt mit meinem Vorschlag?«

»Was soll damit sein?«

Ich beginne, alle möglichen Gründe für den Umzug aufzuzählen. In meinem Kopf schien alles ganz klar, aber jetzt, Pauliina gegenüber, gleitet mir das ganze Bündel an sorgfältig zurechtgelegten Gedanken auseinander. Ich klinge unsicher und unentschieden. Dabei war ich mir einer Sache noch nie so sicher.

»Nicht nur wegen deiner Reha«, stottere ich, »sondern für uns alle. Für mich, für Janina und für dich, für unsere Familie. Ich könnte mehr Zeit mit euch verbringen. An einem anderen Ort wäre die Arbeit ... ich weiß nicht ... weniger aufreibend. Entspannter. Vielleicht.«

Pauliina antwortet nicht, aber ihr Gesichtsausdruck ist ermutigend und warm. Verständnisvoll.

»Ich dachte an dein altes Elternhaus«, fahre ich fort. »Das ist doch noch gut in Schuss.«

Pauliinas Hand senkt sich auf meine. Dabei wird mir plötzlich bewusst, wie fest ich das Bettgestell umklammert halte, meine Finger sind schon ganz weiß. Ich lockere den Griff.

»Lass uns mit Janina sprechen«, sagt Pauliina.

In ihrem Augenwinkel ist eine Träne. Ich bemerke sie, bevor sie sie wegwischen kann.

»Trockene Luft«, sagt sie. Und zum ersten Mal seit sehr langer Zeit sehe ich sie lächeln.

2

Seit wir Luumäki passiert haben, wächst meine Begeisterung für die Landschaft immer mehr. Die Sonne scheint, wir sind auf der Staatsstraße Nummer 6 von Helsinki Richtung Nordosten unterwegs, der Asphalt singt unter den Rädern. Ich fühle mich wie früher als Kind zu Beginn der Sommerferien: leicht und unbeschwert und bereit für neue Abenteuer.

Vor uns liegt eine neue Lebensphase, alles Schwere scheint Kilometer für Kilometer zurückzubleiben. Ich erinnere mich nicht, wann ich zuletzt so gelöst und entspannt war. Seit Jahren nicht, möglicherweise seit Jahrzehnten. Auf jeden Fall nicht seit dem Ausbruch von Pauliinas Krankheit. Ich schaue zu ihr hinüber. Die kurzen Haare stehen ihr gut, sie sieht jünger aus. Ihre Genesung verläuft vielversprechend.

»Seht doch nur diese herrlichen Wälder!«, rufe ich beinahe überschwänglich. »Man möchte am liebsten darin eintauchen!«

»Mmmh, genau das denken meine Freunde auch. Dass ich in den Wäldern Kareliens verschwinde«, motzt Janina leicht missmutig von der Rückbank.

»Du kannst ja nach dem Gymnasium zurück nach Helsinki ziehen.«

»Falls ich nicht vorher von einem Bären gefressen werde. Oder von einem Vielfraß.«

Janina gibt sich grimmig, aber ihre Stimme klingt eher

scherzhaft. Etwas Spott gehört wohl dazu. Nachdem sie sich unseren Plan vom Umzug angehört hatte, ließ sie sich ohne nennenswerte Gegenwehr darauf ein, zumindest die meiste Zeit. Das war eine ziemliche Überraschung, denn ich hatte mich eigentlich auf einen harten Kampf eingestellt.

Für eine Weile genießen wir schweigend die Fahrt immer weiter hinein in die wunderschöne karelische Landschaft, unserem neuen Zuhause entgegen. Endloses Wasser zu unserer Linken, lichtdurchflutete Wälder zu unserer Rechten. Da kommt mir eine Idee. Seltsam, dass ich nicht schon früher daran gedacht habe.

»Du kannst doch Janina und mir alles hier zeigen«, schlage ich vor. »Wir machen einen Stadtrundgang und Ausflüge, und du zeigst uns Häuser, in denen es spukt, die schönsten Badeplätze und die besten Grillkioske. All so was!«

Pauliina wirkt überrascht. »Ihr kennt doch die Stadt«, sagt sie. Als ihre Mutter noch lebte, waren wir schließlich öfter hier.

»Aber nur von Besuchen.«

»Na ja«, willigt Pauliina ein und fügt nach einer kurzen Pause hinzu: »Als Schülerin habe ich im Sommer oft als Stadtführerin gearbeitet. Es gibt durchaus ein paar abgelegene Ecken und versteckte Winkel zu entdecken. Und der ein oder andere Abgrund sollte auch für dich dabei sein.«

Jetzt scheint auch Janinas Interesse geweckt, und die beiden prusten los. Ich finde das allerdings nicht gerade zum Lachen. Von Abgründen habe ich mehr als genug.

»Du hast doch bestimmt noch Kontakte in der Stadt«, sage ich stattdessen. »Vielleicht springt da auch für dich bald eine Stelle raus.«

Darauf antwortet Pauliina nicht, sondern betrachtet nur schweigend die Landschaft. Vielleicht bin ich zu enthusiastisch. Schließlich läuft die Reha noch.

»Wir brauchen nichts zu überstürzen«, lenke ich ein. »Wir haben ja den ganzen Sommer Zeit. Lasst es uns ruhig angehen.«

»Ruhig? Du fängst doch morgen schon an zu arbeiten!«

»Na, dann lasst ihr es eben ruhig angehen.«

»Indem wir die einhundert Umzugskartons auspacken?«

Ich drehe mich zu Pauliina. Aber die sieht mich nur an und grinst. Alles ist gut. An meiner Humorfähigkeit muss ich wirklich arbeiten.

Kurz darauf passieren wir den Abzweig zum Flughafen, den Janina mit den Worten »Gut zu wissen, dass man bei Bedarf schnell von hier wegkommt« kommentiert, und nur wenige Minuten später erreichen wir die Stadt. Eine große Werbetafel heißt die Besucher willkommen: »Lappeenranta – die Stadt der guten Menschen« steht darauf.

Ich fange lauthals an zu lachen. Hier ist wirklich alles gut.

3

Es war Abend geworden, und die Sonne verschwand gerade über dem russischen Nadelwald. Die Wände der Zollgebäude waren in ein schräg einfallendes, rötliches Licht getaucht. Am Grenzübergang Nuijamaa herrschte kein Andrang.

Ein Van passierte den Zoll in Richtung Finnland, beschleunigte und ordnete sich in den Verkehrsfluss ein. Auf der Seite des Wagens prangten große Werbeaufkleber mit der Aufschrift »Esacar«.

Esa Kuparinen, der Besitzer des Autohauses, hatte die Gestalt eines Bären mit einem leicht gebeugten Rücken. Er blickte in den Rückspiegel und musterte das Mädchen, das auf der Rückbank saß und die Landschaft mit einem gelangweilten Gesichtsausdruck betrachtete. Es war still im Auto. Schon eine lange Zeit, seit Wiborg hatte Katia kein Wort mehr gesprochen.

Wieder spürte Esa den Hass und das Misstrauen im Nacken, das ihm die Mädchen entgegenbrachten, die er hin und wieder mit seinem Auto kutschierte. Und auch diesmal störte es ihn maßlos. Er meinte es doch nur gut mit ihnen. Das war gewissermaßen seine Art, ihnen zu helfen. Er war das menschlichste Glied in der Kette, dessen war er sich sicher – schließlich war er schon lange genug dabei. Es schien nur keiner zu verstehen, und Esa gelang es einfach nicht, den Mädchen das klarzumachen. Zwischen ihm und seinen Passagieren gab es eine unsichtbare Hürde. Alle Gesprächsversuche prallten an ihren eisigen Schutzpanzern ab. Wobei die Sprachbarriere meistens das größte Hindernis war. Nur bei Katia war es anders: Sie sprach neben Russisch auch Finnisch mit einem kaum hörbaren Akzent. Ihre Mutter stammte aus Finnland. Doch allein um diese Information aus ihr herauszubekommen, hatte er reichlich Zeit und Mühe aufwenden müssen.

Die Stille machte ihn beinahe wahnsinnig. Er war daran gewöhnt, viel zu reden.

»Du, Katia«, begann er. »Hab ich dir schon gesagt, dass du meiner Tochter total ähnlich siehst? Nur ein bisschen älter.«

Katia schaute Esa durch den Spiegel in die Augen. »Jedes Mal.«

Der patzige Ton ließ Esa beleidigt den Blick abwenden. In seiner Magengrube fühlte er das bekannte Drücken: eine Mischung aus Erschöpfung, Teilnahmslosigkeit und kraftlosem Ärger, vielleicht auch ein wenig Reue. Als man ihm angeboten hatte, die Transporte zu übernehmen, hatte sich eine warnende Stimme in seinem Hinterkopf gemeldet, obwohl er da noch keinen Schimmer davon gehabt hatte, was kommen würde. Die Heimlichtuerei und die unabdingbare, fast drohend wirkende Verschwiegenheit hatten allerdings schon damals nichts Gutes verheißen.

Jetzt wusste Esa mehr. Und an manchen Tagen ertappte er sich bei dem Wunsch, gern weniger wissen zu wollen.

Aus einem Gefühl der Beklemmung heraus schüttelte er den Kopf. Das war ihm in letzter Zeit zur Gewohnheit geworden. Zuhause sprach ihn Liisa mittlerweile auch schon darauf an. Immer öfter drängte sie ihn am Abendbrottisch, er möge doch über seine Sorgen sprechen und nicht nur das

Essen schweigend in sich hineinschaufeln. Es musste ja offensichtlich etwas Ernstes sein, sonst würde er nicht unentwegt mit dem Kopf schütteln wie ein verrückt gewordener Wallach.

Esa konzentrierte sich auf die Vorteile der Vereinbarung, derentwegen er überhaupt eingewilligt hatte. Er wurde für seine Touren gut und am Finanzamt vorbei bezahlt. Die Geldscheinbündel, die er in den Räumen der Firma versteckte, hatten die Familie im vergangenen Jahr über Wasser gehalten. Doch in letzter Zeit schien auch das nicht mehr zu genügen. Es waren schwierige Zeiten.

Nur eines konnte Esas Laune aufhellen: Roosa. Schon allein der Gedanke an sie half ihm, sich innerlich wieder ein wenig aufzurichten und alle selbstmitleidigen Gedanken zu verscheuchen. Für seine Tochter würde er alles tun. Für sie war er zu allem bereit, zumindest zu fast allem.

Wenn er gründlich darüber nachdachte, dann half er genau genommen auch anderen Kindern, zumindest denen, die er kutschierte. Denn Kinder waren sie irgendwie alle noch, wenn auch nicht mehr so jung wie seine Roosa. Und doch schnürte es Esa bei manchen die Kehle zu. Wenn er nicht zugestimmt hätte, die Fahrten zu übernehmen, wer weiß, was für ein Unmensch es dann getan hätte.

Esa holte tief Luft. Dann beugte er sich über den Beifahrersitz, nahm einen Briefumschlag aus dem Handschuhfach und reichte ihn zwischen den Sitzen hindurch nach hinten. Katia nahm ihn und schüttelte zögernd eine Tablette auf ihre Handfläche. Mehr war nicht in dem Umschlag.

Katia hielt die Tablette zwischen zwei Fingern und betrachtete sie. Sie sah aus wie immer – klein und weiß, ein paar eingekerbte Buchstaben und Zahlen. So eine bekam jedes Mädchen, hatte Esa ihr gesagt. Der Wirkstoff betäubt den Geist und lässt die Augenlider schwer wie Blei werden, aber er beruhigt auch. Sorgen und Ängste lösen sich in einem weichen Nebel auf.

Katia hatte einen ernsten Ausdruck in den Augen, sie schien nachzudenken. Es war schon ihr vierter Auftrag, aber das ganze Rundherum fand sie immer noch seltsam. Das Prozedere bestimmten andere, und sie hatte keinerlei Möglichkeit, auf die Dinge Einfluss zu nehmen. Sie war wie eine willenlose Fracht, und das fühlte sich nicht gut an.

Sie versuchte sich zu beruhigen und ging den Abend und die zu erwartenden Ereignisse durch. Die Jobs liefen immer nach dem gleichen Muster ab, und diese Vorhersehbarkeit barg zumindest einen leichten Trost. Vor den Schmerzen fürchtete sie sich nicht, zum Glück war sie davon bislang weitestgehend verschont geblieben. Das Schlimmste war das Warten. Das Zweitschlimmste das Gefühl danach, wenn alles vorbei war. Da war keine Erleichterung darüber, alles überstanden zu haben, und auch keine Freude über das verdiente Geld. Es war ein dumpfes Gefühl, das einer leblosen Landschaft glich, öde und fremd, und das tagelang andauerte.

Katia hoffte, dass nur Matias dort sein würde. Sie hatten sich ein paarmal unterhalten. Matias war jung und unverkrampft, nicht so übermäßig bemüht wie Esa.

Beim zweiten Mal war noch ein anderer Mann da gewesen. Er war die ganze Zeit über im Hintergrund geblieben und hatte darauf geachtet, dass Katia ihn nicht zu sehen bekam. Doch er hatte ihr Angst eingejagt. Seine Anwesenheit war die ganze Zeit über spürbar. Er hatte so eine wortlose und menschenverachtende Bedrohung ausgestrahlt. Wie in einem Albtraum, in dem der Peiniger im Abseits lauert. Auch Matias war nervös geworden und hatte sich wie ein unterwürfiger Kriecher verhalten. Dieser Mann hatte offensichtlich Macht über ihn.

Esa blickte ungeduldig in den Rückspiegel. »Nun nimm sie schon. Damit sie rechtzeitig wirkt.«

Katia zuckte zusammen. Sie hielt die Tablette immer noch zwischen ihren Fingern.

»Wie alt ist sie?«, fragte sie.

»Wer?«

»Deine Tochter, Roosa.«

»Zehn. Aber bitte nimm jetzt die Tablette!«

Der Van fuhr an einem Haus vorbei, dem Hauptgebäude einer Ferienhaussiedlung am Ufer des Saimaa-Sees, und bog dann in einen schmalen Weg ein. Die Lichter huschten über den sandigen Boden und die Zweige der dicht am Wegesrand stehenden Bäume. Nach der letzten Kurve erreichten sie ein stattliches, erst vor wenigen Jahren errichtetes Blockhaus. Neben der Tür war ein beleuchtetes Schild befestigt, auf dem die Nummer 66 eingraviert war.

Esa parkte den Wagen und drehte sich zu Katia um. Sie schien eingenickt zu sein.

»Wir sind da«, sagte er zu ihr, doch Katias Augen blieben geschlossen.

Auf der Veranda des Ferienhauses erschien ein junger Mann in Lederjacke. Esa stieg aus und nickte ihm zu. Dann öffnete er die hintere Tür und rüttelte Katia vorsichtig an der Schulter. Sie öffnete die Augen und blickte benommen um sich.

»Lass uns gehen«, sagte Esa. »Matias wartet schon.«

Er griff nach Katias Arm und half ihr aus dem Auto.

»Ihr habt das Mittel offensichtlich schon genommen«, stellte Matias zufrieden fest.

»Vor etwa einer halben Stunde«, antwortete Esa und half Katia die Treppe hinauf.

Matias nahm sie entgegen und führte sie hinein, während Esa etwas hilflos auf der Veranda zurückblieb. Die Tür fiel direkt vor seiner Nase ins Schloss.

»Na dann fahre ich mal wieder«, sagte er zu sich selbst.

Katia blieb benommen, wie sie war, mitten in dem großen Raum stehen. Die Tür des einen Schlafzimmers war geschlossen, die des anderen stand offen.

»Ihr seid heute zu zweit«, sagte Matias. »Valentina ist auch hier.«

Katias Gesichtsausdruck hellte sich auf. »Kann ich mit ihr sprechen?«

Matias schüttelte den Kopf. »Nein, es geht gleich los. Außerdem schläft sie schon. Aber Esa fährt euch später zusammen zurück nach Hause.«

Enttäuscht drehte sie sich um und ging mit unsicheren Schritten zu der offen stehenden Tür.

»Zieh dich in Ruhe aus«, sagte Matias. »Sag Bescheid, wenn du fertig bist.«

In dem mit hellem Holz ausgekleideten Raum standen ein Doppelbett mit einem rosafarbenen Prinzessinnen-Baldachin und ein Stuhl. Für mehr Möbel war kein Platz. Katia setzte sich auf den Rand des Bettes, streifte die Schuhe ab und stellte sie ordentlich nebeneinander unter den Stuhl. Dann zog sie auch ihre Hose, ihr Shirt, ihren BH und ihren

Slip aus. Nachdem sie eine Weile ihren Kleiderstapel betrachtet hatte, erfasste sie Unbehagen. Sie trat noch einmal zum Stuhl und legte ihre Unterwäsche unter ihre Kleidung.

Mit einem Blick in Richtung Tür, die sie hinter sich geschlossen hatte, kroch sie unter die Bettdecke. Erst als sie sich vergewissert hatte, dass sie vollständig mit dem pinkfarbenen Satinbezug bedeckt war, rief sie: »Du kannst kommen.«

Matias betrat das Zimmer mit einem kleinen Lederetui in der Hand. Er setzte sich neben Katia aufs Bett und nahm eine schmale Spritze mit langer Kanüle aus dem Etui. Er entfernte den Plastikschutz und zog eine klare Flüssigkeit aus einer kleinen Ampulle auf. Seine Bewegungen waren routiniert.

»Dann brauchen wir nur noch den Arm«, sagte er.

Doch Katia hielt ihn unter der Decke versteckt.

»Ich wäre nicht hier«, begann sie so leise, dass Matias sie kaum verstehen konnte, »wenn Valentina nicht erzählt hätte, dass das hier ...« Sie stockte, wollte den Satz nicht beenden.

»... leicht verdientes Geld ist?«, sagte Matias. »Kein Grund, sich dafür zu schämen. Alles, was Spaß macht, kostet.« Er wurde jetzt ungeduldig. »Nun gib schon den Arm her. Dann kannst du schlafen.«

Aber Katia war noch nicht bereit. »Warum tust du das?«, fragte sie, um Zeit zu gewinnen.

»Das zusätzliche Geld kommt auch mir nicht ungelegen«, sagte er und grinste sie an.

Katia schluckte. »Wer ist der Mann?«

»Welcher Mann?«

»Der, der bei meinem zweiten Mal hier war.«

Matias wirkte überrascht, seine Augen weiteten sich. Doch nach einem kurzen Moment war er wieder Herr der Lage. Missbilligend runzelte er die Stirn. Katia senkte den Blick und schwieg. Beide wussten, dass sie auf diese Frage niemals eine Antwort bekommen würden.

Sekunden verstrichen. Vom See her war das Schreien der Möwen zu hören.

»Ist sonst alles in Ordnung?«, fragte Matias schließlich.

»Sicher«, antwortete Katia und streckte ihm ihren Arm entgegen.

4

Der Besprechungsraum des Polizeigebäudes ist voller Menschen, die sich nichts anderes wünschen, als mich scheitern zu sehen. Ich hatte mich darauf eingestellt, bin nun aber doch überrascht.

Pauliina sagt immer, dass ich tausend Mal besser darin sei, Gegenstände und Tote zu verstehen als lebende Menschen. Ihrer Meinung nach fehlt mir eine auf die menschliche Frequenz ausgerichtete Antenne. Ich bin da anderer Meinung. Jetzt zum Beispiel kann ich das Misstrauen der neuen Kollegen in Lappeenranta förmlich riechen, ihre Vorbehalte sind geradezu greifbar: die unbesetzte erste Stuhlreihe, dafür Gedränge im hinteren Bereich des Raumes, steinerne Mienen, die keinen Zweifel an ihrer Unlust lassen, die Arme abwehrend verschränkt. Dazu kaum verhohlenes Getuschel und Gelächter. Ich kann sie sogar verstehen. Sie fragen sich, wer dieser Typ ist, der aus Helsinki hierher kommt und glaubt, ihnen Vorträge über ihre eigene Arbeit halten zu können.

Dann betritt Taina Henttunen den Raum, die Leiterin der neu gegründeten Sondereinheit Schwerkriminalität. Sie kommt nach vorn und stellt sich neben mich.

»Lasst uns anfangen«, sagt sie. »Das hier ist Kari Sorjonen, unsere Verstärkung von der Zentralen Kripo. Ein Teil von euch kennt ihn schon.« Dann dreht sie sich zu mir um: »Kari hat versprochen, uns von neuen Methoden zu berichten. Bitte schön!«

Damit überlässt Taina mir die Bühne und setzt sich in die letzte Reihe. Die Begrüßung hätte nicht knapper ausfallen können. Sie scheint das Gleiche von mir zu halten wie ihre Mitarbeiter.

Im Raum herrscht Stille. Alle sehen mich erwartungsvoll an. Ich werde nervös, meine Hände sind schweißnass.

»Guten Morgen allerseits«, beginne ich.

Nur wenige Kollegen erwidern die Begrüßung mit einem Murmeln.

»Es ist schön, aus Helsinki in die Stadt der guten Menschen zu kommen.«

Ein paar Lacher aus der letzten Reihe.

»Ja, hier sind sogar die Verbrecher nett«, wirft jemand von der Seite ein.

Noch mehr Lacher.

Mit lockeren Floskeln komme ich hier nicht weiter. Ich sollte mich an meinen Vortrag halten. Also fahre ich das Notebook mit einem Wisch über das Touchpad hoch und schalte den Beamer mit der Fernbedienung ein. Auf der Leinwand hinter mir erscheint das Gesicht eines Mannes: runde Brillengläser, zerzauste Haare, ein ordentliches Hemd und ein seltsames Lächeln. Janina würde ihn einen Computerfreak nennen.

»Daniel Tammet«, sage ich. »Wer hat den Namen schon mal gehört?«

Offensichtlich niemand.

»Keine Sorge«, fahre ich, um einen entspannten Ton bemüht, fort, »die wenigsten kennen ihn.«

Ich erzähle ihnen von Tammet und seinen Fähigkeiten. Er beherrscht elf Sprachen und hat sogar eine neue erfunden, einfach so. Einmal wollte man ihn herausfordern und bat ihn, innerhalb einer Woche Isländisch zu lernen, und er tat es. Anschließend saß er im isländischen Fernsehen in einer Talkshow und klang, als hätte er nie eine andere Sprache gesprochen. Aber Fremdsprachen sind nicht sein einziges Talent. Seine mathematische Begabung ist noch viel erstaunlicher. Zahlen sieht er als Formen und Landschaften. Und die richtigen Ergebnisse komplexer Rechenaufgaben tauchen aus den Landschaften wie von selbst auf, er braucht nicht einmal wirklich zu rechnen.

»Ist er ein Autist?«, fragt jemand aus dem Publikum.

»Nur in einer schwachen Form«, antworte ich. »In allen anderen Lebensbereichen ist er völlig normal befähigt.«

Ich erkläre, dass Tammet ein sogenannter Savant ist, also ein Mensch mit außergewöhnlichen kognitiven Fähigkeiten. Und dass sich bei den meisten Menschen mit Savant-Syndrom Anzeichen für Autismus oder eine anderweitige, mitunter auch tiefgreifende Entwicklungsstörung finden.

»Manchmal ist diese Beeinträchtigung aber auch eine besondere Gabe«, fahre ich fort.

Das Publikum folgt meinen Ausführungen schweigend. In der Luft schwingt eine gewisse Unruhe. Schließlich spricht ein an der Tür stehender Uniformierter laut aus, was alle anderen zu denken scheinen.

»Und was hat das mit uns zu tun?«, fragt er. Der Ton ist ziemlich scharf. Taina wirft ihm einen warnenden Blick zu.

»Eine berechtigte Frage«, antworte ich schnell und erkläre, dass Tammet Gedächtnistechniken entwickelt hat, von denen auch sogenannte normale Menschen profitieren können.

»Sogar Polizisten«, sage ich weiter und zwinkere in die Runde, »wenn man uns denn zu den Normalen zählen will.«

Keine Regung im Publikum. Auch dieser Versuch, die angespannte Stimmung etwas aufzulockern, läuft ins Leere. Ich bleibe besser bei den Fakten.

»Ich gebe Ihnen mal ein Beispiel.«

Auf meine Bitte hat Taina willkürliche Informationen von den Mitarbeitern der Abteilung auf einem USB-Stick zusammengestellt: Bilder, Formulare, Bewerbungen und was ihr zufällig gerade untergekommen ist. Einige Dokumente zu jedem von ihnen, der Reihenfolge nach gespeichert. Ich habe das Material vorher nicht zu sehen bekommen und bitte Taina, das zu bestätigen.

»Wenn du kein Hacker bist«, sagt sie mit einem Lachen und gibt mir den USB-Stick.

Ich starte die Diashow, und auf der Leinwand beginnen die Dokumente nacheinander abzulaufen. Die Geschwindigkeit ist so reguliert, dass jedes Bild etwa drei Sekunden lang zu sehen ist. ID-Karten und Personalbögen, Fotos im Dienst und von Weihnachtsfeiern. Ich stehe mit dem Rücken zum Publikum und lasse meinen Blick über die Bilder gleiten. Ich nehme gerade so viel wahr wie nötig. Das Publikum reagiert schnell: Die Bilder werden lachend kommentiert, die von der Kamera festgehaltenen Momente wecken Erinnerungen.

Der Lärm stört mich. Ich presse mir die Hände auf die Ohren und beginne zu summen. Das ist vielleicht ein bisschen übertrieben, aber was soll's. Auf jeden Fall schindet es Eindruck.

»Ach, Musik gehört da auch dazu?«, witzelt jemand. Natürlich höre ich es, vermutlich ist der Witzbold der Bärtige in der zweiten Reihe.

Ich folge der Präsentation bis zum Schluss, dann drehe ich mich wieder zum Publikum um. Meine Nervosität ist verflogen, ich fühle mich jetzt entspannt und sicher. Auf dem Gebiet bin ich zu Hause.

»Musik kann beim Erinnern helfen«, sage ich und schaue dabei den Bärtigen an. »Vorausgesetzt, sie wird richtig eingesetzt. Für musikalische Menschen ist Klassik die beste Wahl. Jazz geht auch, solange es nicht gerade experimenteller Jazz ist. Es bedarf eines klaren musikalischen Aufbaus.«

Eine Frau, die neben dem Bärtigen sitzt, kann vor Ungeduld kaum noch ruhig sitzen und prustet heraus: »Na klar, wir lösen unsere Fälle jetzt mit Jazz.«

Ich richte meinen Blick so lange auf sie, bis es ihr unangenehm wird. »Johanna Metso, nicht wahr?«, frage ich sie.

»Ja.«

Ich schließe die Augen und lege die Fingerspitzen an die Schläfen. Auch das wäre nicht unbedingt notwendig. Das Gedächtnis funktioniert nicht auf diese Weise.

»Nachträglich alles Gute!«, fahre ich fort. »Sie hatten letzte Woche Geburtstag?«

»Ja. Danke.«

»Geschieden, keine Kinder. Was für die Arbeit eher von Vorteil ist. Denkt zumindest Taina, kann es aber natürlich nicht laut sagen.«

Ich öffne ein Auge und linse zu meiner neuen Chefin. Ihr Ausdruck verrät nichts. Also fahre ich fort, mir die Informationen zu Johanna ins Gedächtnis zu rufen – sie stehen klar und deutlich vor meinem inneren Auge.

»Von Ihnen gab es sechs Bilder. Bei der Weihnachtsfeier hatten Sie eine Wichtelmütze mit lustigen Zöpfen auf, beim Gruppenbild standen Sie hinten rechts. Hobbys: Jagd, Naturfotografie und Eislochangeln. Sie fühlen sich im Außendienst wohl.«

So. Ich gehe das Material noch einmal durch. Nichts weiter von Belang. Ich nehme die Finger von den Schläfen und betrachte mein Publikum. Es ist mucksmäuschenstill, dann fragt der Bärtige: »Wie alt ist Johanna geworden?«

»Fünfunddreißig. Ein schönes Alter. Oder was meinen Sie, Niko Kristian Uusitalo?«

Der Bärtige antwortet nicht. Er sieht mich herausfordernd an, die Augen zusammengekniffen.

»Sie sind achtundvierzig Tage jünger als Johanna, stimmt doch, oder?«

Die Stille hält an. Nur die Neonleuchte an der Decke summt.

»Stimmt«, sagt Johanna nach einer Weile.

Ich nicke und schließe die Augen. Die Fingerspitzengeste lasse ich diesmal weg.

»Sie sind gern im Innendienst, Schreibtischarbeit macht Ihnen Spaß ...«

»Nein, so ist es nicht«, protestiert Niko. »Ich lasse mich davon nur nicht stören.«

»... was wohl am Älterwerden liegt«, fahre ich fort. »Der Vater im Innenministerium, die Mutter beim Obersten Gericht. Sie haben sich für die Sondereinheit Schwerkriminalität beworben, weil Sie in ihr ein gutes Sprungbrett sehen.«

»Ein ganz schöner Hammer«, wirft Johanna ein.

Wahrscheinlich hat sie recht. Ich lasse Niko in Ruhe und

schaue zu Taina. »Wir wollten die Personen für die Abteilung gemeinsam aussuchen, aber du hast offensichtlich deine Wahl schon getroffen.«

»Kein Kommentar«, antwortet Taina, ihre Miene eine unbewegliche Maske.

Die Zuhörer blicken sich unruhig um. Ich klicke ein Schema an, das daraufhin auf der Leinwand erscheint und die von mir eben angewandte Gedächtnistechnik darstellt. Es erinnert an den Grundriss einer Wohnung. In einem Raum sind die Fotos, in einem anderen die Dienstausweise, im dritten die Bewerbungen und im vierten weitere Dokumente.

»Schon die antiken Griechen haben die sogenannte Loci-Methode erfunden. Der Überlieferung nach saß der Lyriker Simonides von Keos gerade mit seinen Freunden beim Essen, als das Gebäude über ihnen einstürzte. Die Opfer wurden bis zur Unkenntlichkeit zermalmt, und es gelang nur, die Leichen zu identifizieren, weil Simonides sich ins Gedächtnis rufen konnte, wer auf welchem Platz gesessen hatte.«

Im Raum ist es jetzt absolut still. Augen werden gerollt. »Ist der noch ganz dicht?«, flüstert jemand.

»Von dieser Technik kann jeder profitieren«, fahre ich fort. »Doch das Wichtigste bei unserer Arbeit ist die Interpretation der Informationen. Und aufgrund der vorliegenden Informationen interpretiere ich, dass Taina bereits Johanna und Niko für die Abteilung ausgewählt hat, zumindest unbewusst. Von ihnen waren am meisten Dokumente auf dem USB-Stick.«

In dem Augenblick erhebt sich Taina, kommt zu mir nach

vorn und dankt allen für ihre Teilnahme. Dann wendet sie sich zu mir und sagt: »Wir gehen in mein Büro.«

Taina ist geladen. Für diese Schlussfolgerung bedarf es keiner psychologischen Ausbildung. Ihre Hände fahren wie Sensen durch die Luft, das Kostüm raschelt und die Stöckelschuhe schlagen beinahe Funken. Als wir ihr Büro erreichen, öffnet sie mit Schwung die Tür und beordert mich stumm hinein.

»Was sollte das eben?«, fragt sie, gleich nachdem wir uns gesetzt haben. »Johanna und Niko sind gute Polizisten. Du hast sie absolut schäbig behandelt.«

Ich schaue mich im Zimmer um. Eckbüro, Aussicht nach zwei Seiten, ein klassisches Chefzimmer. Auf dem Tisch ein Computer mit großem Monitor und schnurloser Tastatur. Ein Stiftehalter, in dem drei metallisch glänzende Füller stecken. Keine Papiere, keine Notizzettel, keine Kinderzeichnungen, keine Fotos, kein Durcheinander. Auch die Regale sind aufgeräumt. Gesetzesbücher, Ordner, Aktenhefter. In geraden Reihen, auf den Deckeln kein Staub.

Das Zimmer ist eine Kulisse, so wie es das Zimmer der Chefin zu sein hat. Hier werden keine Fälle gelöst, hier wird verwaltet.

»Johanna und Niko könnten dein Team werden«, sagt Taina und fährt nach einer kurzen Pause fort. »Könntest du mich bitte ansehen, wenn ich mit dir spreche!«

Ich richte meinen Blick auf Taina und lächle sie an, bin mir aber nicht sicher, ob es gelingt.

»Johanna versucht etwas darzustellen, was sie nicht ist«, sage ich, »und Niko hat den Makel eines Karrieristen.«

Taina ist einen Moment lang still. »Warum wolltest du

eigentlich hierher? Du bist überqualifiziert, um es gelinde auszudrücken.«

»Ich habe meine Gründe in meiner Bewerbung dargelegt. Die neue Abteilung interessiert mich. Außerdem sollte der Mensch den Wohnort und seinen Arbeitsplatz alle sechs Jahre wechseln, um nicht einzurosten. Dafür gibt es wissenschaftliche Belege.«

»Ach ja. Ich meinte die tatsächlichen Gründe.«

Taina sieht mich durchdringend an. Ihre ganze Körperhaltung gibt mir zu verstehen, dass ein Ausweichen nicht ratsam wäre.

Also beschließe ich, meine Karten offen auf den Tisch zu legen, und berichte ihr von der Situation in meiner Familie, von Pauliinas Operation, von ihrer langen Krankheit und ihrer Beziehung zu Lappeenranta. Ich erzähle von Janinas Schule und davon, wie schnell aus dem kleinen Mädchen eine fast Erwachsene geworden ist.

»In Helsinki war ich nur zum Schlafen zu Hause. Ich habe ihre Kindheit verpasst.«

Ich gehe sogar so weit und gestehe ihr, dass ich mich nach einem Neuanfang gesehnt habe. Mit zunehmendem Alter wird die Welt grauer. Alles ist vertraut und Routine, die Jahre rinnen immer schneller durch die Finger. Ich möchte etwas Neues anfangen, bevor es dafür zu spät ist. Ich möchte im Hier und Jetzt leben und Zeit mit meiner Familie verbringen, eben weil ich sie noch habe. In Helsinki war das Tempo so extrem, dass es schon an ein kleines Wunder grenzte, überhaupt Familie zu haben.

»Jetzt können wir sogar zusammen essen«, sage ich abschließend, vielleicht ein wenig zu emotional.

An Tainas Gesichtsausdruck kann ich ablesen, dass Ehrlichkeit die richtige Entscheidung war. Sie wirkt jetzt weicher, und hinter der Chefin wird der Mensch erkennbar.

»Danke«, sagt sie. »Jetzt können wir uns besser verstehen.« Sie erhebt sich vom Stuhl und reicht mir die Hand. »Herzlich willkommen in der Sondereinheit Schwerkriminalität.«

5

Esa Kuparinen hatte dem ersten Kunden des Tages gerade die billigsten Autos in seinem Geschäft gezeigt. Obwohl Esa ihm signalisiert hatte, dass beim Preis noch Spielraum wäre, waren sie sich nicht einig geworden. Er hatte seit Wochen kein Auto verkauft und versuchte sich daran zu erinnern, wann das Geschäft zuletzt mal gut gelaufen war. Vor sehr langer Zeit, irgendwann Anfang des Jahrzehnts. Die Konsumfreudigkeit der Finnen litt unter der anhaltenden Rezession und den vielen Entlassungen. Auch auf russischer Seite in der Gegend um Sankt Petersburg war die Situation nicht bedeutend besser – dort setzten Inflation, Handelsbeschränkungen und der niedrige Ölpreis der Kaufkraft zu. Esa hatte seine Preise schon so weit gesenkt, dass seine Gewinnmarge längst jenseits der Schmerzgrenze lag, aber auch das schien nicht mehr zu reichen.

Zu Hause hatte Esa von schwierigen Zeiten gesprochen, allerdings nicht alles erzählt. Schon seit über einem Jahr beschönigte er die Situation, doch bald würde er an seine Grenzen stoßen. Das konnte er dann nicht mehr einfach unsichtbar machen. Die Miete für seine Geschäftsräume und die Kreditabzahlungen für ihr Haus fraßen das Einkommen der Familie fast völlig auf, und nicht einmal das Schwarzgeld, das er für seine Fahrten kassierte, reichte noch aus, um die Löcher zu stopfen. Und nun hatte auch das Finanzamt angefangen, Nachforschungen anzustellen.

Esa betrachtete das billigste Auto auf seinem Hof, einen

Fiat Punto, Jahrgang 2001, scheckheftgepflegt, zwei Reifensätze inklusive, Preis: achthundert Euro. Weiter runter konnte er beim besten Willen nicht gehen.

Das Handy in seiner Hosentasche klingelte. Er holte es hervor und sah auf das Display. Es war Matias.

»Komm sofort zum Ferienhaus«, krächzte es aus der Leitung, bevor Esa überhaupt etwas sagen konnte.

»Wieso?«

»Komm einfach her, verdammt!«

Das Telefonat brach ab. Esa schloss schnell den Laden ab und fuhr mit dem Van in Richtung Ferienhaussiedlung. Unterwegs überlegte er fieberhaft, was passiert sein könnte. Aber egal, welches Szenario er sich ausmalte, alles endete unangenehm.

Als er Saimaanranta erreichte, fuhr er am Hotel vorbei und bog dann in den Weg zum Ferienhaus Nummer 66 ein. Hinter der Kurve tauchten die Umrisse der Blockhütte auf und verhießen nichts Gutes. Er fühlte einen stechenden Schmerz im Magen.

Esa parkte den Wagen und hastete die Treppe hinauf. Normalerweise kam Matias ihm immer schon an der Tür entgegen, um sicherzugehen, dass er sich nicht weiter hineinwagte. Jetzt allerdings war niemand zu sehen. Er drückte die Klinke herunter, und die Tür sprang auf.

»Hallo?«, rief er durch den Türspalt.

Keine Antwort. Zögernd trat er ein. Die Tür eines der beiden Schlafzimmer stand offen, und es waren seltsame Geräusche zu hören. Es klang, als ob jemand eine Luftmatratze aufblasen würde. Esa lief nervös durch den Raum.

Im Türrahmen angekommen, blieb er wie angewurzelt

stehen und riss die Augen schreckensweit auf. Auf dem Bett lag Valentina, nackt und leblos. Die Haut des Mädchens war erschreckend bleich, die Lippen blutleer und farblos. Matias kniete neben dem Mädchen auf dem Fußboden und versuchte sie wiederzubeleben.

Esa entfuhr ein bestürzter Laut, und Matias sprang auf.

»Warum hat das so lange gedauert?«, fuhr er ihn an.

Er wirkte vollkommen verstört. Sein Gesicht glich einer verzerrten Maske, und seine Hände zitterten gewaltig.

»Was ist passiert?«, flüsterte Esa entgeistert.

»Keine Ahnung! Ich hab sie genau nach Anweisung betäubt, aber jetzt wacht sie nicht wieder auf!«

Esa starrte auf Valentina. Die Reglosigkeit des Mädchens war auf eine unnatürliche Weise perfekt. Der Anblick versetzte ihn in einen Zustand unfassbaren Grauens.

»Steh doch nicht so rum«, herrschte ihn Matias wütend an. »Hilf mir gefälligst!«

Esa trat neben das Bett. Matias befahl ihm, mit beiden Händen auf ihren Brustkorb zu drücken. Er würde sich weiter um die Beatmung kümmern.

»Wie oft muss man drücken?«

Matias starrte Esa mit einem fast irren Glanz in den Augen an und gab ein hysterisches Lachen von sich. »Woher soll ich denn das wissen? Mach einfach. Zehn Mal, oder so.«

Esa gehorchte. Er hielt die Arme gestreckt und drückte mit seinem ganzen Gewicht auf den Brustkorb. In Valentina knirschte es, und ihr Oberkörper fiel in sich zusammen. Entsetzt riss Esa die Arme hoch und stolperte einen Schritt zurück.

»Du hast sie umgebracht!«, schrie Matias. »Du Untier!«

»Sie ist doch schon total kalt«, verteidigte sich Esa mit zitternder Stimme.

Jetzt schien auch Matias die Situation endlich zu begreifen. Er sank auf den Boden und ließ den Kopf hängen. »O Scheiße, Scheiße, Scheiße. Ich muss dringend telefonieren.«

»Wen rufst du an?«

»Das geht dich nichts an.«

Matias kramte das Telefon aus der Tasche und starrte Esa an, bis dieser verstand, das Zimmer verließ und die Tür hinter sich zuzog.

Er stand einen Augenblick im Wohnraum des Ferienhauses und lauschte, wie Matias mit unterwürfiger Stimme mit jemandem sprach. Er dachte an Valentina. Sie war fröhlicher und offener gewesen als Katia, irgendwie direkter. Ein nettes Mädchen. Allerdings war das Gespräch mühsamer gewesen, da Valentina so gut wie kein Finnisch sprach und Esas Englisch höchstens mangelhaft war. Von allen Mädchen, die er gefahren hatte, war ihm dennoch Katia am liebsten. Die gemeinsame Sprache half, auch wenn Katia genauso stur war wie seine Tochter und nur redete, wenn es ihr passte. Vielleicht lag es auch nur an Roosa. Katia brachte ihn immer dazu, an sein Mädchen zu denken.

Während er darauf wartete, dass Matias das Telefonat beendete, fiel sein Blick auf die geschlossene Tür des anderen Schlafzimmers. Katia. Sie musste noch da drin sein. Etwas in ihm regte sich: Seine Panik wich dem Wunsch, sie zu beschützen, seine Furcht wandelte sich in Entschlossenheit. Das Gefühl riss ihn so mit, dass seine Augen feucht wurden. Valentina war nicht mehr zu retten, aber Katia konnte er noch helfen.

Der Plan reifte in Sekundenbruchteilen. Er musste Katia aus der Höhle des Bösen in Sicherheit bringen. Und er hatte keine Zeit zu verlieren. Er hastete zur gegenüberliegenden Tür und schlich ins Zimmer. Katia sah friedlich aus unter den rosafarbenen Laken. Der Schlaf ließ ihr Gesicht weicher erscheinen.

»Katia«, rief Esa leise und rüttelte sie an der Schulter. »Wir müssen hier weg.«

Sie reagierte nicht, auch nicht, als Esa sie aufrichtete und ihr leicht auf die Wangen klopfte.

»Lass mich«, murmelte sie stattdessen und sagte etwas, das klang wie *zur Schule gehen*. Dann dämmerte sie wieder weg.

Esa lauschte. Matias hatte das Gespräch beendet und anscheinend damit begonnen, Laken zu zerreißen. Wahrscheinlich hatte er neue Anweisungen erhalten. Jeden Moment konnte er Esa um Hilfe bitten, dann wäre alles vorbei.

Esa zwang Katia auf die Beine. Sie war unangenehm nackt, und Esa bemühte sich, den Blick abzuwenden. Da zuckten Katias Augenlieder, und sie schien die Situation zumindest ansatzweise zu begreifen.

»Wir müssen raus hier«, flüsterte Esa und stopfte ihr das Kleiderbündel, das er sich vom Stuhl geschnappt hatte, unter den Arm. »Zieh dir schnell was an!«

Katia plumpste aufs Bett und streifte sich immer noch total benommen ihre Unterwäsche und ihr T-Shirt über. Sie bewegte sich unerträglich langsam, wie eine klebrige Biene.

»Esa«, brüllte es aus dem Nebenraum. »Ich brauch was Schweres.«

Esa bemühte sich um einen unbekümmerten, eifrigen Klang: »Alles klar, ich besorg was. Geht ein Stein?«

»Wenn du nichts Besseres findest. Aber er muss groß sein.«

»Okay. Ich hole einen von draußen.«

Esa ergriff Katias Arm und zog sie auf die Beine. »Jetzt aber raus hier!«, zischte er.

Er führte das halbangezogene Mädchen aus dem Schlafzimmer durch den Wohnraum. An der Tür rief er noch einmal über die Schulter zu Matias: »Ich geh jetzt den Stein holen.«

»Quassle nicht, besorg einfach einen!«

Eilig schleppte Esa Katia die Treppe der Veranda hinunter und schob sie ins Auto. Er beugte sich über sie, um sicherzustellen, dass sie so weit in Ordnung war. Dann warf er die Wagentür zu und setzte sich so schnell er konnte hinters Lenkrad.

Beim Starten des Motors wurde ihm schlagartig klar, dass er nicht den leisesten Schimmer hatte, was er als Nächstes tun sollte.

6

Katia verbrachte fast die ganze Fahrt über im Halbschlaf. Jedes Mal, wenn sie kurz wach wurde, versuchte sie, nicht wieder wegzudriften, doch ohne Erfolg. Immer und immer wieder sank sie in einen unruhigen Schlaf. Sie stand noch immer unter dem Einfluss der Medikamente.

In den kurzen wachen Augenblicken jedoch begriff sie, dass etwas nicht stimmte. Irgendwas musste schiefgegangen sein, anders als bei den vorangegangenen Malen. Schwach erinnerte sie sich an chaotische Geräusche, die sie wie im Traum vernommen hatte und nicht einordnen konnte. Aus dem Nachbarzimmer waren Gepolter und wütendes Gebrüll zu hören gewesen, und dann folgte ein seltsames Ratschen, als ob jemand Stoff zerriss. Katia dachte an Valentina. Die Dinge waren nicht so, wie sie sein sollten. Die Angst brach wie eine Sturzwelle über sie herein, aber auch das konnte nicht verhindern, dass sie erneut wegdämmerte.

Es dauerte nicht lange, bis der Van mit quietschenden Reifen von der Straße, die zum Grenzübergang führte, abbog und einen kleinen Weg entlangraste.

Katia schwankte auf der Rückbank hin und her und schlug mit dem Kopf gegen die Fensterscheibe. Jetzt war sie hellwach.

»Warum sind wir abgebogen?«

Esa krallte die Hände so fest ums Lenkrad, dass die Knöchel hervortraten. Seine Lippen waren zu einem Strich zusammengepresst, und in seinen Augen lag ein hektischer, beinahe panischer Glanz. Der Weg war schmal, und die weit herabhängenden Zweige droschen auf die Motorhaube und Kotflügel des Autos ein.

»Ich will nach Hause!«

»Dir wird nichts passieren«, sagte Esa mit leiser Stimme wie zu sich selbst. »Hab keine Angst!«

Mitten auf einer langen Geraden bremste er plötzlich und riss die Fahrertür auf. »Ich muss nachdenken«, stieß er hervor und stieg aus. Im Licht der Scheinwerfer sah Katia, wie er vor dem Auto hektisch auf und ab ging. Sein Verhalten verstärkte ihre Angst: Irgendwas Schreckliches musste geschehen sein, denn normalerweise war Esa quälend langsam und träge.

Nachdem er wieder eingestiegen war, fragte Katia mit vor Panik bebender Stimme: »Was ist im Haus passiert? Wo ist Valentina?«

Esa antwortete nicht. Mit einem entschlossenen Gesichtsausdruck öffnete er das Handschuhfach und holte ein ledernes Etui heraus. Er öffnete es auf seinem Schoß, sodass Katia den Inhalt nicht sehen konnte.

»Wir sollten zusammen nach Sankt Petersburg zurückfahren«, fuhr Katia fort. »Das hat man uns versprochen!«

»Denk nicht darüber nach«, antwortete Esa. Er stach die Kanüle durch den Korken und zog eine klare Flüssigkeit aus dem Glasfläschchen auf. »Ich bringe alles wieder in Ordnung.«

Esa erhob sich vom Fahrersitz und ging zur hinteren Tür. Katia wich zurück.

»Hab keine Angst, Katia. Ich bin auf deiner Seite.«

Katia bemerkte die Spritze und schüttelte entgeistert

den Kopf. Eine erneute Betäubung war das Letzte, was sie wollte. Nicht wieder diese alles verschluckende, bodenlose Dunkelheit, die sich beinahe anfühlte wie der Tod.

»Kein Grund zur Panik«, wiederholte Esa.

Er sah ein, dass Katia nicht freiwillig mitmachen würde. Und auch alles Bitten und Flehen würde nichts nützen. Aber sie hatten nun wahrlich keine Zeit zu verlieren. Also packte er Katias Handgelenke mit der linken Hand und stach ihr mit der rechten die Kanüle in den Oberschenkel. Nach kurzer Zeit hörte Katia auf sich zu wehren, und ihre Bewegungen wurden immer schwächer, bis sie schließlich ganz aufhörten.

»Schlaf ein bisschen, mein Mädchen«, flüsterte er. »Wir finden einen Ausweg.«

7

Ich habe die Eigenheimsiedlung von oben bis unten durchkämmt, bin jede einzelne Straße von Anfang bis Ende abgefahren, einige sogar zwei Mal. Schließlich halte ich am Fahrbahnrand an und überlege. Ich massiere meine Schläfen, versuche mich zu konzentrieren, aber es hilft nichts. Die Landschaft vor meinem geistigen Auge bleibt leer. Also nehme ich das Telefon zur Hand, um das Navi zu starten, doch mir fällt nicht mal mehr die Adresse ein.

Mich überkommt ein altbekanntes Gefühl. Eine unangenehme Mischung aus Frust, Hilflosigkeit und Wut. Ich starre auf das Telefon. Es hilft nichts, ich atme tief ein und wähle Pauliinas Nummer. Sie geht sofort ran.

»Wo wohnen wir?«, frage ich möglichst beiläufig.

Einen Augenblick ist die Leitung still, ich kann mir ihren Ausdruck lebhaft vorstellen.

Im Hintergrund ist Janina zu hören: »Lass mich raten«, gluckst sie, »Papa findet nicht nach Hause.«

»Meinst du das im Ernst?«, fragt mich Pauliina ungläubig und ohne ihre Belustigung darüber zu verbergen.

»Ja. Gib mir einen Tipp. Den Namen der Straße zum Beispiel.«

Pauliina scheint zu überlegen, ob sie mich noch ein bisschen zappeln lassen soll. Schließlich ringt sie sich durch, mir zu helfen, und gibt mir die Adresse. Zu unserem ersten gemeinsamen Abendessen komme ich zu spät.

»Es ist ein rotes Haus«, sagt sie noch, »und vor dem Eingang stehen turmhoch leere Umzugskartons.« Dann legt sie auf.

Ich bin mir sicher, dass die beiden die Sache nicht auf sich beruhen lassen werden. Das bekomme ich noch zu hören, wie so manches andere auch. Vielleicht läuft das sogar der berühmten Kinoepisode den Rang ab.

Als ich zu Hause ankomme, ist alles vorbereitet: Pauliina und Janina haben den Tisch feierlich gedeckt. Ich sehe, wie viel Mühe sie sich mit den Kerzen und dem guten Geschirr gegeben haben. Nur die eleganten Weingläser kommen mir unbekannt vor, wahrscheinlich eine Neuanschaffung.

Sie haben angefangen, die Kartons in der Küche auszupacken. Auch das Wohnzimmer sieht schon gut aus: Die Regale stehen, und ein Teil der Bücher ist bereits an seinem Platz. Einige unausgepackte Kartons stehen noch auf dem Fußboden herum.

»Du sollst doch nichts Schweres heben«, sage ich leicht vorwurfsvoll zu Pauliina.

Aber die winkt nur lachend ab. »Ich weiß, zum Glück ist Janina schon groß und stark.«

Wir setzen uns an den Tisch. Pauliina hat Lammfilet gebraten und Janina das Dessert vorbereitet, mit dem sie mich überraschen will. Ich vermute was mit Erdbeeren, die gibt es gerade in Hülle und Fülle.

»Köstlich«, nuschle ich anerkennend, während ich ein Filetstück auf die Gabel spieße. »Genau, was wir uns gewünscht haben. Ein gemeinsames Abendessen mitten unter der Woche, und am Wochenende unternehmen wir was Schönes.«

Vielleicht lasse ich mich mal wieder zu sehr mitreißen,

während ich über unseren Neuanfang rede. Ich spreche über die neue Stadt, die neue Arbeit und neue Alltagsroutinen, über Entschleunigung, Sport, die Natur, Bücher und gutes Essen.

»Genau das ist Downshifting«, ereifere ich mich. »Zur Ruhe kommen – so langsam begreife ich, was damit gemeint ist!«

Pauliina und Janina wechseln einen vielsagenden Blick. Sie führen etwas im Schilde, das spüre ich.

»Soso«, erwidert Pauliina, »vielleicht passen in deinen Kopf jetzt ja auch andere Dinge als nur Dienstliches.«

»Wie beispielsweise unsere Adresse«, nimmt Janina den Ball auf.

Doch so leicht gehe ich ihnen nicht an die Angel. Ich nehme einen Schluck Wein, lächle sie liebevoll an und widme mich wieder den Sahnekartoffeln. Einen Moment lang ist nur das Klappern des Bestecks zu hören. Aber der Friede währt nicht lang, das tut er nie.

»Könntest du uns vielleicht darüber aufklären«, beginnt Pauliina, »wie du dir einerseits so viele Dinge merken und trotzdem so was Wichtiges vergessen kannst?«

»Auf der Arbeit bist du Sherlock«, haut Janina in die gleiche Kerbe, »und zu Hause Watson.«

»Jetzt übertreibt ihr aber.«

»Nicht im Geringsten. Du weißt schon noch, wie du dich nicht mehr erinnern konntest, wie Mutter aussieht?«

Und da ist sie, die Kinoepisode. Es war nur eine Frage der Zeit, wann sie diese Spitze anbringen würden. Der Vorfall liegt etwa fünf Jahre zurück, und von mir aus hätte man ihn längst vergessen können. Pauliina und ich waren zum

Kino verabredet. Es hatte lange gedauert, bis wir einen passenden Tag gefunden hatten, der Stress damals war heftig. Doch an einem Donnerstagnachmittag klaffte in meinem Kalender tatsächlich eine Lücke, also war ich vom Dienst direkt zum Kino gefahren und hatte es gerade rechtzeitig geschafft. Als ich mich in der Menschenmenge nach Pauliina umschaute, konnte ich sie allerdings nirgends entdecken – obwohl sie fast direkt vor mir stand.

Pauliina sieht mich herausfordernd von der Seite an, das Weinglas an den Lippen, und wartet gespannt auf meine Antwort.

»Das ist doch eine uralte Geschichte. Du hattest die Haare anders«, beginne ich meine immer gleiche Erklärung. »Und außerdem eine neue Jacke. Das haben wir längst besprochen.« Ich lege die Gabel auf den Teller und überlege einen Moment. »Es ist so: Dienstliche Dinge sind auf der einen Seite und private auf der anderen. Der Kopf behandelt sie verschieden, nach unterschiedlichen Protokollen. Ihr wisst, wie wichtig ihr mir seid, aber ihr befindet euch auf der Gefühlsseite. Und die ist verworren.«

»Willst du damit sagen, dass du dich an persönliche Dinge, die dir eigentlich wichtig sind, einfach nicht erinnern kannst?«, fragt Janina stichelnd.

»Ja. Das heißt, nein! Oder doch. Die Gefühlsseite ist eben chaotisch, so wie ein Haufen Umzugskisten. Die dienstlichen Angelegenheiten dagegen sind wie die Schubfächer im Küchenschrank: die Löffel in einem Fach, die Gabeln und Messer in jeweils anderen. Und damit hat sich's.«

Ich bin kurz davor, mich in Rage zu reden. Zum Glück bemerkt Pauliina die Bedrängnis in meinen Augen und lenkt ein: »Lasst uns über was anderes sprechen.«

In diesem Augenblick klingelt mein Telefon. Ich esse weiter, als ob ich nichts gehört hätte. Nach dem sechsten Läuten schaue ich erst zu Pauliina und dann zu Janina. Sie wirken genervt. Und das Klingeln hört und hört nicht auf. Wer auch immer da versucht, mich zu erreichen, ist hartnäckig. Einer der seltenen Momente, in denen ich wünschte, meine Mailbox nicht abgeschaltet zu haben. Wahrscheinlich wäre sie aber ohnehin voll.

»Das ist bestimmt gleich vorbei«, sage ich. »Denkt an die Entschleunigung.«

Pauliina legt ihr Messer mit einem energischen Klirren zur Seite und befiehlt: »Geh schon ran!«

Also stehe ich auf und hole das Handy von der Küchenablage. Auf dem Display blinkt Tainas Name.

8

Niko fährt Richtung Saimaanranta, ein Feriendorf, das ein Stück außerhalb der Stadt liegt, idyllisch direkt am See. Die Sirenen des Polizeiautos sind eingeschaltet, obwohl die Straße leer ist. Angeber.

Ich sitze mit geschlossenen Augen auf dem Beifahrersitz und fühle mich nicht wohl in meiner Haut. Wieder mal bin ich auf dem Weg zu einer Leiche, nur in einer anderen Stadt. Mein Herz trommelt in der Brust, meine Handflächen sind schweißnass. Am Ziel warten ein toter Mensch und unzählige neue Kollegen auf mich, die glauben, ich brenne vor Eifer, endlich aktiv werden zu können: *Unsere Koryphäe von der Zentralen Kripo wirft einen Blick auf die Leiche und entlarvt mir nichts, dir nichts den Schuldigen.* Viele haben behauptet, ich sei in meiner Arbeit brillant, und wer weiß, vielleicht bin ich das auch. Allerdings verabscheue ich mein Talent aus tiefstem Herzen. Es ist schuld daran, dass ich mein Leben damit verbringe, im Dreck der Menschheit zu wühlen.

Bisher war es mir ganz gut gelungen, eine Situation, wie sie mir jetzt bevorsteht, aus meinen Gedanken zu verbannen – so als ob all das mit dem Umzug hierher aus meinem Leben verschwunden wäre. Was für ein Trugschluss.

Ich kann förmlich spüren, wie die Distanz zwischen der Leiche und mir schrumpft. Mit jedem Meter fühle ich mich schlechter. Das altbekannte unwirkliche Gefühl fährt mir unter die Haut, mir wird schummrig. Ich versuche, mich an angenehme Gedanken zu klammern. Zum Beispiel, dass Pauliina und Janina noch wach sind, wenn ich nach Hause komme, und dass vielleicht noch etwas vom Nachtisch übrig ist. Falls es nicht zu spät ist, könnten wir sogar noch einen Film gucken oder eine Serie. Es ist ein Hohn des Schicksals, dass ausgerechnet unser erstes gemeinsames Abendessen so abrupt enden musste. Während ich auf meinen Kollegen wartete, habe ich versucht, Pauliina – und auf gewisse Weise auch mich selbst – davon zu überzeugen, dass dies sicher ein Einzelfall sei, ein seltsamer Zufall. So was würde in Lappeenranta garantiert nicht jede Woche passieren.

Ich spüre, wie Niko mich beim Fahren immer wieder von der Seite ansieht. Er scheint etwas auf dem Herzen zu haben. Ich lasse ihm Zeit.

Nach einigen Minuten räuspert er sich und sagt: »Hör zu, Kari, also ... ich trage dir wegen deines Vortrags nichts nach. Das wollte ich dich nur wissen lassen.«

Er duzt mich und reicht mir sprichwörtlich die Hand. Das soll mir wohl zeigen, dass ich dazugehöre. Ich nicke kurz. Die Augen immer noch geschlossen.

»Eigentlich war das ziemlich beeindruckend«, fährt Niko fort. »Diese Loci-Methode. Johanna findet das übrigens auch.«

Niko bemüht sich um einen kollegialen Umgang, will gute Beziehungen in alle Richtungen aufbauen. Ein Netzwerker. Könnte ja noch mal von Nutzen sein. Ihm liegt die Diplomatie im Blut. Andererseits scheint er einen anderen Fehler nicht zu haben, es besteht also kein Grund, ihn weiter zappeln zu lassen.

Ich öffne die Augen und richte mich auf. »Es lohnt sich,

das Gedächtnis zu trainieren«, sage ich. »Das kann einem nur nutzen. Und es hält die Demenz in Schach.«

Niko wirkt zufrieden, und unser erstes Gespräch ist damit beendet. Wir fahren an dem Abzweig zum Feriendorf vorbei und weiter in Richtung Gästehafen. Doch noch bevor wir ihn erreichen, biegt Niko auf einen schmalen Schotterweg zu einer felsigen Landzunge ein, die in den Saimaa hineinragt. Auf dem dunklen See ist ein einzelnes Polizeiboot zu erkennen, dessen Scheinwerfer den Uferfelsen ableuchten. Ein Stück dahinter, etwas weiter vom Ufer entfernt, ist ein gut zehn Meter langes Protzboot zu sehen.

Vor Ort sind bereits zwei Streifenwagen und ein weißer Transporter. Jemand befestigt gerade das Absperrband um den Fundort der Leiche, und am Fuß des Felsens steht ein gewaltiger Leuchtstrahler, in dessen Lichtkegel Menschen hin und her eilen. Ich entdecke Taina und Johanna. Niko geht auf direktem Weg zu ihnen, ich ziehe es allerdings vor, ein Stück entfernt auf dem Felsen stehen zu bleiben. Von hier aus habe ich einen guten Überblick, der Uferstreifen liegt wie eine Bühne vor mir.

Das Opfer, eine unbekleidete junge Frau, eher noch ein Mädchen, liegt auf dem Rücken unterhalb des Felsens. Die Leiche wurde auf eine Plane gelegt und badet nun in einem Lichtermeer von tausend Watt. Die graubläuliche Farbe der Haut ist gut zu erkennen. Die Lippen sind lila, beinahe schwarz. Auch aus dieser Entfernung ist das schaumige Rinnsal zu sehen, das ihr aus dem Mund gelaufen ist und auf der Plane eine kleine Pfütze gebildet hat. Das Opfer kann nicht lange im Wasser gelegen haben, trotzdem ist sie schon leicht aufgedunsen. Die Augen des Mädchens sind geöffnet und starr nach oben gerichtet. Auf der Iris hat sich ein Film gebildet, durch den ihre Augenfarbe nicht mehr auszumachen ist.

Mein Herz beginnt zu hämmern, und mir schnürt es den Hals zu. Ich kriege keine Luft mehr, und Panik wallt in mir auf. Ich versuche, meinen Blick auf den Saimaa zu konzentrieren, und atme tief ein. Der stechende, leicht süßliche Leichengeruch steigt mir in die Nase, aber wahrscheinlich bilde ich mir das nur ein. Die weite Seeoberfläche lockt mich. Meine Gedanken schweifen ab.

Unten blickt Taina verwundert zu mir herauf. »Kari«, ruft sie, »kannst du runterkommen, dann muss ich nicht so schreien.«

Ich hebe meine Hand als Antwort, aber meine Beine wollen mir nicht gehorchen. Ich kann mich nicht bewegen. Gerade jetzt sollte ich wohl besser nicht hinuntergehen. Wahrscheinlich würde ich spätestens neben der Leiche komplett die Kontrolle verlieren. Es bleibt mir nichts anderes übrig, ich muss die Situation von hier oben aus klären.

Ich lasse meinen Blick zwischen den Bäumen am Ufer, dem Angeberboot und Johannas pitschnassen Hosenbeinen hin- und herwandern. Ich versuche, alle Details von Bedeutung aufzusaugen, und schon bald kann ich einen ersten roten Faden erkennen. Ich zwinge mich, noch einmal die Leiche zu betrachten. Die Haare des Mädchens sind hellblond, fast weiß. Alles an ihr lässt erkennen, dass sie schlank und durchtrainiert war. Auf ihrer Haut sind keine Wunden oder größeren Verletzungen zu sehen, zumindest nicht von hier aus. Es gibt keine offensichtlichen Spuren, die auf einen Kampf oder Sturz zurückzuführen sind.

Das Mädchen wirkt wie eine Puppe, die man nicht mehr mochte und achtlos ans Ufer geworfen hat. Sie kann nicht viel älter als Janina sein. Siebzehn vielleicht oder sechzehn.

Ich fange an zu zittern. Es weht ein kalter Wind, aber den spüre ich kaum.

»Niko, lass uns fahren!«

Alle starren mich an, als ob ich sie nicht mehr alle hätte.

»Wir sind mitten in einer Tatortinspektion!«, sagt Taina mit deutlicher Missbilligung.

»Das ist nicht der Tatort.«

Taina sieht aus, als sei sie kurz davor zu explodieren, also erkläre ich ihr kurz und so präzise wie möglich meine Beobachtungen. Ich will niemanden wütend machen. Ich will nur möglichst schnell weg von dem toten Mädchen.

Ich erkläre ihnen also, dass das Opfer bereits tot war, als man sie vom Boot aus ins Meer geworfen hat. Sie muss vorher schon nackt gewesen sein, denn normalerweise zieht man einer Leiche nicht extra die Kleider aus. Und sie ging nicht unter, weil die Lunge mit Luft gefüllt war und sie keine Sachen anhatte, die sich hätten vollsaugen können. Stattdessen hat der Wind das Mädchen an die Spitze der Landzunge getrieben.

»Die Richtung des Windes kann man übrigens an den Bäumen ablesen«, sage ich und zeige auf die Birken am Ufer.

Die Leute auf dem Boot müssen die Leiche bemerkt und die Polizei gerufen haben. Und Johannas nasse Hosenbeine verraten, dass sie es war, die ins Wasser gestiegen ist und die Leiche an Land gezogen hat.

»Das stimmt doch, oder?«

»Ja«, antwortete Johanna. »Ich hatte Bereitschaft.«

Hätte die Besatzung des Protzbootes das Boot gesehen, von dem aus man das Mädchen in den See geworfen hat, würden wir jetzt außerdem nach diesem Boot suchen und nicht wie eine Schar Gänse am Ufer herumstolzieren. Das versteht sich von selbst. Zumindest hoffe ich das, schließlich repräsentieren wir die Elite der Polizei Ostfinnlands.

»Mit anderen Worten, wir sehen uns bei der Obduktion.«

Damit sind meine Ausführungen beendet, und ich gehe zum Auto. Niko folgt mir mit einigem Abstand. Sicher hat er Taina erst um Erlaubnis gefragt.

Auf der Fahrt halte ich die Augen wieder geschlossen. Als wir auf die Hauptstraße einbiegen, kommt Niko in den Sinn, mich zu fragen, ob mit mir alles in Ordnung sei.

»Ich mag keine Toten«, antworte ich.

9

Katia kam nur sehr langsam zu sich, so als müsste sie sich durch eine zähe Dunstwolke kämpfen. Sie war ein zweites Mal betäubt worden und diesmal mit Gewalt. Die Erinnerung daran schmerzte. Früher war Esa ihr fast sympathisch gewesen, beinahe wie ein trotteliger alter Bär. Doch jetzt war alles anders. Zu gut hatte Katia seinen Gesichtsausdruck vor Augen, als er sie gepackt und ihr die Spritze verpasst hatte. Die Handgelenke schmerzten noch immer.

Das würde das letzte Mal gewesen sein. Sie hasste die Nebenwirkungen der Medikamente: träge Gedanken, Niedergeschlagenheit und Kopfschmerzen. Egal was passiert war, und selbst wenn sich die Dinge auf mysteriöse Art wieder zum Guten wenden würden, in das Ferienhaus mit der Nummer 66 würde sie nie wieder einen Fuß setzen. Sie dachte an ihr Zuhause in Sankt Petersburg. An das große, lichtdurchflutete Wohnzimmer und ihre dicke Katze Alla, wie sie sich auf ihrem Lieblingsplatz auf der Lehne des Sofas räkelte. Schließlich sah sie das Gesicht ihrer Mutter vor sich. Ihr letzter Streit war ungewöhnlich heftig und verletzend gewesen. Ihre Mutter hatte von ihr wissen wollen, woher sie all das Geld hatte. Und als sich Katia daraufhin ins Bad eingeschlossen hatte, begann ihre Mutter von außen wütend gegen die Tür zu treten. Damit war eine neue Eskalationsstufe in der langen Kette ihrer endlosen Auseinandersetzungen erreicht. Dennoch sehnte sie sich jetzt so sehr nach ihrer Mutter, dass es beinahe weh tat. Sie war aufgewühlt und kurz davor, in Tränen auszubrechen.

Hinter der verschlossenen Tür waren Geräusche zu hören. Jemand stieg mit schweren Schritten eine Treppe hoch.

Der Nebel in ihrem Gehirn verschwand. Sie öffnete die Augen und sah sich um. Anfangs war alles noch verschwommen, und sie musste kräftig blinzeln. Außerdem war ihr schwindlig, und Übelkeit stieg in ihr hoch. Als sie endlich klar sehen konnte, erkannte sie um sich herum einen seltsamen, fensterlosen Raum, in dem es nach Öl roch. In einer Ecke waren Reifen aufeinandergestapelt, die von den Felgen abgezogen waren, und in einem Metallregal lagerten Motorteile und Kartons.

Katia bewegte sich und merkte erst jetzt, dass sie an den Fußknöcheln und Handgelenken mit Gurten ans Bettende gefesselt war. Panisch begann sie daran zu zerren.

In dem Augenblick hielten die Schritte inne, ein Schlüssel drehte sich im Schloss, und in der Tür erschien eine große Gestalt mit einer Plastiktüte in der Hand.

»Esa«, schrie Katia. »Was zum Teufel soll das alles?«

»Ah, du bist aufgewacht. Guten Morgen!«

Esa kam zur Pritsche, zog einen blaugrauen Monteuranzug aus der Tüte und hielt ihn Katia hin. Über der Brust stand »Esacar«.

»Ich habe ihn mit Sicherheitsnadeln etwas kürzer gemacht«, erklärte er seltsam begeistert. »Weil doch deine Sachen in der Eile im Haus geblieben sind.«

Katia registrierte erst jetzt, dass sie nur ihre Unterwäsche und ein kurzärmeliges Shirt anhatte. Doch das war nicht ihre größte Sorge.

»Wo ist Valentina?«, fragte sie. »Was ist passiert?«

Esa presste die Lippen zusammen. Er hatte offensichtlich nicht vor, zu antworten.

»Bald kriegst du bessere Sachen. Ich gehe morgen und kaufe dir welche.« Esa setzte sich auf den Bettrand und lockerte die Fesselgurte. »Du bist mir doch nicht böse wegen der Spritze?«, fragte er. »Verzeihst du mir?«

Katia sah ein, dass Gegenwehr sie nicht weiterbringen würde, und so nickte sie, wenn auch mit einem schweren Seufzen.

Esa sah zufrieden aus. Die Situation war kompliziert, und er war sich immer noch nicht sicher, wie er am besten vorgehen sollte. Katia bei Laune zu halten konnte auf jeden Fall nicht verkehrt sein. Deswegen durfte er ihr auch jetzt nicht erzählen, was mit Valentina passiert war. Das würde sie nur aufregen und sie am Ende vielleicht veranlassen, etwas Unüberlegtes zu tun. Er musste sie dazu bringen einzusehen, dass er auf ihrer Seite war. Das war entscheidend, wenn sein Plan funktionieren sollte. Das war das Fadenende, von dem aus sich das Knäuel entwirren ließ.

Esa hatte auch darüber nachgedacht, Katia freizulassen. Er konnte sie ja nicht ewig in dem Raum einsperren, das war ihm klar. Doch die Zeit war längst noch nicht reif dafür. Zum einen war Katia nach der Spritze noch immer benommen und nicht in der Lage, klar zu denken. Zum anderen setzte die Wahrheit unbedingtes Vertrauen voraus, und das entstand nicht so auf die Schnelle.

»Versprichst du, keine Dummheiten zu machen?«, vergewisserte sich Esa. »Ich habe dich nur zu deiner eigenen Sicherheit festgebunden.«

Katia nickte wieder und setzte sich auf, während Esa sich zur Seite beugte, um die Fesselgurte vom Bettgestell zu lösen. Er machte erst die Knöchel und dann die Handgelenke los.

Esa versuchte, sich betont locker zu verhalten. Dabei war sein Nacken unter dem Druck der Situation so verspannt, dass ihn schon die kleinste Bewegung schmerzte. Aber so würde Katia am ehesten friedlich bleiben, die menschliche Natur funktionierte so. Das hatte Esa im Laufe der Jahre mit seiner eigenen Tochter gelernt.

Katia stand auf. Sie ließ ihren Blick rasch durch den Raum gleiten und entdeckte dabei das Handy in Esas Gesäßtasche. Das war ihre Chance. Als er sich hinkniete, um die vorderen Gurte vom Bett loszumachen, ging sie kurz entschlossen zu dem Regal. Sie schnappte sich eine Eisenzange, stellte sich hinter Esa und schlug zu, so fest sie konnte. Sie traf ihn schräg am Hinterkopf, es war ihr leichter gefallen, als sie gedacht hatte.

Esa stöhnte laut auf und griff sich benommen an den Kopf. »Hey, was soll das?«

Katia zog das Handy aus Esas Hosentasche und trat ihm mit aller Kraft ins Kreuz, sodass er vornüber zu Boden kippte. Mit zitternden Fingern tippte sie, so schnell sie konnte, eine Nummer ein, hielt das Telefon ans Ohr und horchte ungeduldig auf das Freizeichen.

»Mama, *otvet na zvonok*, nun geh schon ran!«, rief sie mit flehender Stimme auf Russisch ins Telefon.

»Wen rufst du da an? Leg sofort auf!«, knurrte Esa. »Du kennst die Regeln.«

Wankend versuchte er, sich aufzurichten, musste sich jedoch abstützen, als ihm schwarz vor Augen wurde.

»Gib das Handy her!«, schrie er, als er sich endlich aufgerappelt hatte.

»Mama, *pomogite*, du musst mir helfen!«, rief Katia noch schnell ins Telefon, bevor Esa es ihr aus der Hand reißen konnte.

Er hielt das Telefon kurz ans Ohr, lauschte und beendete dann das Telefonat.

»Wen hast du angerufen?«

»Meine Mutter«, antwortete Katia und gab ihrer Stimme jenen unschuldigen, mädchenhaften Klang, von dem sie wusste, dass er auf Esa wirkte. »Sie macht sich bestimmt Sorgen.«

Esas Ausdruck wurde etwas weicher, und sein Ärger schien sich zu legen. Er nahm Katias Hand. »Das verstehe ich.«

Esa strich sich über die Stirn, setzte sich auf den Rand des Bettgestells und atmete tief durch. Er bemühte sich wieder um einen ruhigen, jovialen Plauderton.

»Ich versuche nur zu helfen. Du darfst nichts Unüberlegtes mehr tun. Ich werde mich besser um dich kümmern als deine Mutter, ich rette dich.«

»Wohl kaum«, zischte Katia leise und hätte ihm beinahe mehr von ihrer Mutter erzählt. In letzter Minute hinderte sie jedoch ihr Instinkt daran. Die Trumpfkarte »Mutter« konnte sie später immer noch ausspielen.

Esa sah Katia an und begriff, dass es harte Arbeit sein würde, ihr Vertrauen zu gewinnen. Er seufzte tief und griff nach dem zusammengeknüllten Monteuranzug auf dem Bett.

»Zieh ihn an«, sagte er. »Die Heizung ist abgestellt und die Nacht wird kalt.«

10

Im Flur bleibe ich stehen, um zu lauschen. Im Haus ist es dunkel und ganz still. Pauliina und Janina haben nicht auf mich gewartet und sind schon schlafen gegangen.

Die Enttäuschung sitzt tief. Zu deutlich ist die Erinnerung an ein Leben, wie ich es nicht mehr will. Ich ziehe die Schuhe aus, gehe in die Küche und öffne den Kühlschrank. Dort steht eine Gefrierdose mit einem gelben Zettel darauf: »Für Papa«. Ein Stück Erdbeerkuchen. Die Dose wirkt irgendwie einsam in dem Fach, ja geradezu deprimierend. Ich habe über die Jahre hinweg Hunderte, vielleicht sogar Tausende dieser Dosen geöffnet. In Helsinki habe ich immer Reste gegessen, wenn ich nachts nach Hause kam. Teller waren mir schon fast fremd geworden. Als sie kleiner war, hat Janina mich eine Zeit lang Gefrierdosen-Papa genannt.

Ich gehe mit meiner Dose zum Sofa, schalte den Fernseher ein und zappe mich durch die Kanäle. Auf keinem läuft was Vernünftiges. Ich verfolge eine Weile, wie Leute ihr Eigentum in die Pfandleihe tragen, und schaufele die Torte in mich hinein. Sie ist lecker, die Erdbeeren schmecken immer noch frisch.

Später schleiche ich mich ins Schlafzimmer. Als ich unter die Bettdecke krieche, wird Pauliina wach.

»Du hast also nach Hause gefunden«, murmelt sie.

Ich weiß, dass Pauliina es nicht böse meint, aber es trifft mich trotzdem. Die Narrenrolle in der Familie ist nun einmal mir zugefallen – und wenn ich ganz ehrlich bin, dann ist das allein meine Schuld.

»Wie du siehst«, antworte ich so leicht ich kann. »Falls du überhaupt Pauliina bist.«

»Du solltest dir eine spezielle Erinnerungstechnik nur für mich zurechtlegen. Haare und Kleidung fallen allerdings aus, das hatten wir ja schon.«

Darauf fällt mir nichts Geistreiches ein. Früher hätte ich vielleicht ein Muttermal vorgeschlagen und wäre unter der Bettdecke verschwunden, um nachzusehen. Jetzt fällt mir nur die lange Operationsnarbe ein, und das ist kein guter Ausgangspunkt für Scherze, zumindest noch nicht.

»Ja, das muss ich wohl«, erwidere ich stattdessen und drehe mich auf die Seite. Pauliina ist ganz still, und aus ihrer Atmung schließe ich, dass sie bereits wieder eingeschlafen ist. Wahrscheinlich hat sie ein Schlafmittel genommen.

Die Zeit vergeht. Ich bin müde, aber mein Kopf kommt nicht zur Ruhe. Ich habe nur einen kurzen Blick auf das Mädchen geworfen, aber das hat offenbar schon gereicht. Der Anblick war grässlich. Man hatte mit ihr wie mit einer Puppe gespielt und sie dann einfach weggeworfen. Das Gefühl ist nicht neu, es befällt mich immer, wenn es sich um junge Menschen handelt. Es ist einfach so schwer zu verstehen und gegen jedes natürliche Prinzip. Wie kann der Mensch sich angesichts solcher Unmenschlichkeit nur für die Krone der Schöpfung halten? Das war der Gipfel der Arroganz.

Kurz nach zwei bin ich noch immer wach, also stehe ich wieder auf und gehe ein Glas Wasser trinken. Die Tür zu Janinas Zimmer steht offen, ich werfe einen Blick hinein. Sie hat schon immer unruhig geschlafen. Als sie kleiner war, ist sie oft in unser Bett gekrochen und hat sich im Schlaf wie eine Besessene hin und her gewälzt. Jede Nacht bin ich mindestens einmal davon aufgewacht, dass ein kleiner Fuß mich gegen die Wange trat.

In dieser Hinsicht hat sie sich nicht verändert. Völlig verdreht liegt sie in ihrem Bett. Ich gehe zu ihr, hebe das Kissen auf, das sie im Schlaf auf den Boden geworfen hat, und schiebe ihren Arm, der aus dem Bett hängt, vorsichtig zurück auf die Matratze. Sie brummelt etwas, dreht sich um, wird aber nicht wach. Zufrieden schleiche ich zurück in den Flur.

Am Morgen treffe ich Pauliina im Bad. Sie steht im Bademantel vor dem Spiegel und hat eine Pinzette in der Hand.

»Wird beim MRT nicht das Innere des Kopfes untersucht?«, frage ich leichthin.

Pauliina reagiert verärgert. Vielleicht habe ich den Scherz schon mal angebracht.

»Ich darf im MRT nicht geschminkt sein«, schnaubt sie mich an. »Aber gegen dieses Frida-Kahlo-Buschwerk kann ich etwas tun!« Sie drückt mir energisch die Pinzette in die Hand. »Ich habe meine Brille in der Küche gelassen. Mach du weiter!«

Ich starre mit zusammengekniffenen Augen auf ihre Brauen. »Die sehen doch ganz passabel aus.«

»Du triffst heute den Oberbürgermeister?«

»Ja, gleich um neun«, antworte ich und gebe ihr die Pinzette zurück. »Wieso?«

Pauliina erinnert mich daran, dass ich ihr versprochen habe, bei der Magnetresonanztomographie heute Nachmittag dabei zu sein. »Musst du aber nicht«, fügt sie schnell hinzu. »Ich komme schon klar, glaub mir. Und wenn sie was finden, dann wird die Therapie fortgesetzt. Die Dinge sind nun mal so, wie sie sind, Angsthaben hilft nicht.«

Ich schaue Pauliina bewundernd an. »Du bist so tapfer.«

»Blödsinn. Die Ärzte und Krankenschwestern sind die eigentlichen Helden.«

Das Treffen mit dem Oberbürgermeister wird bestimmt nicht lange dauern, es ist nur der Antrittsbesuch unserer neuen Abteilung. Ich würde es ohne Schwierigkeiten zur Untersuchung schaffen. Der Gedanke an Pauliina, wie sie allein in den Gängen des Krankenhauses auf ihre Untersuchung wartet, fühlt sich unerträglich an.

»Ich komme auf jeden Fall mit«, sage ich. »So ein Termin wird mich nicht davon abbringen.«

Unsere Blicke treffen sich im Spiegel, und ihre Augen lächeln mich dankbar an.

11

Der morgendliche Berufsverkehr in Sankt Petersburg setzte gerade erst ein. Die Strahlen der aufgehenden Sonne spiegelten sich in der Newa, die Zahl der Fußgänger und Autos auf den Brücken nahm mit jeder Minute zu. Und in den engen, sich langsam erwärmenden Straßenschluchten schwoll das Getöse des dichter werdenden Verkehrs an.

Auf einer Nebenstraße, die zum Gribojedow-Kanal führt, fuhr ein einsames Taxi. Es verlangsamte seine Fahrt und hielt vor einem sechsstöckigen Haus, einem wuchtigen Altbau aus dem 19. Jahrhundert. Lena Jaakkola, eine energische, blonde Frau um die vierzig, stieg aus dem Taxi und ging leicht humpelnd auf die Eingangstür zu. Sie trug einen Blazer, ein enganliegendes, schwarz glänzendes Kleid und dazu Schuhe mit einem praktischen flachen Absatz, die fast aussahen wie Laufschuhe. Um die rechte Hand war eine weiße Stoffserviette gewickelt, in deren Ecke der Name eines bekannten Nachtklubs eingraviert war. Auf dem Stoff waren Flecken geronnenen Blutes.

Lena stieg die Treppe in den zweiten Stock hinauf und öffnete die Tür zu der mittleren Wohnung.

»Katia!«, rief sie, sobald sie im Flur stand.

Aus der Wohnung waren keine Geräusche zu hören. Lena schaute ins Wohnzimmer. Es war leer bis auf eine wuschelige, leicht übergewichtige Katze, die vom Sofa sprang, majestätisch zu ihrer Herrin stolzierte und um deren Waden strich.

Lena ging zu Katias Zimmer und öffnete die Tür. Das Bett sah aus, als ob es seit mehreren Nächten nicht benutzt worden war, und auch sonst schien das Zimmer seit ihrem letzten Streit unverändert. Katia hatte die Wohnungstür hinter sich zugepfeffert und war ohne ein weiteres Wort gegangen – wahrscheinlich zu einer Freundin. Das war nicht das erste Mal.

Lena fühlte ein hässliches Stechen in der Brust. Sie hätte es nicht so weit kommen und den Streit so eskalieren lassen dürfen. Vor allem nicht kurz vor einem Auftrag, bei dem sie nicht sagen konnte, wie lange sie wegbleiben würde. Wer seine Brötchen beim FSB, dem russischen Inlandsgeheimdienst, verdiente, wusste nie, ob er überhaupt nach Hause zurückkehren würde. Jeder Auftrag konnte der letzte sein.

Als Lena Katias Geldversteck mit mehr als tausend Euro entdeckt hatte, war sie sofort in die Luft gegangen. Sie hätte besonnener reagieren und in ruhigem Ton mit Katia darüber sprechen müssen, aber gegen ihre aufbrausende Natur und Katias bockige Art war sie machtlos. Katia konnte nichts dafür, sie war ja fast noch ein Kind. Sie hatten sich sofort so heftig angeschrien, dass die alte Oma ein Stockwerk tiefer die Heizung mit dem Besenstiel traktierte. Kurz darauf hatten auch die Pudel von oben und der Schäferhund aus der Nachbarwohnung in das Zirkuskonzert eingestimmt – wie immer.

Mit Katia war es schwer, konstruktiv zu diskutieren. Sie war automatisch auf Abwehr eingestellt. Zwischen ihnen hatte sich eine Mauer aufgebaut, die in den letzten beiden Jahren beinahe unüberwindbar geworden war. Lena gab sich selbst die Schuld daran. Sie hatte in einer neuen Abteilung angefangen, gerade als Katia in ein schwieriges Alter kam. Doch hinterher ist man immer schlauer. Katia hätte Unterstützung und ihre Anwesenheit gebraucht, doch Lena konnte nicht für sie da sein. Es gab mehr als genug zu tun, und sie musste beweisen, dass sie das Vertrauen ihrer Vorgesetzten verdiente.

Lena seufzte und ging in die Küche. Die Katze war bereits dort, saß neben ihrem leeren Fressnapf und sah sie vorwurfsvoll an.

Lena stellte ihre Handtasche neben die Kaffeemaschine, holte ihr Telefon hervor und steckte es an das Ladekabel. Irgendwann im Laufe des gestrigen Tages – vielleicht auch schon morgens – hatte ihr Akku den Geist aufgegeben. Die letzte Woche war ein Albtraum gewesen. Die Tage waren ohne Schlaf ineinander übergegangen und hatten sich wie ein Karussell gedreht, im ständigen Wechsel von nervtötendem Warten und unvorhersehbaren Gewaltakten. Immerhin war sie bei diesem Auftrag nicht gezwungen gewesen, die Waffe zu benutzen. Wenigstens ein kleiner Trost.

Lena gelang es irgendwie, mit der linken Hand eine Dose Thunfisch zu öffnen und sie der Katze in den Fressnapf zu kippen. Sie hatte so viele Mahlzeiten ausgelassen, dass sogar das Katzenfutter verführerisch wirkte.

Doch erst einmal musste sie duschen. Danach essen, vorausgesetzt, im Kühlschrank fände sich irgendwas Genießbares, und danach schlafen – ein langer tiefer Schlaf im eigenen Bett, nicht nur ein paar Minuten auf den durchgesessenen Sitzen des Dienstwagens.

Lena betrachtete die Serviette an ihrer rechten Hand. Es sah schlimm aus, und das Abwickeln tat weh. Der Stoff war mit den aufgeschürften Stellen verklebt. Sie löste die Serviette ganz vorsichtig, Knöchel für Knöchel. Ihr Handrücken war geschwollen, aufgerissen und krustig von getrocknetem Blut, die Blutergüsse sahen schon jetzt furchterregend aus. Lena bewegte mit schmerzerfülltem Gesicht vorsichtig das Handgelenk und die Finger. Zum Glück war nichts gebrochen.

Die warme Dusche tat gut. Lena stand mit gesenktem Kopf unter der Brause und ließ das Wasser auf sich niederprasseln. Auch an ihren Unterarmen und Schienbeinen hatte sie blaue Flecken, und sie versuchte sich ins Gedächtnis zu rufen, was eigentlich genau passiert war. Die Erinnerung kam so klar wie schmerzhaft zurück: Genau wie die Wunden an der Hand stammten auch die übrigen Verletzungen von der Straße vor dem Nachtklub.

Sie sah die Bilder deutlich vor sich. Alles war sehr schnell gegangen: Ein junger Mann aus einer kriminellen Bande hatte gedacht, sie wäre eine Polizistin in Zivil, und hatte seinen Verdacht unverzüglich und lauthals hinausposaunt. Der Mann litt unter Wahnvorstellungen, er hatte sich schon im Nachtklub Amphetamin gespritzt. Auf der Straße dann hatte er seinen Kumpels zugegrölt, dass er Lena in den letzten Tagen verdächtig oft gesehen hätte. Womit er natürlich recht hatte, Paranoia hin oder her.

Er war ohne Vorwarnung über sie hergefallen. Und er entpuppte sich als Prototyp eines mit Drogen vollgepumpten Schlägers: unberechenbar, unüberlegt und unempfänglich für Schmerz oder Ermüdung. Lena hatte versucht, den mit voller Kraft um sich schlagenden Mann mit Tritten und gezielten Schlägen auf Distanz zu halten, doch es hatte nichts geholfen. Er hatte wie eine Maschine immer weitergemacht. Lena hatte sich bereits ein paar schmerzhafte Schläge eingefangen und ihre Fingerknöchel aufgeschürft. Sie hatte sich schnell etwas einfallen lassen müssen. Also griff sie dem Mann fest in die Haare, zog seinen Kopf nach unten und trat ihm mit dem Knie kräftig gegen die Nasenwurzel. Das hatte geholfen. Er sank schlaff zusammen und schlug beim Fallen mit dem Kopf auf den Bordstein auf.

Zu diesem Zeitpunkt waren seine Kumpels längst über alle Berge. Vielleicht aus Angst vor ihr, wahrscheinlich aber waren sie vor den anrückenden Sirenen geflüchtet. Lena zeigte den ankommenden Polizisten ihre Dienstmarke mit Schild und Schwert und berichtete ihnen kurz, was sich ereignet hatte. Sie riefen dem immer noch bewusstlosen, aber zumindest regelmäßig atmenden Mann auf dem Boden einen Rettungswagen. Als äußerst hilfsbereit erwies sich der Türsteher des Nachtklubs. Er eilte sofort mit einer Schüssel Eis und mehreren sauberen Servietten herbei. Er war es auch, der ihr schließlich ein Taxi bestellt hatte. Ein außergewöhnlich aufmerksamer Mann für einen Türsteher.

Lena drehte den Wasserhahn zu und tupfte ihre Hand mit einem Handtuch ab. Dann schlüpfte sie in ihren Bademantel, ging in die Küche und öffnete den Kühlschrank. Der Anblick war so trostlos, dass Lena fast laut losgelacht hätte: eine völlig ausgequetschte Tube Mayonnaise, daneben ein Glas Essiggurken, in dem zwei Gurkenscheiben in so großer Entfernung voneinander schwammen, als wären sie durch einen salzigen Ozean getrennt. Katia hatte sich schon oft und laut über ihre dürftige Haushaltsführung beschwert – zu Recht.

Routine war nicht Lenas Stärke. Das war ihr schon immer klar gewesen.

Wenigstens fand sie im Schrank noch etwas Tee und eine Packung Cornflakes. Lena zog sich den Küchenhocker heran und stopfte eine Handvoll trockener Cornflakes in sich hinein. Während sie den Teebeutel in der Tasse schwenkte, griff sie nach dem Handy und schaltete es an. Ein paar E-Mails und Textnachrichten, die sie schnell überflog. Die letzte hatte sie erst vor wenigen Minuten bekommen, von Andrei, jenem Offizier, der sie einst beim FSB angeworben hatte und immer noch seine schützende Hand über sie hielt. Die Nachricht war äußerst knapp. Er teilte ihr mit, dass sie sich in großen Schwierigkeiten befand. Der Zustand des jungen Mannes, der mit dem Kopf aufgeschlagen war, sei kritisch, er liege auf der Intensivstation. Das eigentlich Beunruhigende an der Nachricht war allerdings die Information, dass es sich um den Sohn eines Ministers handelte. Andrei schlug ein unauffälliges Treffen vor. Nur sie beide. Und zwar sofort. Lena begann leise zu fluchen.

Gerade als sie das Telefon weglegen wollte, entdeckte sie das Nachrichtensymbol ihrer Mailbox. Sie wählte sie an und hielt sich das Handy ans Ohr. Als sie Katias Stimme hörte, fuhr sie wie elektrisiert zusammen. Ihr Rücken richtete sich kerzengerade auf, und ihr ohnehin schon strenger Gesichtsausdruck wurde noch angespannter.

Katia war in Schwierigkeiten und brauchte ihre Hilfe.

Lena hörte die Nachricht mehrere Male ab und konzentrierte sich außer auf Katias Worte – das waren leider nur wenige – auch auf die Hintergrundgeräusche, die allerdings nichts weiter verrieten. Dann sah sie auf die Nummer, von der aus Katia angerufen hatte. Eine finnische Nummer. Sie sprang auf und lief zu ihrem Laptop, der auf dem Wohnzimmertisch lag. Ihre Finger begannen flink und präzise auf die Tastatur einzuhämmern. Sie wählte sich ins FSB-Netz ein, und kurz darauf erschienen Name und Anschrift des Anschlussinhabers auf dem Monitor: Esa Kuparinen, Lappeenranta.

Lena betrachtete die Informationen nachdenklich, der blaue Widerschein des Bildschirms fiel auf ihr Gesicht.

Ihre Müdigkeit war schlagartig verflogen.

12

»Wo ist deine Krawatte?«, fragt Taina, als wir im Aufzug des Rathauses stehen, und meint es zumindest halbernst. Schon als wir die Einladung bekommen haben, hat sie mich darauf hingewiesen, dass wir ordentlich gekleidet zu erscheinen hätten. Bürgermeister Degerman und sein Hofstab legen offensichtlich viel Wert auf Formalitäten. Seitdem junge, dynamische Büroangestellte das Zepter im Rathaus schwingen, kommt es anscheinend auch auf Äußerlichkeiten an.

Ich trage eine Jeans, ein Hemd sowie mein fünfzehn Jahre altes Kordsakko. In der Brusttasche habe ich eine Krawatte, seit Jahren schon. Janina hat sie mir mal zum Vatertag geschenkt. Sie ist ziemlich bunt. Ich ziehe sie aus der Tasche und lege sie mir unter den Hemdkragen. Der Knoten ist vorgebunden, ich öffne ihn nie, da ich ihn höchstwahrscheinlich nicht wieder hinbekommen würde. Taina verfolgt meine Anstrengungen von der Seite mit sichtlicher Belustigung. Als der Farbklecks schließlich an meinem Hals baumelt, richtet sie mir noch die abstehenden Kragenspitzen.

In dem Moment öffnet sich die Fahrstuhltür, und wir betreten den Bürovorraum im obersten Stock. Durch die großen Fenster hat man einen schönen Blick über den Park. Bevor ich jedoch die Aussicht genießen kann, werden wir schon von einer streng lächelnden, hochschwangeren Frau begrüßt, die trotz ihres deutlich gerundeten Bauches mit einem tadellos sitzenden Kostüm bekleidet ist.

»Anneli Ahola, ich bin die Büroleiterin des Oberbürgermeisters«, stellt sie sich vor und führt uns zu einer Tür. Hier hält sie inne und erklärt, sie werde nachsehen, ob der vorhergehende Termin schon zu Ende sei. Sie bittet uns, einen Moment zu warten.

Anneli Ahola verschwindet im Zimmer und schließt die Tür sorgfältig hinter sich. Ich lege mein Ohr an die Türverkleidung aus edlem Holz und lausche angestrengt. Zwei Männer sprechen mit gedämpfter Stimme, hin und wieder wirft die Büroleiterin einen Kommentar ein. Mein Name wird genannt, außerdem mein früherer Arbeitgeber, die Zentrale Kriminalpolizei. Zu meiner großen Verwunderung fällt auch Pauliinas Name, in Verbindung mit ihrem Mädchennamen.

»Komm weg da«, flüstert Taina hinter mir.

Doch ich lausche bis zum Schluss. Als sich Schritte nähern, trete ich schnell zurück und stelle mich neben Taina.

»Bitte sehr«, sagt die Büroleiterin und hält uns die Tür auf.

Der Oberbürgermeister erhebt sich hinter seinem Schreibtisch und schüttelt Taina und mir eifrig die Hand. Robert Degerman ist ein groß gewachsener, stimmgewaltiger, zupackender und extrovertierter Mann – der Inbegriff einer Führungsfigur. Er beherrscht den Raum, ihn zu ignorieren ist unmöglich. Ich muss meine Hand fast wie aus einem Schraubstock herauswinden. Sein durchdringender Blick hält mich gefangen, und ich versuche so gut es geht auszuweichen. Ich würde seine Aufmerksamkeit nur zu gern von meiner Person weglenken und mich auf Beobachtungsdistanz zurückziehen, doch im Moment ist das unmöglich.

Ein jüngerer Mann mit modischem Dreitagebart erhebt sich vom Sofa und stellt sich als Mikael Ahola, Wirtschaftsdezernent, vor. Ich gebe ihm die Hand, und schon ist Degerman wieder bei mir. Er legt scherzhaft den Arm um mich und führt mich zum Panoramafenster. In seiner Umklammerung fühle ich mich klein und schmächtig, was sicherlich voll beabsichtigt ist.

»Ich kann Ihre Abteilung von hier aus sehen«, donnert er laut wie ein Stier und weist mit der freien Hand in Richtung Polizeigebäude. »Die Konstellation ist symptomatisch für ganz Lappeenranta. Jeder sieht jeden, jeder kennt jeden, und alle ziehen an einem Strang – das ist unsere Stärke.«

Im Umkehrschluss, denke ich, heißt das, ich kenne keinen und mich kennt keiner.

Als ob er Gedanken lesen könnte, schaut Degerman mich mit einem unschuldigen, breiten Grinsen an: »Sie haben doch sicher auch eine Beziehung zu Lappeenranta, nicht?«, fragt er und fasst mich fast kumpelhaft an den Schultern. »Immerhin haben Sie sich entschlossen, hierher umzuziehen.«

Dazu muss ich mich wohl oder über verhalten, also erkläre ich, dass meine Frau aus Lappeenranta stammt und ich dieser Stadt hin und wieder einen Besuch abgestattet habe. Bei diesen Worten beobachte ich Degerman. Er wirkt, als höre er dies zum allerersten Mal. Der Mann ist gut, ein geborener Politiker.

»Also fast einer von uns«, antwortet er lachend. »Wir werden gut zusammenarbeiten.«

Mir ist schmerzlich bewusst, dass Degermans Arm immer noch auf mir liegt, als ob er ihn dort vergessen hätte. Er fühlt sich von Sekunde zu Sekunde schwerer an. Auf Taina kann ich nicht zählen, sie schwatzt mit dem Wirtschaftsdezernenten. Ihr Ton ist freundschaftlich, sie unterhalten sich über den Inhalt des Mutterschaftspakets, das jede Frau bei der Geburt kostenlos vom finnischen Staat erhält.

Unterdessen schwadroniert Degerman weiter, spricht davon, wie sehr die ganze Stadt hinter der neuen Sondereinheit Schwerkriminalität stehe. Wobei er besonders betont, dass das Geld nicht allein von der Stadt komme, sondern es sich um ein befristetes gemeinsames Projekt mit dem Europäischen Polizeiamt handle.

Ich fühle mich zunehmend unwohl. Ich muss den Arm loswerden, er lastet auf mir wie ein Baumstamm.

Ich murmle eine Entschuldigung und beuge mich nach unten, um so zu tun, als ob ich mir die Schnürsenkel binden müsste. Danach gehe ich zu Taina und zum Wirtschaftsdezernenten.

»Hat die Abteilung schon einen Fall?«, fragt Degerman.

»Ja, seit gestern«, antworte ich. Worauf Taina sofort einwirft, dass noch gar nicht restlos geklärt sei, ob es wirklich ein Fall für unsere Abteilung sei.

»Ich finde, dass es ganz klar nach einem Fall für uns aussieht«, entgegne ich.

Die darauf entstehende Stille scheint in vielerlei Hinsicht problematisch zu sein. Degerman schaut mich und Taina nacheinander fragend an, und der Wirtschaftsdezernent schnappt sich mit zusammengepressten Lippen einen Stapel Akten vom Tisch. Dann schlägt Degerman seine Pranken zusammen und reicht uns zum Abschied die Hand.

»Herzlich willkommen in Lappeenranta«, sagt er zu mir,

»auch im Namen der ganzen Stadt. Das Gleiche gilt für Ihre Familie. Haben Sie Kinder?«

»Eine Tochter.«

»Wie alt ist sie?«

»Siebzehn.«

Degerman nickt. Wir warten noch einen Augenblick, aber er scheint alles gesagt zu haben. Die Audienz ist vorüber.

Im Aufzug wirkt Taina gereizt. Ich glaube, ich ahne den Grund. Ich bin ihr mit meiner Einschätzung, das nackte Mädchen sei ein Fall für uns, wohl auf die Füße getreten. Ich versuche es mit Ablenkung, vielleicht kann ich die Situation ja mit einer belanglosen Frage entschärfen.

»Bekommen der Wirtschaftsdezernent und die Büroleiterin ein Kind zusammen?«

»Ja, Mikki ist Annelis Mann.«

Ich nicke. Das war nicht schwer zu erraten, immerhin haben beide den gleichen Nachnamen.

Taina lehnt sich mit einem leichten Lächeln etwas zu mir herüber. »Außerdem ist Anneli Roberts Cousine.«

Das allerdings ist eine Überraschung.

»Hier scheinen sich wirklich alle zu kennen«, seufze ich. »So wie es aussieht, kennt der Oberbürgermeister sogar meine Frau. Kannst du mir sagen, wie das möglich ist?«

Das Handy in Tainas Jackentasche piept, eine neue Textnachricht.

»Sie kennen sich bestimmt von früher«, antwortet sie in Gedanken, während sie das Telefon hervorkramt und die Nachricht liest. »Das war die Gerichtsmedizin. Wir müssen los.«

In der Pathologie helfen Achtsamkeitsübungen auch nicht weiter, das hat sich schon in Helsinki gezeigt. Eine »bewusste Akzeptanz« kann den Totengeruch nämlich auch nicht fernhalten. Ich war bei zwei Kursen, und keiner hat was gebracht. »Die neugierige und akzeptierende Beobachtung der eigenen Sinneswahrnehmungen« hieß der zweite Kurs. Zuerst haben wir zehn Minuten lang eine Rosine angestarrt, dann ebenso lange an ihr gerochen und schließlich das arme Rosinchen verspeist und dabei ihre Konsistenz und jede Geschmacksnuance sorgfältig registriert. Anschließend haben wir der Stille gelauscht. Die Erfahrung an sich war angenehm, aber meine Abscheu gegen den Tod hat sie nicht beseitigt. Ich bin schlicht nicht in der Lage, meine Sinneswahrnehmung akzeptierend zu beobachten, wenn es sich um einen toten Menschen handelt.

Taina betrachtet mich mit einem unverhohlenen Grinsen. Ich stehe im Flur, trage einen Einwegschutzanzug, blaue Überzieher an den Schuhen und Latexhandschuhe. Außerdem habe ich die Krankenschwester um eine Atemmaske gebeten.

»In all den Dienstjahren hast du dich immer noch nicht daran gewöhnt?«, gibt sich Taina verwundert. Sie trägt nur ein paar Überschuhe und scheint die Situation in vollen Zügen zu genießen.

Ich konzentriere mich darauf, tief und ruhig zu atmen, so wie ich es im Kurs gelernt habe, und lasse die formalingeschwängerte Luft bis in mein Zwerchfell strömen.

»Das Mädchen ist zwischen fünfzehn und zwanzig Jahre alt«, fährt Taina sachlich fort. »Der Abgleich ihres Fotos und ihrer Fingerabdrücke hat bislang nichts ergeben.«

Die große grüne Tür öffnet sich, und der diensthabende Rechtsmediziner winkt uns herein. Ich hoffe sehr, dass er keiner von diesen makabren Spaßvögeln ist. Die ständige Arbeit mit Leichen scheint bei einigen Vertretern dieses Fachgebiets den Sinn für Humor derart in Mitleidenschaft zu ziehen, dass ihre Scherze einen unverkennbar morbiden Anstrich bekommen. Das mag zwar ein Klischee sein, das sich meinen Beobachtungen nach jedoch allzu oft bewahrheitet. In Helsinki hat mich mal ein auf Rum-Cola spezialisierter Kollege gefragt, womit sich ein Pathologe entspannt. »Er seziert ein Steak«, verkündete er mir gleich darauf mit einem dröhnenden Lachen. Kurze Zeit später hat man ihn für berufsunfähig erklärt.

Der Anfang lässt mich aufatmen. Der Rechtsmediziner erspart sich und uns witzige Bemerkungen und kommt gleich zur Sache. Die Leiche ist auf einer Metallpritsche aufgebahrt, der Arzt rückt die Lampe zurecht und berichtet von seinen Beobachtungen.

»Die Haut ist erstaunlich unversehrt. Ein paar unauffällige Hämatome an den Fußgelenken, ansonsten keine sichtbaren Wunden oder äußeren Verletzungen. Der Tod trat vor etwa vierundzwanzig Stunden ein. Ertrunken ist sie nicht, alle Anzeichen deuten auf Herzversagen, aber das wird natürlich noch genauer untersucht.«

Er erwähnt noch ein paar Rippenbrüche, doch scheinen sie nicht in Zusammenhang mit der Todesursache zu stehen, sondern sind vermutlich auf den Transport der Leiche zurückzuführen. Dann richtet er das Licht auf die Armbeugen des Mädchens.

»Hier gibt es etwas.«

Taina beugt sich tiefer über einen der Arme, sie ist wie ein Schnauzer, der Witterung aufgenommen hat. Ihre Nase berührt beinahe die wachsbleiche Haut, deren Farbton sich langsam von Graublau zu Grünblau verändert. Der Arzt sieht mich fragend an.

»Ich schaue von hier aus zu«, brumme ich hinter meiner Maske hervor. Trotz der effektiven Entlüftung ist der Verwesungsgeruch deutlich wahrnehmbar. Mir wird schwindelig, und ich fühle mich, als wäre ich nicht mehr in meinem Körper. Möglichst unauffällig stütze ich mich an der Tischkante hinter mir ab.

»Einstiche«, sagt Taina, »mehrere.«

Ich zwinge mich, das Mädchen anzusehen, und lasse meinen Blick schnell über ihren Körper wandern. Auf der Haut sind keine Narben oder Tätowierungen zu erkennen.

»Sie wirkt nicht wie eine Drogensüchtige«, sage ich.

»Und auch nicht wie ein Stammgast im Gesundheitszentrum«, ergänzt der Rechtsmediziner. »Es gibt keinerlei Anzeichen für eine Krankheit, und einer Gesunden hätte man bestimmt nicht so oft Blut abgenommen.«

Er erklärt, dass er das Blutbild im Labor untersucht habe, allerdings werfe das Ergebnis mehr Fragen auf, als dass es Antworten liefern würde. Deswegen habe er die Probe an die Universität weitergeleitet. Das Chemische Institut verfüge über ein Massenspektrometer, das eine genauere Analyse ermögliche. Er verspricht, uns die Ergebnisse sofort mitzuteilen, sobald er sie hat.

»Gut«, sagt Taina, richtet sich auf und wendet sich zum Ausgang.

Sie wartet schon an der Tür, ich kann mich jedoch nicht

bewegen. Es ist nur eine Ahnung. Aber ich weiß, dass ich ihr sofort nachgehen muss, sonst lässt sie mich nicht los und bringt mich letztendlich um den Schlaf. Leider erfordert das eine genauere Betrachtung der Toten. Ich gehe näher heran und stelle mich an das Fußende der Bahre. Ich versuche mich ausschließlich auf ihre Knöchel zu konzentrieren. Den Rest des bläulichen Grauens schließe ich aus meinem Blickfeld aus. Auf der Haut sind schwache, unscheinbar aussehende Abschürfungen zu erkennen. Ich fechte einen inneren Kampf aus. Alarmglocken läuten in meinem Kopf, und die roten Warnlichter leuchten so heftig wie in Tschernobyl. Trotzdem fasse ich den Unterschenkel mit meiner latexbehandschuhten Hand vorsichtig an, hebe ihn hoch und beuge mich noch etwas tiefer über die Fessel, um sie genauer zu studieren. Instinktiv halte ich den Atem an.

Die Spuren führen um den Knöchel herum. In dem hellen Licht sind sie gerade so zu erkennen. Ich lasse den Schenkel zurück auf die Unterlage gleiten und schaue den Rechtsmediziner fragend an: »Sind die vor oder nach dem Tod entstanden?«

13

Der Suworowski-Prospekt lag gebadet in warmem Sonnenschein. Hier auf dem Platz vor dem Innenministerium herrschte an diesem frühen Nachmittag dichter Verkehr. Die mit Säulen verzierte, zweihundert Meter lange Fassade des Gebäudes warf die über den Tag gespeicherte Wärme zurück.

Kurz nach zwei Uhr trat ein dunkelhaariger, an den Schläfen schon leicht ergrauter Mann aus dem Haupteingang, ging die kurze Treppe hinunter und wartete auf eine passende Lücke im Verkehrsstrom. Dann eilte er halb im Laufschritt über die Straße und steuerte auf den am Ende des Prospekts gelegenen Park zu. Beim Laufen zog er das Jackett aus und hängte es sich über die Schulter.

Unterdessen stieg Lena aus dem Auto, das sie auf der anderen Seite des Parks abgestellt hatte. Sie und Andrei näherten sich aus entgegengesetzten Richtungen einem in der Mitte des Parks gelegenen Springbrunnen. Die Schritte knirschten auf dem ausgetrockneten Sandweg. Als er Lena, die eine Sonnenbrille auf der Nase trug, entdeckte, huschte ein unbeabsichtigtes, jungenhaftes Lächeln über Andreis Gesicht. Er mochte Lena – ihren derben Humor, ihre Entschlossenheit, ihren Mut sowie das völlige Fehlen des Bedürfnisses, sich selbst in den Mittelpunkt stellen zu wollen. Er hatte diese Eigenschaften immer auf Lenas finnische Wurzeln zurückgeführt.

Andrei setzte sich auf die einzige freie Bank neben dem

Springbrunnen. Kurz darauf erreichte auch Lena die Bank und setzte sich ans andere Ende. Sie begrüßten sich halblaut und verhalten, so unauffällig wie möglich. Zur nächsten Bank und den dort sitzenden Leuten waren es gut zehn Meter, dennoch war Vorsicht geboten. Es war wichtig, den Eindruck zweier Fremder zu erwecken, die sich zufällig hier begegneten und miteinander ins Gespräch kamen. Vielleicht sprachen sie über die Hitzewelle, die über der Stadt lag, oder über die Neugestaltung des Parks im vergangenen Sommer.

Dann wurde Andrei ernst. »Er ist heute Mittag verstorben.« Lena nickte, und Andrei fuhr fort: »Jemand muss dafür geopfert werden, und es trifft höchstwahrscheinlich dich.«

»Ich fahre nach Finnland«, sagte sie schnell.

Andrei sah sie überrascht, aber auch ein bisschen bewundernd an. »Eine gute Entscheidung. Was sagt Katia dazu?«

Lena holte tief Luft. Dann erzählte sie von ihrem Streit, von der Nachricht auf ihrer Mailbox und von dem Finnen, dem der Anschluss gehört. Als sie über Katias Hilferuf sprach, merkte sie, wie ihr beinahe die Stimme versagte und ihr das Sprechen schwerfiel. Sie hätte sich gern näher zu Andrei gesetzt, und ihm schien es genauso zu gehen.

»Schrecklich«, sagte er, als Lena schwieg. »Wie kann ich helfen?«

»Stell sicher, dass ich über die Grenze komme.«

Andrei nickte. »Fahr am besten heute noch. Und geh nicht mehr nach Hause.«

Lena erklärte, dass sie schon am Morgen ein paar Sachen eingepackt hatte, die Tasche befand sich im Auto. Sie würde vorerst nicht in ihre Wohnung zurückkehren. Vielleicht nie mehr.

Andrei schluckte und sagte dann, als ob er ihre Gedanken lesen könnte, mit leiser Stimme: »Man weiß bei diesen Dingen nie im Voraus, wie sie laufen. Es kann sein, dass du schon bald zurückkommen kannst.«

Er versprach Lena, mit ihr in Kontakt zu bleiben und ihr zu berichten, wie sich die Dinge hier entwickelten. Dann war das Gespräch beendet, alles war geklärt. Es schien, als hätten beide gern noch etwas gesagt. Schließlich erhob sich Andrei und hielt Lena die Hand zum Abschied hin. Sie blickte sich vorsichtig um, bevor sie sie ergriff.

»Alles Gute«, sagte Andrei und lächelte beruhigend. »Ich bin sicher, du wirst Katia finden. Ich weiß es. Wenn jemand sie findet, dann du.«

14

Wir sitzen im Besprechungsraum rund um den vor uns aufgeklappten Laptop. Auf dem Bildschirm ist ein Foto des toten Mädchens auf der Plane zu sehen. Ich zoome auf ihre Knöchel. Das Bild wird pixelig, aber die winzigen Hautabschürfungen sind gerade noch erkennbar.

»Seht selbst, das sind eindeutig Fesselungsspuren. Nach Meinung des Rechtsmediziners sind sie möglicherweise erst nach dem Tod entstanden.«

»Möglicherweise«, bemerkt Taina trocken. »Sicher war er sich aber nicht.«

Auch die anderen scheinen sich nicht für meine Theorie zu begeistern. Ich beharre trotzdem weiter darauf: »Man kann eine Leiche nur versenken, wenn man sie mit Gewichten beschwert. Sonst kommt sie irgendwann an die Oberfläche. Und an den Knöcheln kann man leicht etwas befestigen, das weiß jedes Kind.«

»Hoffentlich nicht«, schnaubt Taina. Sie steht am Fenster und blickt nachdenklich hinaus auf die Straße. Dann geht die Tür auf, und Niko kommt ins Zimmer. Taina und Johanna sehen ihn fragend an, während ich nach einem besseren Bild von den Knöcheln suche. Doch es ist keines zu finden. Niemand hatte am Ufer auf die Knöchel der Toten geachtet.

»Es gibt keine passende Vermisstenanzeige«, erklärt Niko.

»Immer noch nicht?«, wundert sich Johanna.

»Und die älteren Vermisstenmeldungen?«, fragt Taina. »Weiter zurückliegende, ungelöste Fälle?«

Niko schüttelt den Kopf. Dann dreht er sich zu mir um, er wirkt offen irritiert. Ich habe die Hosenbeine hochgekrempelt und mir Schuhe und Strümpfe ausgezogen.

Der Bluterguss ging ganz um den Knöchel herum. Auf den Bildern ist das nicht zu erkennen.

»Was ist denn mit dem los?«, fragt Niko flüsternd die anderen. Johanna zuckt mit den Schultern. Taina dreht sich um und sieht zur Abwechslung mal zu mir und nicht auf den Verkehr.

»Nehmen wir einmal an«, sagt sie, »ihr wurden Gewichte umgebunden. Warum ist sie dann ans Ufer gespült worden?«

»Schlechte Knoten. Der Täter ist ein Amateur, zumindest was das Morden betrifft.«

Selbst ein Halbprofi hätte die Leiche in eine Plane gewickelt und das Paket mit einer Kette zugeschnürt. Ich vermute, dass der Tod des Mädchens ein Versehen war und der Täter Panik bekommen hat.

Ich stehe auf. Alle Blicke sind auf meine Füße gerichtet.

»Lasst uns gehen«, sage ich zu Taina.

»Wohin?«

»Den See durchkämmen!«

Ich habe mich an der Spitze der Landzunge postiert, wo die Leiche gefunden wurde. Der Seekarte nach liegt der tiefste Punkt der Bucht etwa knapp einen halben Kilometer nördlich. Neun Meter Wassertiefe, das ist wie eine Grabsenke in der ansonsten flachen Bucht. Selbst die Schifffahrtsrouten mussten ausgebaggert werden. Die Rettungstaucher sind angewiesen, an der Untiefe zu suchen. Die Sonnenstrahlen werden von ihrem Aluminiumboot so stark reflektiert, dass es kaum noch zu erkennen ist.

Niko steht neben mir. Taina hat uns zähneknirschend die Erlaubnis zum Einsatz der Taucher erteilt. Obwohl das, so war zu hören, extrem teuer sei. Und eine unbestimmte Ahnung von möglicherweise existierenden Beweisstücken sei ihrer Meinung nach noch lange kein ausreichender Grund, um die Ressourcen der Rettungsstelle zu verschwenden.

Niko starrt auf den See hinaus und beschattet die Augen mit der Hand. Ich drehe mich zu ihm um.

»Wollen wir wetten?«

»Worum?«

»Dass die Taucher ein Gewicht und Bänder oder etwas Ähnliches zum Festbinden finden, was miserabel verknotet wurde.«

»Einverstanden. Was ist der Einsatz?«

»Fünfzig.«

Wir schlagen ein, und ich setze mich auf den Felsen. Niko beobachtet das Boot im Stehen. So langsam mag ich ihn. Ich bin mir nicht sicher, wann genau sich die Wende vollzogen hat. Aber er scheint aufrichtig und geradeheraus zu sein. Und seine Eltern kann man sich schließlich nicht aussuchen.

»Einer der Taucher ist an die Oberfläche gekommen«, sagt Niko.

»Hat er was gefunden?«

»Schwer zu sagen.«

Kurz darauf klettert auch der zweite Taucher zurück ins Boot. Es dauert einen Moment, dann wird der Motor gestartet, und das Boot fährt in einem Bogen zurück in die Bucht. Wir gehen ihnen am Ufer entgegen.

Der Bug schrammt über den Sand, und die Taucher hieven einen neu glänzenden Poller ans Ufer, der bestimmt mehr als zehn Kilo wiegt. Er gehört normalerweise auf einen Bootssteg als Vorrichtung zur Befestigung der Leinen größerer Boote.

Um den Poller sind zwei rosafarbene Stofffetzen gebunden. Sie sind aus einem glatten Material, Seide vielleicht oder Satin, kein Wunder, dass sich die Knoten im Wasser schnell gelöst haben.

Ich halte Niko meine Hand hin. Er flucht leise und kramt sein Portemonnaie hervor.

»Der Poller ist recht groß«, sage ich und stecke den Schein in die Hosentasche. »Wo befindet sich der nächste Hafen, an dem auch mittelgroße Yachten anlegen?«

Niko überlegt einen Moment. »Das Hotel Saimaanranta und das Feriendorf haben einen ganz ansehnlichen Hafen. Aber der Klotz muss ja nicht unbedingt von dort stammen.«

»Nach Ockhams Rasiermesser ist er genau von dort.«

Zuerst nickt Niko mit einem wissenden Ausdruck. Dann lässt er die Maske fallen und fragt gequält: »Was bitte?«

»Die einfachste Theorie ist in der Regel die wahrscheinlichste, überzählige Variablen sind zu eliminieren. Hat der Franziskanermönch Wilhelm von Ockham herausgefunden. Google das mal.«

Niko zieht ein Handy mit einem Display von der Größe eines Spatens aus der Tasche seiner Sportjacke.

»Zu Hause«, weise ich ihn an. »Immer abends zu Hause studieren.«

Niko packt das Telefon wieder weg. Irgendwas beunruhigt mich bei den Worten abends und Zuhause. Und plötzlich fällt es mir wieder ein.

»Wie spät ist es?«, rufe ich aufgeregt.

Niko wirkt irritiert. »Gleich drei.«

Ich fluche wild drauf los. »Verdammt. Wie lange fährt man von hier ins Krankenhaus? So ein Mist.«

»Etwa zwanzig Minuten.«

»Dann los jetzt. Nimm den Poller!«

Niko hebt das Corpus Delicti umständlich mit den Armen hoch, ohne es mit den Händen zu berühren. Man würde wohl kaum noch Fingerabdrücke sicherstellen können, aber es war auf jeden Fall mitgedacht.

Die Rettungstaucher schauen uns verwundert an. Sie sehen aus wie zwei in Gummi gekleidete Saimaarobben, die nur Bahnhof verstehen.

»Danke nochmal«, rufe ich ihnen zu. Ich bin so durcheinander, dass ich mich ein wenig verbeuge – fast so wie die Japaner. Dann drehe ich mich um und renne zum Auto.

15

Ein dunkelblaues Auto mit russischem Kennzeichen parkte am Straßenrand. Lena saß mit verschränkten Armen und einer tief in die Stirn gezogenen Kapuze hinter dem Steuer. Vom Fußweg aus konnte man nicht erkennen, dass im Auto eine Frau mit Pferdeschwanz saß. Wären Passanten vorbeigekommen, hätten sie sicher geglaubt, dort säße ein Mann, der vor sich hin döst.

Lena hatte sich seit zwei Stunden nicht vom Fleck bewegt und das Haus auf der gegenüberliegenden Straßenseite im Blick behalten. Sie stand ein wenig abseits, etwa dreißig Meter die Straße hinunter. Es war wichtig, unauffällig im Hintergrund zu bleiben.

Plötzlich tat sich was. Lena richtete sich auf und schob die Kapuze aus dem Gesicht. Die Haustür hatte sich geöffnet, und ein großer, leicht übergewichtiger Mann trat, gefolgt von einem etwa zehnjährigen Mädchen, heraus. Das Mädchen tanzte aufgeregt um ihn herum, als sie die Treppe hinunterstiegen. Der Mann trug eine schwer wirkende Kühltasche. Es sah fast so aus, als planten sie einen Ausflug. Er brachte die Kühltasche zu dem vor der Garage geparkten Van, und das Mädchen lief zurück zur Tür.

»Mach's gut, Roosa!«, rief er ihr hinterher. »Und sei brav.«

»Kommst du bald wieder nach Hause?«

»Das hängt davon ab, ob Papi heute ein Auto verkauft. Vielleicht muss ich auch nach Sankt Petersburg.«

»Bringst du mir was mit?«

Der Mann winkte dem Mädchen zu, stieg ins Auto und fuhr rückwärts aus der Einfahrt heraus. Als er die erste Kreuzung erreichte, setzte sich auch Lena in Bewegung.

16

Ich renne über die Flure des Krankenhauses und versuche so gut ich kann, mich anhand der Ausschilderung zurechtzufinden. Kardiologie, Neurologie, Physiatrie, Dialyse, Chirurgische Tagesklinik. Zwischen all den Schildern entdecke ich eine Uhr. Ich bin fast eine halbe Stunde zu spät.

»Du verdammter Idiot!«, schimpfe ich mich selbst, während ich gerade in den Flur Richtung Labor einbiege und prompt mit einem Hausmeister zusammenstoße, der auf einem Tretroller unterwegs ist. Der steil aufs Rentenalter zugehende Mann wäre beinahe gestürzt, ich kriege ihn gerade noch am Arm zu fassen. Sein Werkzeugkasten allerdings fliegt scheppernd zu Boden, sodass sich Schraubenzieher und Zangen über den ganzen Flur verteilen.

Wahrscheinlich hat er gehört, was ich gesagt habe, und sieht mich beleidigt an. »Entschuldigung«, sage ich deshalb schnell, »ich habe mich selbst gemeint.«

Er wirkt nicht sehr überzeugt, und ich habe das Bedürfnis, das Missverständnis aufzuklären. Während ich die Werkzeuge vom Boden aufsammle, erzähle ich ihm also, dass ich heute nur eine wichtige Aufgabe hatte. Eine einzige Aufgabe, die vor allem anderen steht und besondere Bedeutung hat, stellt sie doch den Beginn meines neuen Lebens dar. Verglichen damit hätten alle anderen Dinge, vor allem Dienstliches, verblassen und zu einem unscheinbaren Staubkörnchen schrumpfen müssen. Bei normalen Menschen wäre das sicher auch geschehen.

»Und trotzdem habe ich es vergessen«, rufe ich einigermaßen verzweifelt. »Ich bin so ein verdammter Idiot.«

Der Mann wirkt unangenehm berührt. Kein Wunder. Ich bin wohl etwas durcheinander. Als der letzte Kreuzschlitzschraubenzieher wieder in der Kiste verstaut ist, setzt der Hausmeister seinen Weg fort. Er rast, ohne sich noch einmal umzudrehen, davon wie eine Pallaskatze, die gerade ihre Freiheit wiedererlangt hat. Zu spät fällt mir ein, dass ich ihn nach dem Weg hätte fragen können.

Ich haste weiter durch den Warteraum des Labors. In der Nähe der Anmeldung entdecke ich endlich das gesuchte Schild, und kurz darauf stehe ich vor einer Tür mit der Aufschrift »Magnetresonanztomographie«. Eigentlich würde ich am liebsten direkt hineingehen, begreife aber rechtzeitig, dass das keine gute Idee wäre. Auf dem Flur stehen ein paar Stühle und ein kleiner Tisch, auf dem ein Stapel zerlesener Zeitschriften liegt. Ich setze mich hin.

Als eine Schwester aus der Tür tritt, springe ich auf. »Ist Pauliina Sorjonen da drin? Kann ich zu ihr?«

Die Frau sieht mich stirnrunzelnd an. Ich erkläre ihr, wer ich bin und warum ich zu spät bin. Ohne zu zögern, schiebe ich alles auf die Arbeit und bemühe mich, maximal überzeugend zu wirken. Sogar ein kleines Lächeln quetsche ich heraus, zumindest versuche ich es.

Zum Glück versteht die Schwester meine Not. Sie bittet mich, einen Moment zu warten, und verschwindet wieder durch die Tür. Nach ein paar Minuten kommt sie zurück und berichtet, dass die Untersuchung gerade angefangen habe und Pauliina jetzt wisse, dass ich da sei.

»Was hat sie gesagt?«

»Sie hat nur genickt.«

Das ist kein gutes Zeichen, überhaupt nicht. Das werde ich noch lange zu hören kriegen.

Die Schwester versucht mich damit zu trösten, dass Angehörige sowieso nicht mit in den Untersuchungsraum dürften und ich in jedem Fall hätte hier draußen warten müssen.

»Die Untersuchung wird etwa eine halbe Stunde dauern. Vielleicht gehen Sie so lange einen Kaffee trinken?«

Ich verspreche, es mir zu überlegen, setze mich wieder und warte. Mein Puls wird ruhiger, und bald schon ist mir langweilig. Auch der Hunger meldet sich, und ich erwäge, mir vielleicht doch eine Tasse Kaffee und ein Brötchen zu holen. Aber wahrscheinlich würde ich mich nur wieder verlaufen, und ich beschließe, dieses Risiko nicht einzugehen.

Kurze Zeit später schieben zwei Pfleger ein Krankenhausbett an mir vorbei, in dem ein noch recht junger Mann liegt. Er scheint zu schlafen. Ich schnappe Fetzen aus dem Gespräch der Pfleger auf, obwohl sie mit gedämpften Stimmen sprechen. Einer der beiden sagt was von Insulin, von dem sie ihm mehr als üblich hätten verabreichen müssen, und von Triglyzerid-Werten, bei denen es irgendeine Auffälligkeit gegeben habe. Der andere erwähnt einen früheren Fall, bei dem ein Patient eine seltene Insulinresistenz entwickelt hatte.

In dem Moment scheint sich die Außenwelt zurückzuziehen. Der Flur, die Geräusche und der Tisch mit den Zeitschriften verschwinden. Ich kenne das Gefühl. Janina sagt immer, ich sehe dann aus wie der taubstumm gewordene Altpolitiker Paavo Väyrynen, dem man das Telefonbuch um die Ohren gehauen hat. Meine Augen blicken in verschiedene Richtungen, und ich höre auf zu blinzeln.

Ich hole eilig mein Telefon aus der Tasche und google die Symptome einer Insulinüberdosis, von denen die schlimmsten Bewusstlosigkeit, Koma und Tod sein können. Es ist nicht schwer, an Insulin heranzukommen, schließlich ist Diabetes eine Volkskrankheit.

Ich stehe auf und werfe einen Blick auf die Uhr. Es ist genug Zeit, vorausgesetzt, ich beeile mich.

Ich gehe zur Anmeldung und frage nach dem kürzesten Weg in die Pathologie. Neben einer Wegbeschreibung ernte ich einen mitfühlenden Blick, aber ich habe keine Zeit, das Missverständnis aufzuklären. Ich gehe nach draußen und laufe quer über den Parkplatz zu einem Seitenflügel, der mir bekannt vorkommt.

Ich stoße die Tür auf und steige die Stufen in den Keller hinunter. Der Arzt, mit dem wir am Vormittag schon gesprochen haben, sitzt mit dem Rücken zu mir an seinem Schreibtisch und blättert in irgendwelchen Papieren.

»Insulin«, stoße ich hervor. »Hat das Chemielabor bei der Analyse Spuren davon gefunden?«

Der Arzt dreht sich aufreibend langsam in seinem Stuhl herum und schaut mich über seine Lesebrille hinweg an.

»So so, guten Tag erst mal!«, sagte er statt einer Antwort.

»Guten Tag. Was ist mit dem Insulin?«

Er erklärt, dass bei der Analyse alles untersucht wird. Das Gerät an der Universität sei eine ganz andere Klasse als die Uraltgeräte hier in der Pathologie. Der Unterschied entspreche etwa dem zwischen einem China-Böller und einer Panzermine. Grund sei die erbärmliche Finanzsituation der

Abteilung, deren Geräte seit Jahrzehnten nicht erneuert worden seien.

»Sie sind aus Helsinki, nicht wahr? Hier ist alles anders.«

Er erhebt sich und zeigt mir ein Gerät in der Ecke des Raumes. Es sieht aus wie ein vorsintflutlicher Apparat mit einem Durchmesser von beinahe einem Meter. Unter einer beweglichen Plastikhaube befindet sich ein schwer aussehender Metallfuß mit Öffnungen für Reagenzgläser. An der Seite ist ein Schild angebracht mit kyrillischen Buchstaben und einem roten Stern.

»Grüße aus dem Land der Sowjets. Die Zentrifuge wurde Mitte der achtziger Jahre angeschafft, zur gleichen Zeit, als ich hier angefangen habe. Ein dreifaches Hurra auf den Finnisch-Sowjetischen Vertrag über Freundschaft, Zusammenarbeit und gegenseitigen Beistand und die bilateralen Handelsbeziehungen. Von diesen Apparaten gibt es Dutzende in unseren Provinzkrankenhäusern.«

Ich weiß nicht, wie ich den Mann dazu bringen könnte, die Ressourcenknappheit für einen Augenblick zu vergessen.

»Zumindest halten sie was aus«, sage ich.

Das war die falsche Reißleine. Er lacht scheppernd und bekennt, dass er ein paarmal versucht habe, die Zentrifuge mit Gewalt zu zerstören, aber ohne Erfolg. Er habe es sogar einmal absichtlich unterlassen, sie vor dem Betrieb auszuwuchten – ein Fehler, bei dem jede moderne Zentrifuge sofort den Geist aufgeben würde –, aber dieser hatte es nicht das Geringste ausgemacht. Sie hatte zufrieden brummend das Programm zu Ende gefahren und lediglich ein bisschen mehr vibriert.

»Dazu ist sonst kein Gerät in der Lage. Sie wird mich noch um etliche Jahre überleben.«

Er verstummt und betrachtet die Zentrifuge mit einem gerührten Blick. Ich nutze die Pause und frage, ob es möglich wäre, bei der Uni bezüglich der Ergebnisse nachzuhaken. Vielleicht könnten sie sich ein bisschen beeilen, die Ergebnisse hätten großen Einfluss auf die Lösung des Falls.

Von dieser Idee ist er ganz und gar nicht begeistert. Er erklärt, dass die Universität nicht offiziell um Hilfe gebeten wurde, sondern wir die Unterstützung der Hilfsbereitschaft eines befreundeten Professors zu verdanken hätten. Daher wolle er die Belegschaft des Chemischen Instituts auf keinen Fall häufiger belästigen als nötig. Sie würden sich melden, sobald die Analyse vorliege.

Jetzt platzt mir der Kragen. »Der Mörder bekommt die ganze Zeit einen uneinholbaren Vorsprung«, fahre ich auf. »Es kann noch mehr Opfer geben, die Sie bestimmt nicht auf Ihrem Gewissen haben wollen.«

Der Arzt fährt zusammen, doch mein verschärfter Ton überzeugt ihn schließlich, beleidigt den Hörer in die Hand zu nehmen. Aus dem Gespräch schließe ich, dass die Ergebnisse gerade fertig geworden sind. Er schreibt etwas auf, bedankt sich und beendet das Telefonat.

»Es gibt keine Hinweise auf Insulin«, sagt er. »Dafür wurde Methitural gefunden.«

»Was ist das?«

»Ein Betäubungsmittel mit Kurzzeitwirkung. Aber es wird wohl schon länger nicht mehr hergestellt.«

Ein Insulinmord wäre auch zu einfach gewesen. Ich ahne, dass der Fall komplizierter ist.

»Kann man damit jemanden umbringen? Oder nur betäuben?«

»Eine schwierige Frage. Da müsste ich erst recherchieren.«

»Gibt es vielleicht jemanden, der mir sofort eine Antwort geben kann?«

Er überlegt einen Augenblick, dann scheint ihm tatsächlich jemand einzufallen. »Gösta weiß das vielleicht. Gösta Lilljeqvist.«

Er schreibt mir Lilljeqvists Nummer auf und erklärt, dieser sei Facharzt für Zahnmedizin und kenne sich ausgezeichnet mit verschiedenen Narkosemitteln aus. Ich nicke und nehme den Zettel entgegen. Dann bittet er mich noch, taktvoll zu sein. Lilljeqvists Frau sei erst vor Kurzem an Krebs gestorben.

17

Katia nahm den Ölgeruch inzwischen kaum mehr wahr, wahrscheinlich hatte sie sich daran ebenso gewöhnt wie an die flackernde Neonröhre, die einzige Lichtquelle in dem fensterlosen Raum. Die Situation hatte sich wieder etwas beruhigt. Esa hatte Katia die Sache mit dem Handy verziehen und ihrer Erklärung, dass sie es aus Heimweh getan habe, geglaubt. Jetzt beobachtete sie und wartete. Sie dachte unentwegt daran, wegzulaufen, wusste aber gleichzeitig, dass sich ein Versuch nur im richtigen Moment lohnen würde. Ein gescheiterter Fluchtversuch würde Esa sicher nur wütend machen. Es musste beim ersten Mal gelingen, sie wollte nicht wieder ans Bett gefesselt oder, noch schlimmer, wieder betäubt werden.

»Du musst noch was essen«, sagte Esa und hielt ihr eine Packung hin. »Hier, nimm wenigstens ein paar Tomaten. Sie sind gut für die Haut. Habe ich in einer Zeitung gelesen. Sie enthalten Lycopin.«

Katia lehnte ab. Sie hatte nur ein halbes Brötchen gegessen. Die Kühltasche war randvoll gefüllt mit Nahrungsmitteln, doch sie hatte keinen Appetit. Sie war zu nervös.

»Oder lieber einen Joghurt?«, versuchte es Esa weiter. »Es gibt Banane, Vanille und Heidelbeere.«

Esa hatte beschlossen, sich zunächst einmal um grundlegende Dinge zu kümmern, um das Vertrauen langsam wieder aufzubauen. Aus der Erfahrung mit seiner Tochter wusste er, dass nichts so wichtig war wie regelmäßige Mahlzeiten. Schwankungen im Blutzucker mussten unbedingt vermieden werden, wollte man eine friedliche Stimmung bewahren. Roosa war zwar ein Spezialfall, aber nach Esas Erfahrung galt das mehr oder weniger für alle Menschen, Kinder und Jugendliche ganz besonders.

Katia aß so gut wie nichts, das beunruhigte Esa. Sie schien ihn auf Schritt und Tritt zu beobachten wie ein Raubtier auf Samtpfoten: lauernd und nur auf den richtigen Moment wartend. Esa fiel es zunehmend schwerer, eine entspannte Atmosphäre aufrechtzuerhalten.

»Lass uns so tun, als wären wir auf einem Ausflug«, beschwor er sie weiter.

Katia gab ein leises Murren von sich. Manchmal hatte sie den Eindruck, der Mann hätte sie nicht mehr alle. Die Situation war alles andere als normal, und er quatschte nur vom Essen.

»Warum bin ich hier?«, fragte sie. »Du kannst es mir ruhig sagen.«

Auf Esas Gesicht zeigte sich ein sanfter Ausdruck. »Du bist doch noch ein Kind. Ich beschütze dich.«

»Beschützen? Vor wem?«

Doch das würde Esa nicht preisgeben. »Willst du Kekse?«, fragte er stattdessen. »Ich habe welche von Domino oder Jaffa, Roosa mag die auch.«

Nein, Katia wollte keine Kekse. Sie saß immer noch in Unterwäsche auf dem Bett, der Monteuranzug lag zusammengeknüllt auf dem Boden. Sie fand ihn einfach nur ekelhaft.

Die Neonröhre flackerte, beruhigte sich dann wieder, summte vor sich hin. Dann waren von unten Geräusche zu hören, wahrscheinlich ein übereifriger Kunde, der versuchte, durch die Hintertür ins Geschäft zu gelangen. Esa hatte abgeschlossen und in die Eingangstür ein Schild »Wegen Inventur geschlossen« gehängt. Damit wollte sich der Kunde anscheinend nicht zufriedengeben. Ein paar Minuten später wurde es jedoch wieder ruhig, der Kunde hatte wohl aufgegeben. Nur noch das piepsende Warnsignal eines zurücksetzenden LKWs war zu hören.

Esa seufzte. Er hatte nicht vor, aufzugeben. »Was möchtest du denn gerne?«, fragte er geduldig.

»Nach Hause.«

»Du weißt, dass ich das nicht zulassen kann. Nicht im Moment.«

»Ich werde niemandem etwas erzählen. Ich verspreche es.«

Esa sah Katia prüfend an. Sie wirkte unaufrichtig, ihre Feindseligkeit war deutlich zu spüren. Er hatte noch ein gutes Stück Arbeit vor sich. Fürs Erste beschloss er, ihr gegenüber so ehrlich wie möglich zu sein. Vielleicht würde das ja ihren Widerstand brechen. Außerdem hatte er nichts zu verlieren.

»Ich kann nicht ins Gefängnis gehen, verstehst du? Roosa ist kein normales Kind. Liisa würde mit ihr allein nicht zurechtkommen.«

»Warum? Was hat sie denn?«

»ADHS und eine leichte Form von Autismus. Wir haben die Diagnose bekommen, als sie vier war. Manchmal ist sie kaum zu bändigen.«

»Das tut mir leid.«

»Wir kommen klar, aber es ist nicht leicht.«

Katia überlegte einen Moment. »Du bist doch nur der Fahrer, oder? Vielleicht musst du gar nicht ins Gefängnis.«

Esa schaute Katia an, als wäre sie ein kleines Kind, das etwas Rührendes gesagt hatte. Er ließ den Kopf hängen. »Ich hätte damit aufhören sollen, als ich kapiert habe, was man mit euch macht.«

»Valentina meinte, wir bräuchten nur zu tanzen und ein bisschen mit den Kunden zu flirten. Und dass ich keinen küssen muss, wenn ich nicht will. Und mich auch nicht ausziehen brauche.«

»Im Ring gibt es ein paar kranke Menschen.«

»In was für einem Ring?«

Katia hoffte, Esa würde mehr darüber erzählen, aber er ging nicht weiter darauf ein. Also versuchte Katia es mit ihrer besten Kleinmädchenstimme: »Ich habe solche Sehnsucht nach Valentina. Sie ist meine beste Freundin. Was ist mit ihr passiert?«

Esa sackte weiter in sich zusammen, als ob er sich in ein Schneckenhaus zurückziehen wollte. Im Raum war es still, nur das Summen der Leuchtröhre war zu hören.

»Woher weißt du, was im Haus geschieht?«, fragte Katia.

»Ich musste einmal für den Kameramann einspringen. Ich hatte keine Wahl.«

»Warum hast du danach nicht aufgehört?«

»Wir brauchen das Geld. Wir können nicht einfach in eine Mietwohnung in irgendeinen Wohnblock ziehen. Wegen Roosa.« Esa schüttelte den Kopf, als wollte er die unangenehmen Gedanken vertreiben. Dann streckte er sich etwas, beugte sich hinunter zur Kühltasche und holte zwei Packungen heraus. »Nimm wenigstens ein paar Weintrauben. Es gibt grüne und rote.«

18

Ich stehe auf dem Parkplatz des Krankenhauses und rufe zum dritten Mal bei Lilljeqvist an. Er antwortet nicht. Wahrscheinlich ist er im Dienst und hat gerade einen Patienten. Ich hinterlasse eine Nachricht auf dem Anrufbeantworter und sage, dass ich dringend seinen Rat zu einem Betäubungsmittel brauche. Dann bitte ich ihn um schnellstmöglichen Rückruf.

Gerade als ich zurück im Windfang des Krankenhauses bin, klingelt mein Telefon. Ich kehre wieder um und nehme das Gespräch draußen an.

Lilljeqvist ist ein ruhiger, sachlicher, beinahe streng wirkender Mann in fortgeschrittenem Alter. Er scheint in Eile zu sein, möchte aber gern helfen. Er tippt auf der Computertastatur, das Klicken der Maus ist zu hören.

»Methitural, Methitural ...«, wiederholt er vor sich hin murmelnd. »Es ist schon eine Weile her, dass es in Finnland verwendet wurde. In meiner eigenen Praxis zuletzt in den Achtzigern. Die Entwicklung neuer Medikamente wird immer schneller.«

Dann findet er, wonach er sucht.

»Genau, hier haben wir es. Das Mittel wird injiziert und in der Regel in einer Natriumkarbonatlösung verabreicht. Es ist uralt und hat nur geringe therapeutische Wirkung.«

»Kann eine Überdosis tödlich sein?«

»Natürlich.«

Es folgt ein kurzer Vortrag über die Wirkungsweise von Methitural. Es gehört zu den Barbituraten, also zur Kategorie der Schlaf- und Beruhigungsmittel. Einer der grundlegenden Nachteile ist das Problem der genauen Dosierung. Außerdem macht es abhängig und verliert bei längerem Gebrauch schnell an Wirkung.

»In der Schweiz werden Barbiturate in der Sterbehilfe eingesetzt«, fährt Lilljeqvist fort. »So viel zur tödlichen Wirkung.«

Ich verdaue die Informationen einen Moment. Die Verwendung eines nicht mehr gebräuchlichen, schwer zu beschaffenden Medikaments, um ein Mädchen vorsätzlich umzubringen, erscheint mehr sehr abwegig.

»Methitural wurde also als Narkosemittel eingesetzt?«, vergewissere ich mich.

»Ja.«

»Und die Dosierung muss exakt sein?«

»Das Gewicht des Patienten entscheidet.«

Das Mädchen wog höchstens fünfzig Kilo. Vielleicht sollte sie nur betäubt werden, und dabei ist ein Fehler bei der Dosierung unterlaufen. Dann ist derjenige, der ihr die Spritze verabreicht hat, in Panik geraten, was ihn beim Verschwindenlassen der Leiche stümperhaft werden ließ. Zum Glück für uns, könnte man sagen.

»Es kann also nur von einem Profi verabreicht werden?«

Da ist Lilljeqvist allerdings anderer Meinung. »Der Hersteller der Lösung muss sich lediglich etwas mit Chemie auskennen und eine genaue Waage besitzen«, erklärt er. »Um die Spritze zu verabreichen, genügt es, wenn man weiß, wie hoch die Dosis sein muss und wie man eine Spritze richtig setzt. Nach einer kurzen Einführung kann das im Prinzip jeder.«

»Vielen Dank für Ihre Hilfe«, sage ich zum Schluss. »Noch eine Frage: Ist Methitural heute noch erhältlich?«

»Man kann es selbst synthetisieren, wenn man chemisch bewandert ist. Der Molekülaufbau ist nicht sehr kompliziert, die Synthese ist zweistufig. Eine genaue Anleitung ist bestimmt im Internet zu finden.«

Das klingt nicht sehr wahrscheinlich. Nichts deutet darauf hin, dass wir es mit professionellen Drogendealern zu tun haben.

»Könnte es irgendwo noch alte Bestände geben?«, frage ich.

»Nicht in Finnland. Bei uns werden diese Dinge genau protokolliert.«

»Und in Russland?«

»Tja, das weiß ich nicht.«

Ich bedanke mich noch einmal und beende das Telefonat. Dann bleibe ich noch einen Moment draußen stehen und überlege, was als Nächstes zu tun wäre. Um die Quelle des Methiturals zu ermitteln, reichen unsere Ressourcen sicher nicht aus, außerdem wäre das viel zu langsam und ungewiss. Ich ertappe mich dabei, wie ich mir mit der schmalen Seite des Handys gegen die Stirn klopfe, aber ich schaffe es nicht, meine Gedanken in die richtige Richtung zu lenken.

Da fällt mir wieder ein, wo ich eigentlich gerade bin, und stecke hastig das Telefon zurück in die Tasche. Ich eile zurück auf die Station. Am Informationsschalter steht die gleiche Schwester, die ich nach Pauliinas MRT gefragt habe. Sie wendet sich mir mit einem tadelnden Gesichtsausdruck zu: »Ihre Frau wollte nicht warten, bis Sie Ihr Telefonat beendet haben«, sagt sie betont kühl. »Sie ist nach Hause gefahren.«

19

Am Autohaus hatte sich im Laufe des Nachmittags nichts Wesentliches ereignet. Ein Kunde war auf den Hof gefahren, hatte an der Tür gerüttelt und war dann unverrichteter Dinge wieder abgefahren.

Nach der ersten Stunde hatte Lena es sich auf dem Fahrersitz etwas bequemer gemacht und war zwischendurch eingenickt, hatte sich aber immer wieder vergewissert, dass der Van noch auf dem Hof stand.

Um kurz nach sechs fasste Lena einen Entschluss.

Sie griff an den unteren Rand des Beifahrersitzes, erwischte den Bezug an der richtigen Stelle und riss den Klettverschluss auf. Dann schob sie die Hand in die weiche Polsterung und zog ihre Pistole hervor. Sie lud und sicherte die Waffe mit routinierten Bewegungen. Dann steckte sie sie in die Tasche ihres Parkas, stieg aus und ging auf das Gebäude zu.

An der Tür war ein ziemlich dürftiger Zettel befestigt, der mitteilte, dass das Autohaus wegen Inventur geschlossen sei. Lena trat näher an die Glasscheibe, beschirmte die Augen mit der Hand und sah hinein. Drinnen war niemand zu entdecken. Gleich hinter dem Verkaufstresen führte eine Wendeltreppe nach oben. In dem weitläufigen Verkaufsraum standen einige teurere Modelle, die restlichen Wagen waren draußen abgestellt und der Witterung ausgesetzt.

Lena blickte sich über die Schulter und zog dann einen Metallring aus der Tasche, an dem mit unterschiedlich langen Bärten und Haken versehene Stifte hingen. Sie betrachtete prüfend das Schloss, beugte sich leicht nach vorn, steckte einen passenden Stift hinein und bewegte ihn ein paarmal vorsichtig hin und her.

Das Schloss öffnete sich mit einem Klicken, und Lena schob die Tür einen Spalt breit auf. Vorsichtig trat sie ein. Die rechte Hand lag auf dem Schaft der Pistole in ihrer Jackentasche.

Sie drehte eine schnelle Runde durch das Erdgeschoss, doch hier war alles leer. Vom oberen Ende der Wendeltreppe sah sie einen schwachen, unruhigen Lichtschein, wie von einer flackernden Neonröhre.

Lena nahm die Pistole aus der Tasche und stieg langsam die Treppe hinauf. Auf der obersten Stufe hielt sie inne, um zu lauschen. Es war absolut still. Vor ihr lag ein kurzer Korridor, von dem drei Türen abgingen, eine davon angelehnt. Das Licht kam aus diesem Raum.

Lena schlich langsam auf die Tür zu, die Waffe im Anschlag. Dort angelangt, holte sie tief Luft und drückte die Tür mit dem Lauf ihrer Pistole auf. Doch sie ließ sich nur ein Stück weit öffnen, dann wurde sie von irgendetwas gestoppt. Als Lena vorsichtig den Kopf durch den Türspalt schob, erstarrte sie. Es war das Bein eines auf dem Boden liegenden Mannes. Genauer gesagt des Mannes, den sie beobachtet hatte.

Esa Kuparinen lag mit dem Gesicht nach unten in einer Blutlache. Jemand hatte ihm in den Kopf geschossen. Die hässliche rote Pfütze hatte sich rund um seinen Oberkörper ausgebreitet.

Lena unterzog den kleinen Lagerraum einer schnellen

Untersuchung. Ein zusammengeknüllter Monteuranzug und ein paar auf dem Fußboden verstreute Cherrytomaten, die wie kleine Inseln aus der Blutlache herausragten. Auch auf dem Feldbett waren Blutspuren. Dann ging sie zurück in den Flur und inspizierte den Boden genauer. Dort waren einzelne Blutspritzer zu sehen, die zur Treppe führten. Lena folgte ihnen nach unten und weiter zur Hintertür. Auf den Treppenstufen draußen verlor sich allerdings die Spur, und auf dem Asphalt konnte man sowieso nichts erkennen.

Lena zog die Tür wieder hinter sich zu und ging zurück nach oben. Sie gab Acht, nicht ins Blut zu treten, durchsuchte Kuparinens Taschen und fand schließlich den Autoschlüssel.

Lena lief wieder nach draußen und öffnete die Zentralverriegelung des Vans. Nachdem sie den Kofferraum und die Rückbank kontrolliert hatte, setzte sie sich auf den Fahrersitz und sah sich konzentriert um. Sie öffnete das Handschuhfach und durchsuchte systematisch alle Fächer der Türen und der Mittelkonsole. Sie fand einen Prospekt eines nahe gelegenen Feriendorfs namens Saimaanranta, betrachtete ihn einen Moment und steckte ihn dann in die Tasche. Sie tastete auch den Raum unter den Sitzen ab, bekam aber nur Bonbonpapier, eine ausgefranste Zahnbürste und eine leere Coladose in die Finger.

Sie lehnte sich zurück und atmete tief durch. Ein Ausdruck der Verzweiflung huschte über ihr Gesicht, ihre Augen wurden feucht.

Ein Moment der Schwäche, nach ein paar Sekunden war er wieder vorüber. Lena schüttelte den Kopf, ihre Kiefermuskeln spannten sich. Dann befühlte sie mit den Fingern die Ränder der Mittelkonsole. Sie achtete genau auf alle Verbindungen und Lücken. Beim Radio hielt sie inne und leuchtete es mit der Taschenlampe ihres Handys ab. Zwischen der Konsole und dem Rumpf des Wagens gab es einen Spalt, durch den die dahinterliegenden Kabel des Radios zu sehen waren. Und dazwischen noch etwas anderes: ein kleines, gerade mal streichholzschachtelgroßes Plastikkästchen.

Lena versuchte, ihre Finger weit genug in den Spalt zu schieben, um das Kästchen zu fassen zu bekommen. Schließlich gelang es ihr, es vorsichtig durch den Schlitz nach draußen zu ziehen. Zum ersten Mal seit langer Zeit erschien auf ihrem Gesicht so etwas wie ein Lächeln: Volltreffer. Sie zog die Kabel ab und schob sie zurück hinter die Konsole. Dann stieg sie aus, verriegelte das Auto und ging zurück in das Geschäft.

Auf dem Verkaufstresen stand ein Laptop. Lena fand im Regal dahinter ein paar schwarz gewordene Arbeitshandschuhe und streifte sie schnell über. Dann schaltete sie den Computer an und schob den Stecker des Kästchens in den USB-Anschluss. Auf dem Bildschirm öffnete sich ein Fenster: ein GPS-Tracker-Programm, das eine lange Liste mit Koordinaten und Adressdaten enthielt. Lena ging sie durch. Es waren immer wieder dieselben Orte: verschiedene Adressen in Sankt Petersburg und hier in Lappeenranta. Neben dem Autohaus und Kuparinens Wohnhaus gab es noch ein drittes Ziel in der Nähe, das immer wieder angefahren worden war: das Feriendorf Saimaanranta.

Lena zog den Peilsender aus dem USB-Anschluss, schaltete den Computer aus und klappte den Bildschirm zu.

Dann nahm sie den Hörer des Telefons, legte ihn zur Seite und wählte den Notruf.

20

Pauliina und Janina sind in der Küche und bereiten das Abendessen zu, es gibt Osso Bucco. Ich war kurz bei ihnen, aber sie legen offensichtlich keinen Wert auf meine Hilfe. Die Missbilligung der beiden ist deutlich zu spüren, auch wenn Pauliina der Meinung ist, ich wäre nicht in der Lage, Stimmungen anderer Menschen wahrzunehmen. Im Streit hat sie mir sogar mal an den Kopf geworfen, ich hätte keinen Funken Empathie im Leib.

Ich würde gern vor dem Essen Frieden schließen, lasse die beiden aber erst mal in Ruhe machen und setze mich mit der Zeitung ins Wohnzimmer. Ich blättere die Seiten um, kann mich auf keinen Artikel richtig konzentrieren. Bei einem Interview bleibe ich hängen, das der Bürgermeister zur neuen Ferienhaussiedlung und zum Kasinoprojekt gegeben hat. Er lobt die Bürger seiner Stadt, die alle an einem Strang ziehen. Von einem Aufschwung der Wirtschaft profitierten schließlich alle. Auf die Frage nach der Finanzierung antwortet er ausweichend und verweist auf die noch laufenden Verhandlungen. Zumindest gibt er zu, dass sowohl finnische als auch russische Investoren beteiligt sind. Auf dem Bild steht er mit verwehtem Jackett auf dem Steg des Feriendorfes, die Arme ausgebreitet, als heiße er die mit dicken Geldbörsen über den Saimaa heransegelnden Kasinogäste willkommen.

Der Mann sieht aus wie ein Idiot. Arrogant und völlig von sich eingenommen, ein extrovertierter Tyrann, wie das

Alphamännchen einer Gorillahorde, das sich ununterbrochen laut brüllend auf die Brust trommelt.

Wahrscheinlich bin ich ungerecht, aber ich kann nicht anders. Ich bin kurz davor, schlechte Laune zu kriegen. Also lege ich lieber die Zeitung aus der Hand und gehe noch mal in die Küche.

»Kann ich vielleicht die Karotten kleinschneiden?«, schlage ich vor.

»Von mir aus«, entgegnet Pauliina kühl.

»Mach doch, was du willst«, fällt Janina ein, »das machst du doch sowieso.«

Ich schnappe mir das Bund Karotten, ein Schneidebrett und ein Messer. Jetzt bin ich zumindest im gleichen Raum mit den beiden. *Bleib dran, Kari, das wird schon.*

»Es tut mir wirklich furchtbar leid. Könnt ihr mir verzeihen?«

Pauliina antwortet nicht, sie brät die Kalbshaxe an. Die Hand mit dem Pfannenwender führt scharfe Bewegungen aus.

»Unsere Ermittlungen sind in einer kritischen Phase, und es gab neue Hinweise. Deswegen habe ich mich verspätet.«

»Du hast Mutters MRT also nicht vergessen?«, fragt Janina beißend. Sie kann das schon fast so gut wie eine Erwachsene. Dabei haben wir sie doch gerade erst zu ihrem ersten Schultag begleitet: ein pausbäckiges, liebes Mädchen mit Zöpfen.

»Nein, habe ich nicht.«

»Und auch nicht am Telefon gequatscht, als Mutters Untersuchung vorbei war?«

»Das war dienstlich und sehr dringend.«

»Warum hast du ihr dann überhaupt versprochen, mitzugehen? Du wusstest doch, dass du viel zu tun hast. Dann wäre ich mitgegangen!«

Jetzt mischt sich Pauliina ein und sagt, dass sie von Anfang an niemanden dabeihaben wollte. Schließlich sei ein MRT keine große Sache und nichts im Vergleich zu dem, was sie im vergangenen Jahr durchgemacht habe. Sie könne nicht verstehen, wieso wir so ein sinnloses Drama aus dieser einen Kontrolluntersuchung machen. »Aber mir hört ja sowieso keiner zu.«

Das bringt sowohl mich als auch Janina zum Verstummen. Wir setzen unsere Arbeiten schweigend fort. Das Messer klackert auf dem Brett, in der Pfanne zischt das Fett, und die Dunstabzugshaube brummt.

Etwas an Pauliinas Haltung verrät mir, dass sie versöhnlicher gestimmt ist, und Janina folgt meist ihrem Beispiel. Wenn Pauliina mir verzeiht, dann wird auch sie es tun.

»Lasst uns doch die Sache einfach vergessen«, sagt Pauliina seufzend. »Wir kennen deine Arbeit, und es ist schließlich nicht das erste Mal.«

»Und auch nicht das letzte«, ergänzt Janina. Unnötigerweise, wie ich finde.

Die Stimmung wird jetzt deutlich entspannter. Und als das Essen fertig ist, reden wir schon fröhlich miteinander, wenn man einmal von Janinas hin und wieder eingeworfenen Spitzen absieht. Doch selbst die sind nun eher witzelnd als verletzend gemeint.

Pauliina und Janina verweisen mich aufs Sofa und decken den Tisch. Es ist unnötig auszusprechen, aber wir haben wirklich gerade eine gute Zeit, von ein paar Holperstellen mal abgesehen. Eine vergleichbare Nähe hatte ich in Helsinki nicht mehr gespürt, seit Janina im Kindergarten war. Danach zog sich die Schraube von Jahr zu Jahr fester, bis plötzlich alles zusammenbrach. Zuletzt habe ich manchmal sogar Pauliinas Erkrankung als Folge meiner Arbeitshektik und des Unbehagens in unserer Familie gesehen. Jetzt kommt mir dieser Gedanke absurd vor. Aber hat man einmal den Boden unter den Füßen verloren, dann nimmt man die Welt nur noch wie durch einen verschobenen Filter wahr und sieht überall nichts als Schmutz und Elend, wie in den Tiefen eines dunklen Schachts. In diesen Zustand will ich nie wieder zurückkehren.

Es gibt allerdings eine Sache, die mein Glück beeinträchtigt. Sie ist wie eine kleine Trübung im Glaskörper des Auges – meistens achtet man gar nicht darauf, aber hat man sie einmal bemerkt, stört sie massiv.

Die Sache ist die: Die Renaissance unserer Familie wird leider nicht von langer Dauer sein. Wenn Janina ihr Abitur in der Tasche hat, wird sie mit an absolute Sicherheit grenzender Wahrscheinlichkeit zurück nach Helsinki ziehen, um zu studieren. Und dann wird es unsere Familie, zumindest in der Form, wie sie die letzten siebzehn Jahre existiert hat, nicht mehr geben. Ich weiß, dass ich die Situation überdramatisiere, aber der Gedanke an den Tag, an dem Janina ausziehen wird, ist erdrückend, wie eine anschwellende Leere im Kopf. Ich habe Schwierigkeiten, mir Pauliina und mich nur zu zweit vorzustellen. Allein, alt und mit nachlassenden Kräften.

Aber der Tag ist noch nicht gekommen, und bis dahin ist

auch noch Zeit. Jetzt gilt es, die besten Jahre zu genießen. Ich versuche, mit diesem Mantra die unschönen Gedanken zu verscheuchen, und nach ein paar Minuten durchströmt mich ein warmes Gefühl. Ich bin entspannt und sinke tiefer in die Kissen des Sofas. Die Kunst, ganz im Moment zu sein, lehrt uns nicht irgendein Kurs, sondern nur das Leben. Und ich meine, ich bin auf einem guten Weg.

Als ich wieder aus meinen Gedanken auftauche, bemerke ich, wie Pauliina und Janina mich mit belustigtem Blick vom fertig gedeckten Esstisch aus ansehen. Sie scheinen sich über irgendetwas zu amüsieren. Ich richte mich auf.

»Du hast geschnurrt«, sagt Janina.

»Geschnurrt?«

»Ja, gebrummt – wie eine Katze. Und gegrinst.«

»Ich habe an etwas Schönes gedacht.«

»Woran denn?«

»An dich und Mutter. An unsere Familie.«

Pauliina und Janina sehen ehrlich gerührt aus. Sie spüren wohl, dass ich es ernst meine und mich nicht einfach einschmeicheln will.

Das Osso Bucco schmeckt ausgezeichnet. Unsere Esskultur hat in den letzten Monaten wahrlich neue Dimensionen angenommen. Früher bestand sie hauptsächlich aus Makkaroni-Auflauf und Lasagne. Jetzt testen wir uns durch die Rezepte verschiedener Kontinente. Und vor allem die Nachtische sind eine Klasse für sich. Wir haben in farbenreiche Kochbücher investiert, und abends sehen wir uns sogar ab und an gemeinsam Kochshows mit Nigella, Jamie Oliver oder Hans Välimäki im Fernsehen an. Das mag vielleicht albern klingen, aber wir mögen das.

Als das Abendessen schon beinahe vorüber ist, verkündet Pauliina, dass sie gern wieder arbeiten möchte. »Ich kenne noch ein paar Leute von früher in der Stadt. Und wenn mit dem Kopf alles in Ordnung ist«, fährt sie fort, »dann könnte ich anfangen, mich zu erkundigen.«

Ich komme nicht umhin zu bemerken, dass die Ärzte ihr noch Ruhe empfohlen haben.

»Na, ich hatte nicht vor, mich auf einer Baustelle zu bewerben«, sagt sie spitz. »Irgendwas Leichtes, Stressfreies.«

»Fühlst du dich wirklich gut genug?«

»Ich fühle mich prima. Und wenn Janinas Schule beginnt, bin ich den ganzen Tag allein im Haus. Ich möchte mich nicht mit einer Decke aufs Sofa kuscheln. Ich möchte etwas tun, das mir Spaß macht.«

Ich nicke und trinke mein Weinglas aus. »Das ist verständlich.« Dann nehme ich Janina in den Blick und zwinkere ihr zu. »Und du suchst dir die beliebteste Clique, sobald die Schule angefangen hat. Sicherst dir Zugang zu den besten Kreisen. Das war doch der Plan, oder?«

Janina schneidet eine Grimasse und sagt dann leicht verschlagen: »Wenn du deiner Chefin sagst, dass du seit Langem mal wieder ein eigenes Leben hast und nicht an deinem Arbeitsplatz wohnen willst, dann verspreche ich, mich in die besten Kreise einzuschleusen.«

Ausgerechnet in dem Augenblick klingelt mein Handy, das in der Ecke der Arbeitsplatte liegt. Ich schnappe mir das Telefon, es ist Taina.

Ich schaue Janina verdutzt an: »Kannst du hexen?«

»Deine Chefin?«, fragt sie begeistert. »Na, dann mal los. Sag's ihr.«

Ich schiele zu Pauliina, die die Situation zu genießen scheint. Also beiße ich die Zähne zusammen, nehme das Gespräch an und sage, ohne Luft zu holen: »Ich habe seit Langem wieder ein eigenes Leben und möchte nicht mehr auf der Dienststelle wohnen.«

»Wie bitte?«, fragt Taina hörbar irritiert. Es klingt, als sitze sie im Auto, eine Sirene jault im Hintergrund.

»Ach nichts«, antworte ich und konzentriere mich darauf, was sie mir zu sagen hat.

Als sie fertig ist, bleibt mir nur eine Frage: »Wo ist dieses Autohaus?«

21

Vor dem Autohaus »Esacar« wimmelt es von Leuten. Uniformierte kommen und gehen, ein Krankenwagen versperrt den Eingang. Wahrscheinlich werden gerade jede Menge Spuren am Tatort verwischt. Als ich hineingehe, kommt gerade ein weiterer Krankenwagen angerauscht. Man könnte meinen, eine Motorradgang hat sich einen Straßenkampf geliefert. Es ist schwer zu glauben, dass sich im Inneren des Gebäudes lediglich ein Opfer befindet, noch dazu eines, für das jegliche Rettungsmaßnahmen längst zu spät kommen.

Ich werde zunehmend gereizt. Es scheint fast so, als solle mit diesem übertriebenen Aufgebot etwas vertuscht werden. Berufliches Unvermögen vielleicht oder Unsicherheit, vielleicht auch Scham oder Furcht. Dieselbe Irritation hat mich auch in Helsinki schon öfter befallen, und hin und wieder habe ich es sogar gewagt vorzuschlagen, auf einem niedrigeren Level zu agieren: Klasse statt Masse. Doch das war nicht gerade gut angekommen, ganz und gar nicht gut. Man hat mir vorgeworfen, überheblich zu sein.

In den Geschäftsräumen von »Esacar« ist vor lauter blauen Uniformrücken kaum etwas zu erkennen. Überall stehen Männer und Frauen, die Daumen im Gürtel eingehakt. Es wird über alles Mögliche geredet, nur nicht über den Fall. Pferdenamen und Wettquoten dringen an mein Ohr.

Ich denke an den Nachtisch, der mir gerade versagt bleibt: Mascarpone-Schaum mit frischen Erdbeeren.

Da platzt mir der Kragen: »Jeder, der hier nichts zu tun hat, raus!«

Ich ernte verwunderte Blicke und gepresstes Lachen. Irgendeiner fragt seinen Nebenmann, wer ich denn bitte zu sein meine.

Ich richte meinen Blick auf die Lästerer: »Ich bin derjenige, der herausfinden wird, was hier passiert ist. Über Trabrennergebnisse könnt ihr euch auch woanders unterhalten.«

Als sich das Gedränge lichtet, entdecke ich Niko hinter dem Verkaufstisch. In seinen modischen Klamotten sieht er aus, als ob er dahin gehört. Er quittiert meine Aktion mit einem Grinsen.

»Ist irgendetwas verändert worden hier drin?«, frage ich.

»Nein, ich habe auf dich gewartet.«

Ich gehe zu ihm hinüber und stelle mich neben ihn, den Blick auf die Tür gerichtet. So stehe ich eine ganze Weile, bis mein Atem gleichmäßig wird.

Niko blickt mich fragend von der Seite an: »Wann fängst du an?«

»Jetzt.« Ich zeige auf die Überwachungskamera über der Tür. »Hast du sie bemerkt?«

»Ja, ich bin dran.«

Dann nehme ich den Verkaufstresen in Augenschein.

Der Telefonhörer baumelt an der Schnur über dem Tischrand. Jemand scheint in großer Eile gewesen zu sein, den Notruf zu wählen. Das Opfer? Eher nicht. Laut Notrufzentrale war niemand dran. Es gab auch keine Kampfgeräusche, nichts. Blut ist auch keines zu sehen. Wenn das Opfer während des Telefonats noch am Leben gewesen wäre, hätte man etwas gehört. Es war also jemand anderes, der angerufen hat. Wer? Auf dem Tisch ein Notebook und Arbeitshandschuhe. Ein seltsamer Platz für schmutzige Mechaniker-Handschuhe.

Ich betrachte die Gegenstände eingehend.

»Lass Notebook und Telefon auf Fingerabdrücke absuchen«, sage ich. »Ich wette allerdings, man findet keine.«

»Um wie viel?«

Ich schrecke auf. »Was?«

»Um wie viel wetten wir?«

»Um gar nichts, so etwas gehört nicht hierher.«

»Und der Poller? Du hast mir einen Fünfziger abgenommen.«

»Das war was anderes.«

»Ach ja, inwiefern?« Niko sieht mich herausfordernd an, aber ich antworte nicht.

Hier unten gibt es nichts mehr zu tun, es ist Zeit, ins Obergeschoss zu gehen. Dort wartet sie, die Leiche des Autohändlers. Ein neuer Toter für Kari Sorjonen, eine erneute Begegnung mit einem gewaltsamen Tod. Herzlichen Glückwunsch. Wenn man der Situation unbedingt was Positives abgewinnen will, dann nur, dass das Opfer zumindest kein Kind ist.

Mein Zögern grenzt an Zeitschinderei, und ich ahne Nikos Verwunderung. Das Ganze wird unangenehm.

»Oben warten sie sicher schon auf uns«, sage ich.

»Ja, die Leiche liegt in einem kleinen Lagerraum. Sieht ziemlich wüst aus.«

Ich steige die Treppe ohne Eile hinauf und gehe zu dem Raum, in dem der Tote liegt. Darin sind vier Personen: Taina, Johanna und zwei Kriminaltechniker in weißen Schutzanzügen. Und natürlich das Opfer. Ich vermeide, solange ich kann, den Toten anzuschauen. Der starke Geruch reicht mir schon. Auf dem Boden ist viel Blut, und die Luft ist gesättigt von einem alles übertünchenden abgestandenen, metallischen Gestank. Er steigt mir in die Nase und dringt mir bis in die Magengrube. Ich habe nicht vor, hier länger als nötig zu bleiben.

Nachdem ich mich im Zimmer umgesehen habe, gleitet mein Blick über das Opfer. Der Mann wurde mit einer großkalibrigen Waffe erschossen. In der Blutlache rund um seinen Kopf sind hellgraue Klumpen Gehirnmasse wie Korallenriffe in einem Ozean. Da erfasst mich der Schwindel. Ich versuche meine Atmung zu beruhigen und stelle mich etwas breitbeiniger hin, in der Hoffnung, dass niemand etwas bemerkt. Länger brauche ich zum Glück nicht hinzusehen.

»Schön, dass du endlich da bist«, sagt Johanna gereizt. »Dann können wir ja jetzt anfangen.«

Ich ignoriere ihre Stichelei. Stattdessen gehe ich mit steifen Beinen an der Leiche vorbei zum Feldbett. Der Raum ist schmutzig und wirkt abstoßend, aber vielleicht hat der Autoverkäufer ihn dennoch als Ruheraum benutzt.

Auf dem Boden ein Monteuranzug. Hosenbeine und Ärmel umgekrempelt und mit Sicherheitsnadeln befestigt. Warum? Der Autoverkäufer wiegt sicher über hundert Kilo. Auf dem Feldbett ist Blut. Nicht viel. Nur ein paar Tropfen, keine langgezogenen Spritzer. An den Seiten der Metallstangen am Fußende sind Kratzer, die Farbe ist abgeschürft. Ebenso am Kopfende. Ich bücke mich und rieche an dem zerknitterten Laken. Kein auffälliger Geruch, es scheint sauber. Auf dem Kissen ist ein einzelnes langes Haar.

Ich wende mich vom Bett ab und betrachte den Raum. Keine Fenster. Die Wände sind mit dicken Hartfaserplatten verkleidet. Ebenso die Innenseite der Tür. Darüber ist eine Kamera angebracht.

»Beides sind Analogkameras«, sagt Niko, der in der Tür steht, und zeigt auf die Kamera über sich. »Alle Kabel führen nach unten, aber das Aufnahmegerät fehlt.«

Ich gehe zu ihm und schiebe ihn ohne ein Wort der Erklärung hinaus in den Flur.

»Was habe ich denn jetzt wieder falsch gemacht?«, protestiert er, bevor ich die Tür schließe und zurück zum Bett gehe. Dann fülle ich mein Zwerchfell mit Luft und brülle aus voller Kehle: »Hilfe!«

Die im Zimmer Anwesenden fahren zusammen. Johanna bedenkt mich mit einem vernichtenden Blick, Taina schüttelt den Kopf. Dann gehe ich wieder zur Tür, öffne sie und frage Niko: »Hast du was gehört?«

»Ja, du hast um Hilfe geschrien. Aber es klang seltsam gedämpft, als ob es von weit weg kommt.«

»Der Raum ist schallisoliert.«

Damit ist hier fürs Erste alles inspiziert. Bevor ich gehe, sage ich den Technikern noch, dass ich im Flur Blutspritzer gesehen habe. »Nehmt auch davon Proben«, weise ich sie an.

Einer der beiden Anzugmännchen hebt den Daumen. Sie geben sich keine Mühe, ihre Erleichterung zu verbergen, als ich endlich gehe.

»Lass uns kurz reden«, sagt Taina, und ich folge ihr die Treppe hinunter. Sie lotst mich nach draußen.

Als wir allein sind, beginnt sie mir einen Vortrag darüber zu halten, dass mein Umgang mit Menschen einiges zu wünschen übrig lasse. Offensichtlich hätte ich noch nicht verinnerlicht, dass ich Niko und Johanna gegenüber die Position eines Vorgesetzten innehabe. Sie erwähnt einen Kurs zu »Führungsverhalten«, der im Oktober angeboten wird.

»Eines der Themen ist emotionale Intelligenz«, fährt sie fort und schaut mich bedeutungsvoll an. »Ein sinnvoller Kurs.«

Ich gehe gar nicht erst darauf ein, sondern frage sie, warum sie selbst vor Ort erschienen ist und den Fall sofort nach Eingang der Meldung der Sondereinheit zugewiesen hat. »Wir sind zweifellos dafür zuständig«, sage ich. »Aber das konnte keiner im Voraus wissen.«

»Das Opfer hat in Russland Geschäfte gemacht.«

»Das allein kann wohl kaum der Grund sein.«

Taina weicht aus. »Ein Mord bei Tageslicht ist in Lappeenranta ein schweres Verbrechen.«

Ich sehe sie ungeduldig an. Taina zögert kurz, gibt es dann schließlich zu: »Esa Kuparainen ist ein Bekannter.«

»Ach so.«

»Ein liebevoller Vater und guter Ehemann. Vielleicht zu gut.«

»Aha.«

»Er hat noch nie jemandem was zu Leide getan.«

Taina will offensichtlich fortfahren, doch ich komme ihr zuvor: »Alles klar. Hier kennt jeder jeden, so langsam begreife ich, was das heißt.«

Ich frage sie nach der Familie des Opfers, und Taina erzählt, dass Esa eine Ehefrau, Liisa, und eine zehnjährige

Tochter namens Roosa zurücklässt. Außerdem kenne sie Liisa von früher, sie seien ehemalige Schulkameradinnen.

»Ist sie relativ klein, ungefähr so groß?«, frage ich und halte meine Hand in Brusthöhe.

Taina ist verdutzt. »Was tut das denn zur Sache?« Dann dreht sie sich um und gibt mir ein Zeichen mitzukommen. »Das kannst du gleich selbst herausfinden.«

Wir fahren zur Familie des Opfers. Taina betont, dass Ehefrau und Tochter die Todesnachricht gerade erst erhalten haben, und erinnert mich nachdrücklich daran, feinfühlig und empathisch zu sein.

Die Fahrt dauert nicht lange. Wir kommen am Zentrum vorbei und biegen kurz darauf in ein Wohngebiet ein, in dem hauptsächlich Frontkämpferhäuser stehen. So nennt man hier Einfamilienhäuser aus Holz, die kurz nach dem Zweiten Weltkrieg errichtet worden sind. Vor einem solchen hält Taina, macht den Motor aus und sieht mich prüfend an: »Bitte sei jetzt nicht beleidigt, aber ich glaube, es ist besser, wenn ich das Reden übernehme. Du kannst beobachten und ergänzende Fragen stellen.«

Wir steigen aus und gehen zur Veranda. Ich bemerke ein Fahrrad, das diebstahlsicher vorne und hinten angeschlossen ist. Außerdem ein kleines Trampolin, das umgedreht an der Hausmauer lehnt, sowie eine Schaukel am Wäscheständer, die komplett aufgewickelt ist.

Die Frau, die uns die Tür öffnet, hat verweinte Augen und wirkt verstört. Taina umarmt sie lange und spricht ihr ihr Beileid aus. Sie versichert ihr, dass wir den Mörder bald ausfindig machen werden. Dann stellt sie mich vor. Ich reiche der Frau die Hand, und sie bittet uns hinein.

Wir bleiben im Erdgeschoss und setzen uns an den Küchentisch. Taina redet mit Liisa leise über psychologische Hilfe, die ihr jederzeit zur Verfügung stehe. Ihre Hand ruht dabei sanft auf der ihrer Freundin.

»Ich sehe mich ein bisschen um, wenn's recht ist«, sage ich und stehe auf.

Liisa nickt abwesend, während Taina mir nur einen warnenden Blick zuwirft.

Im Erdgeschoss befindet sich neben dem Wohnzimmer noch das Schlafzimmer, beide Räume sind leer und unauffällig. Ich gehe zurück in den Flur und steige vorsichtig die Treppe ins Obergeschoss hinauf. Die Stufen knarren trotzdem. Eine Tür ist angelehnt, an der ein handgeschriebener Zettel befestigt ist: »Roosas Zimmer. Eintritt verboten.«

Ich sehe hinein. Im Bett schläft ein Mädchen mit hellen Haaren. Ich betrete leise das Kinderzimmer und nähere mich dem Bett. Schon aus der Entfernung bemerke ich Blutergüsse an den Handgelenken des Mädchens. Und auch an den Füßen, die unter der Bettdecke hervorgucken, sind Abschürfungen zu erkennen.

Ich schaue mich im Zimmer um. Die Seitenteile des Bücherregals sind mit einem Lochband an der Wand befestigt, sodass sie nicht umkippen können. Alle scharfen Ecken, wie die des Schreibtischs, sind mit Schaumstoff abgepolstert, der mit silbernem Industrieklebeband befestigt ist. Ebenso die Lehne des Speichenstuhls und die Türkanten.

Ich gehe zum Schreibtisch. Dort liegt ein kleines weißes Notebook und ein Schreibheft, in dem die Anfänge eines Aufsatzes notiert sind. Die Überschrift lautet: »Die Arbeit meines Vaters«. Ich überfliege den Text. In großen, geschwungenen Buchstaben steht da über den Vater, dass er die Menschen froh macht, weil er ihnen gute Autos verkauft. Glänzende und teure Autos. Manchmal unternimmt er lange Dienstreisen und bringt Puppen mit nach Hause. Ich blicke zum Bücherregal, in dem einige Matroschkas stehen.

Dann kehre ich ins Erdgeschoss zurück. Von der Treppe aus vernehme ich, wie Taina sich scheinbar nebenbei nach Kunden und Kooperationspartnern des Opfers erkundigt. Offensichtlich weiß Liisa nicht viel und bricht immer wieder in Tränen aus.

»Der Verkauf nach Russland lief nicht gut«, sagt sie schluchzend. »Die Zeiten sind schlecht. Und das Finanzamt hatte Esa auch die ganze Zeit im Visier.«

»Hatte Esa Feinde? Verärgerte Geschäftspartner zum Beispiel? Glaubst du, er könnte in Gefahr gewesen sein?«

»Nein. Alle mögen ihn, er ist doch so lieb ... Das heißt, war.« Liisa stößt ein »O mein Gott« aus und fängt erneut an heftig zu weinen.

Als ich die Küche betrete, bedenkt Taina mich mit einem bedeutungsvollen Blick. Wahrscheinlich will sie mir zu verstehen geben, dass aus Liisa im Moment nicht mehr herauszubekommen ist und wir daher besser aufbrechen sollten. Allerdings kann er auch etwas ganz anderes bedeuten, woher soll ich das wissen. Meine emotionale Intelligenz ist zugegebenermaßen etwas eingeschränkt, ähnlich wie meine sozialen Antennen.

Was auch immer Taina mir sagen will, ich habe jedenfalls nicht die Absicht, jetzt schon das Haus zu verlassen, also setze ich mich demonstrativ neben Liisa an den Tisch. Ich kratze all mein Einfühlungsvermögen und Feingefühl zusammen. »Muss Roosa oft gefesselt werden?«

Liisas Gesichtszüge verzerren sich, sie ist nicht in der Lage zu antworten. Also fahre ich fort: »Roosa ist ein besonderes Kind, nicht wahr?«

Liisa nickt.

»Und manchmal ist es bestimmt ganz schön schwer. Das verstehe ich gut.«

»Roosa brüllt manchmal stundenlang ohne Unterlass«, antwortet Liisa schließlich. »Ihre Wutanfälle sind einfach schrecklich.«

Dann erzählt sie, dass Fixieren und Anbinden die einzigen Alternativen zu starken Medikamenten seien, die Roosa ansonsten nehmen müsse. Die würden sie aber total phlegmatisch und willenlos machen.

»Roosa will diese Medikamente nicht nehmen. Und wir wollen auch nicht, dass sie sie nimmt.«

Ich spreche den schallisolierten Raum im Autohaus und das Bett mit den Fesselspuren an und frage Liisa, ob sie davon wisse.

»Ja«, gibt sie zu, »aber ich war nie dort. Das war eine Sache zwischen Esa und Roosa. Sie haben manchmal gemeinsam Ausflüge ins Autohaus gemacht und Picknicksachen mitgenommen. Roosa hat das geliebt.«

Sie erzählt weiter, dass Esa den Raum eingerichtet habe, damit Roosa mit ihm im Geschäft sein konnte. Wenn sie einen Anfall hatte, konnte er sie in den schallisolierten Raum schließen, damit die Kunden nichts davon mitbekamen.

»Ich weiß, es klingt grausam«, sagt Liisa und bedeckt ihr

Gesicht mit den Händen. »Aber wir konnten nicht anders, wir sind auf zwei Gehälter angewiesen.«

»War Roosa letzte Nacht dort?«, frage ich. »Oder heute?«

Liisa schüttelt den Kopf und erklärt, dass Esa den Raum in letzter Zeit nicht benutzt habe.

»Und wenn er es Ihnen nur nicht gesagt hat?«

»Wie? Nein, das ist ausgeschlossen.«

»Waren Sie in letzter Zeit mal im Autohaus?«

Dann scheint Liisa etwas klar zu werden. Sie wird zornig und ihr ohnehin schon rotes Gesicht verdunkelt sich noch mehr. »Was soll das heißen? Sie wollen doch nicht ...«

Da springt Taina von ihrem Stuhl auf. Und bevor ich mich versehe, sind wir auch schon draußen und im Auto. Taina sieht mich finster wie ein Auerochse an.

»Was zum Teufel sollte das?«, fährt sie mich an. »Wir haben doch ausgemacht, dass du dich im Hintergrund halten sollst. Beobachten und ergänzende Fragen stellen!«

»Esa Kuparainen hatte bestimmt einen Waffenschein«, mutmaße ich.

»Weiß ich nicht, müssen wir nachprüfen.«

»Wir sollten die Ermittlungen zunächst auf die Familie konzentrieren.«

»Meinst du das im Ernst?«

»Sie sind seit Langem in einer schwierigen Situation.«

Tainas Gesichtszüge werden härter. »Woher wusstest du, wie es um Roosa steht?«

»Ich war im Obergeschoss und habe mich umgesehen. Du hättest mich vorher informieren sollen.«

»Es erschien mir nicht wesentlich.«

»Wenn im Autohaus eine Waffe war, kann es sein, dass

Roosa sie während eines Wutanfalls in die Hände bekommen hat.«

»Und Liisa jetzt Roosa schützt«, ergänzt Taina. Etwas zögerlich zwar, aber sie scheint die Theorie nicht gleich von der Hand zu weisen.

»Es gibt auch noch eine andere Möglichkeit: Die Ehefrau selbst war es.«

Taina fällt es nicht leicht, sich das vorzustellen, also schildere ich ihr folgendes Szenario: Roosa hat wieder einen Anfall, und Esa verliert die Geduld. Selbst ein noch so lieber Mann ist nur bedingt belastbar. Also wendet er im Eifer des Gefechts zu viel Gewalt an. Liisa ist verzweifelt und versucht ihn davon abzubringen, indem sie ihn mit der Waffe bedroht. »Dann wird die Waffe abgefeuert – vielleicht aus Versehen, vielleicht auch mit Absicht.«

Taina schüttelt nur den Kopf und startet den Motor. »Lass uns morgen weitermachen.«

Sie bringt mich zurück zum Autohaus, wo mein Wagen steht, und fährt ohne ein weiteres Wort davon.

Pauliina und Janina wollen gerade ins Bett gehen, als ich nach Hause komme. Ich versuche, sie dazu zu überreden, noch einen Film zu schauen oder eine Serie. Ich ahne, dass es mir heute schwerfallen wird einzuschlafen.

»Ich glaube, wir sind zu müde«, sagt Pauliina und gähnt. »Wir haben die restlichen Umzugskartons ausgepackt und uns dann mit drei Folgen *House of Cards* belohnt.«

»Die wollten wir uns doch zusammen ansehen.«

»Sorry, Papa«, sagt Janina. »Wir können nicht ewig warten.«

»Aber etwas Erdbeerschaum habt ihr mir doch übrig gelassen?«, frage ich, obwohl ich es eigentlich besser weiß. Sie bemühen sich um einen entschuldigenden Blick, obwohl es ihnen nicht allzu sehr leidtut, dass ich leer ausgehe.

Ich bin wie erschlagen und lasse mich aufs Sofa sinken. Lange starre ich auf den schwarzen Fernseher. Dann gehe ich zum Schlafzimmer und stecke den Kopf durch die Tür. »Ihr seid doch nicht sauer auf mich?«

Pauliina schreckt auf. »Was?«

»Ihr seid mir doch nicht böse? Ich bin so schnell zurückgekommen, wie ich konnte.«

Pauliina versichert mir, dass alles gut sei. Ihre Stimme klingt warm, beinahe zärtlich. »Komm schlafen«, sagt sie, dreht sich auf die Seite und schläft fast augenblicklich wieder ein.

Ich gehe in die Küche und toaste mir eine Scheibe Brot. Die Nacht wird so oder so kurz. Mir ist, als hätte ich etwas übersehen, und ich weiß, dass ich nicht schlafen kann, bevor ich es herausgefunden habe. Es ist nicht das erste Mal.

Ich esse mein Brot und trinke eine Tasse Tee. Dann gehe ich zum Sofa, lege mich auf den Rücken und schließe die Augen.

Ich bin wieder im Gebäude des Autohauses. Dieses Mal allein ohne andere Menschen, die mich stören. Ohne Taina, ohne Johanna, ohne Menschen in Schutzanzügen, ohne Leiche. Ich gehe alles durch, was ich gesehen habe, und bewege mich ohne Schwierigkeiten durch den Raum. Wenn ich etwas näher betrachten will, zoome ich es einfach heran, brauche ich einen Gesamtüberblick, gehe ich zurück.

Zunächst fällt mir nichts auf. Ich gleite durch den Raum,

ohne dass ich an etwas Bestimmtem hängenbleibe. Die Einzelheiten ziehen an meinem inneren Auge vorbei: die flackernde Neonröhre, die Überwachungskamera, die Schallschutzplatten, die Regale, die Reifenstapel, das Bett, der Overall, die Kühltasche und die Minitomaten in der Blutlache.

Liisa hat von den Picknickausflügen von Vater und Tochter ins Autohaus gesprochen. Alles weist auf Roosa, und dennoch stört mich etwas. Es ist zu offensichtlich, zu simpel.

Ich beruhige mich, indem ich ein paarmal tief ein- und ausatme. Dann kehre ich gedanklich zum Overall zurück. Die Beine hochgekrempelt, etwa zehn Zentimeter. Ebenso die Ärmel. Was bedeutet das? Esa ist groß, mindestens eins achtzig, wenn nicht größer. Also passt der Overall selbst zehn Zentimeter kürzer immer noch einem Erwachsenen, einer Frau oder einem kleineren Mann. Roosa würde in ihm verschwinden.

Das reicht noch nicht.

Ich gehe alles noch einmal durch, aber ich kann nichts Neues entdecken. Zeit vergeht. In den Lagerraum drängen Menschen, auch wenn ich versuche, sie fernzuhalten. Niko steht in der Tür und zeigt auf die Überwachungskamera. Johanna verdreht die Augen – eine unangenehme Angewohnheit, die sie sich dringend abgewöhnen muss. Taina sieht mich stumm an. Ihre ganze Erscheinung scheint zu bereuen, mich eingestellt zu haben.

Mein Rücken tut weh, ein altes Leiden. Ich muss mich aufrichten und mache ein paar Dehnübungen. Es ist jetzt mitten in der Nacht, im Haus ist es still, nur der Kühlschrank brummt. Ich schließe die Vorhänge und schalte die restlichen Lampen aus.

Irgendwas fehlt. Da scheint etwas direkt vor meinen Augen zu sein, aber ich kann es trotzdem nicht erkennen. Ich weiß aus Erfahrung, dass es mir immer weiter entgleiten wird, je mehr ich versuche, es festzuhalten. Es ist besser, die Dinge ruhen zu lassen. Wenn die Zeit reif ist, kommt es wieder zum Vorschein.

Ich gehe in den Hauswirtschaftsraum, in dessen hohem Türrahmen ich eine Klimmzugstange befestigt habe. Der Schlaf ist fern, da kann ich mich genauso gut um meinen Rücken kümmern. Ich schnappe mir die Anti-Schwerkraft-Schuhe vom Wäschetrockner, eine Art Manschetten mit Haken dran, und schnalle sie mir um die Knöchel. Dann umfasse ich die Klimmzugstange, schwinge meine Beine in Richtung Decke und hänge sie oben an der Stange ein, sodass ich kopfüber im Türrahmen baumle. Ich muss zugeben, es fällt mir Jahr für Jahr schwerer. Bevor ich irgendwann so klapprig bin, dass Pauliina und Janina mich wieder abhängen müssen, sollte ich damit aufhören.

Ich schließe die Augen und spüre, wie der Schmerz im Rücken nachlässt und die Bandscheiben in ihre richtige Position zurückspringen. Das Blut schießt mir in den Kopf, doch daran bin ich gewöhnt. Ich kann überraschend lange mit dem Kopf nach unten hängen. Ich lege meine Hände entspannt auf den gekachelten Fußboden. Die Minuten vergehen, Gedanken streichen hinter meinen geschlossenen Augen vorüber wie Wolken am Himmel.

Als ich die Augen wieder öffne, betrachte ich den Boden und eine flache Schwelle, in deren Ritze allerlei Dreck klebt, kleine Sandkörner, Flusen und Krümel. Wir haben es nicht geschafft, alles gründlich sauber zu machen, bevor die Umzugskartons kamen. Einen Moment beobachte ich eine Ameise, die offensichtlich keine Lust hat, die Schwelle zu überwinden. Sie späht in die Küche, traut sich aber nicht hinein und krabbelt immer wieder in den Hauswirtschaftsraum zurück.

»Gut so, bleib hier«, sage ich zu ihr. »Pauliina duldet euch Krabbelviecher nicht in der Küche.«

Doch da wird die Ameise plötzlich mutig, erklimmt die Schwelle mit Leichtigkeit und steuert auf die Küche zu. Ich strecke meine Hand nach ihr aus und fange sie mit zwei Fingern ein. Dann schnipse ich sie in eine Ecke des Hauswirtschaftsraums zurück. Bei einem Blick auf meine Hand bemerke ich ein Haar am Ärmelaufschlag. Und mit einem Mal bin ich wieder im Lagerraum, bücke mich und betrachte das Kopfkissen. Ein Haar. Ein langes dunkles Haar.

»Trottel«, schimpfe ich mich.

Wie konnte ich nur das Haar auf dem Kissen vergessen? Ich schwinge mich etwas nach vorne, sodass ich mein Telefon zu greifen bekomme, das ich auf der Waschmaschine direkt neben der Tür abgelegt habe.

Es klingelt lange, bevor Taina antwortet. »Was gibt es denn?«

»Es geht weder um Roosa noch um Liisa. Esa hat in dem Raum jemanden gefangen gehalten, wahrscheinlich eine dunkelhaarige Frau.«

»Weißt du, wie spät es ist?«

»Und sie ist verletzt. Das Blut auf dem Bett und im Flur ist nicht von Esa, sondern von ihr. Darauf wette ich.«

Taina rät mir, schlafen zu gehen und mich morgen weiter mit dem Fall zu beschäftigen. »Du klingst merkwürdig«, sagt sie zum Schluss. »Ist alles in Ordnung mit dir?«

»Ich hänge kopfüber.«

»Aha.«

»Alles rückt an seinen Platz.«

»Na schön. Gute Nacht.«

Ich versuche noch zu sagen, wie sehr mein Interesse an dem Autohändlerfall gerade gestiegen ist, aber Taina hat schon aufgelegt.

22

Hinter dem Gästehafen erstreckte sich der ausgedehnte Saimaa-See. Die Inseln lagen wie dunkle Schatten im hellen Mondschein. Es war still, der Wind hatte sich zur Nacht beruhigt.

Auf den halbleeren Parkplatz des Hotels Saimaanranta fuhr ein Auto. Nachdem Lena geparkt hatte, öffnete sie den Kofferraum und nahm einen Rucksack heraus. Dann schloss sie ab und blickte sich um. Niemand war zu sehen. Rechts vom Hotel standen ein paar Ferienhäuser, die aussahen, als seien sie gerade erst fertiggestellt worden. Dazwischen gepflegte Kieswege, die von niedrigen Lampen beleuchtet wurden.

Es war still, die Gegend menschenleer. Das Eingangsportal des Hotels war im schwachen Schein der Nachtbeleuchtung leicht erhellt. Lena trat ein und ging zur Rezeption.

Hinter dem Tresen saß ein junger Mann in dunklem Anzug leicht abgewandt auf einem Bürostuhl und starrte gelangweilt auf den Bildschirm eines Computers. Das ansonsten tadellose Äußere wurde nur durch den offen stehenden Mund und die gelockerte Krawatte beeinträchtigt. Lena betrachtete ihn einen Augenblick mit einem leicht amüsierten Ausdruck im Gesicht, doch er schien sie noch immer nicht bemerkt zu haben. Dann hielt sie ihre Hand über die Rezeptionsglocke und schlug kräftig zu.

Das laute Klingeln ließ den jungen Mann schreckhaft auffahren. Kurz sah es so aus, als wüsste er nicht, wo er war.

Dann straffte er seine Haltung und richtete die Krawatte. »Verzeihen Sie bitte. Guten Abend. Was kann ich für Sie tun?«

Lena antwortete nicht. Sie sah den Mann unverwandt an, und er wurde unruhig.

»Wir haben freie Zimmer«, beeilte er sich zu sagen und spielte mit der Computermaus. »Bei uns können Sie ein umfangreiches Freizeitangebot genießen: Sauna, Schwimmbad, Bootsausflüge, Wasserski mit oder ohne Gleitschirm, Angeln, Tennis und Minigolf.« Er hielt inne und sah Lena entschuldigend an. »Natürlich nicht jetzt, nur tagsüber.«

Lena hatte aus der Brusttasche ihres Parkas ein Foto gezogen, auf dem ein hübsches, braunhaariges Mädchen abgebildet war.

»Schon mal gesehen?«

»Nein«, antwortete er, ohne zu zögern.

»Bist du sicher?«

»Ja, sie kommt mir nicht bekannt vor.«

Lena steckte das Foto zurück in die Tasche.

»Ich nehme eines der Ferienhäuser«, sagte sie. »Eines, von dem aus man das Hotel sehen kann.«

23

Ungeklärte Fragen bei Ermittlungen rauben mir den Schlaf. Und Schlaflosigkeit führt nicht selten dazu, dass man auf die dunkle Seite gerät.

Ich sitze in der Küche und versuche, Ruhe in meinen Kopf zu bekommen. Ich würde gerne eine Tasse Tee oder einen Kaffee trinken, aber das wäre eher kontraproduktiv. In Helsinki war ich manchmal mehrere Nächte hintereinander wach. Die folgenden Tage bekamen dann immer etwas Unwirkliches, so als ob ich in einer Parallelwelt gelandet wäre. Die Stimmen drangen von weit her an mein Ohr, und die Fußwege fühlten sich haltlos und weich an, als würde man in ihnen versinken. Das möchte ich nie wieder erleben, nicht in diesem Alter.

»Kannst du nicht schlafen?«, fragt Pauliina hinter mir. Sie steht in ihrem dünnen Nachthemd in der Türöffnung und hat die Arme um den Oberkörper geschlungen.

»Schwierig, wenn man die Augen nicht zubekommt.«

»Wieso?«

Ich erzähle stockend, dass ich immer und immer wieder, wenn ich die Augen schließe, das kleine Mädchen in seinem Bett vor mir sehe, das ich in Helsinki gefunden habe.

»Willst du darüber reden? Das hilft vielleicht.«

Einen Moment zögere ich, überlege, ob ich mich ihr anvertrauen soll. Ich stelle mir vor, wie ich es beschreibe: Augen und Mund zugenäht, Wachsstöpsel in den Ohren, das ganze grausige Arrangement. Aber ich weiß, dass es mir nicht helfen würde, darüber zu reden, und Pauliina würde sich nur noch mehr sorgen. Es würde nichts bringen, auch sie damit zu vergiften.

»Ich komm schon klar«, sage ich stattdessen. »Es war einfach ein anstrengender Tag.«

»Du hattest einen heftigen Start hier.«

Ich halte kurz inne. Dann bricht das, was mir seit Stunden durch den Kopf geistert, ungefiltert aus mir heraus: »Vielleicht war der Umzug ein Fehler. Ich dachte, hier wäre alles anders.«

Pauliina kommt zu mir rüber und nimmt meinen Kopf in ihre Hände. Sagt, ich solle nicht so einen Unsinn reden. Der Umzug sei das Beste, was unserer Familie passiert sei. »Es ist Zufall, dass gerade jetzt so viele schreckliche Dinge passieren«, fährt sie fort. »Glaub mir. Du hast einfach zu einem unglücklichen Zeitpunkt hier angefangen, das ist bestimmt nicht das ganze Jahr so.«

Ich weiß eigentlich, dass sie recht hat, doch das fällt mir gerade sehr schwer zuzugeben. Wäre ich ausgeruhter, würde ich das alles bestimmt relativer sehen. Aber solange ich mich auf der dunklen Seite bewege, bin ich ein Meister des Selbstmitleids. Statt mich von Pauliina aufmuntern zu lassen, stecke ich fest. »Ich bin wohl zu alt für diese Arbeit.«

»Du bist noch nicht mal fünfzig«, protestiert Pauliina.

»Und Janina ist auch schon fast erwachsen. Stell dir mal vor, wie unser Leben ist, wenn Janina ausgezogen ist. Was bleibt uns dann noch? Wir haben nicht mal einen Hund.« Ein feuchter Schleier überzieht meine Augen.

Pauliina sieht mich entsetzt an. »Denkst du das wirklich?«

Ich nicke und lasse den Kopf sinken. Pauliina legt ihre Arme um mich und versichert mir, dass in unserem Leben gerade eine goldene Zeit angebrochen sei, die wir nur festzuhalten brauchen. Und Janina werde immer unsere Tochter sein, zudem lägen zwischen Helsinki und Lappeenranta nur gut zweihundert Kilometer.

»Und einen Hund können wir uns sofort zulegen, wenn du willst. Einen Wachhund, wir haben doch jetzt ein großes Grundstück.«

Ich lächle sie dankbar an; ich fühle mich schon besser. Pauliina geht zum Kühlschrank, gießt ein kleines Glas Milch ein und fordert mich auf, es zu trinken. Dann folge ich ihr ins Schlafzimmer. Unterwegs erhasche ich einen Blick auf die Uhr, es ist halb fünf.

Im Bett drehe ich mich noch eine Weile hin und her, dann fällt mir plötzlich ein, was ich Pauliina fragen wollte. »Woher kennt der Oberbürgermeister eigentlich deinen Mädchennamen?«

Pauliina schweigt. Ich bin schon fast überzeugt, dass sie eingeschlafen ist, als sie schließlich doch noch antwortet: »Hier kennt jeder jeden. Hast du das noch nicht bemerkt?«

24

Ein frisch gewaschener und gewachster Audi älteren Modells fuhr langsam über den Schotterweg bis vor das Ferienhaus Nummer 66. Der Wagen hielt an, und ein älterer, hochgewachsener Mann stieg aus. Er war mit einem Lodenmantel bekleidet und trug eine Aktentasche in der Hand.

Zügig betrat er die Veranda und ging durch die Eingangstür, die ihm ein panisch wirkender Matias aufhielt.

»Es ... es tut mir leid«, stotterte er aufgeregt. »Es war ein Unfall.«

»Beruhige dich gefälligst!«, herrschte ihn der Alte an.

»Katia hat viel Blut verloren. Sie wurde an der Seite getroffen, und ich kriege die Blutung nicht gestillt. Alles ist eingesaut. Die Matratze, die Bettwäsche, der Teppich, der Fußboden ...«

Eine kräftige Ohrfeige knallte auf Matias' Wange und brachte ihn zum Schweigen.

»Ruhe jetzt! Setz Wasser auf. Und halt dich dann im Hintergrund.«

Der Alte ging zur Tür des kleinen Schlafzimmers und sah hinein. Das Mädchen lag auf dem Bett, das über und über mit Blut beschmiert war. Sie selbst war blass, aber immerhin bei Bewusstsein.

25

Die Sonne scheint schräg in die Küche. Das grelle Licht blendet mich, und ich bekomme nur das linke Auge auf, mein rechtes schläft noch. Am Tisch sitzt eine unangenehm munter wirkende Janina und blättert in der Morgenzeitung.

»Du siehst aus wie der Allerwerteste eines Flusspferdes«, sagt sie, nachdem sie mich mit einem kurzen, skeptischen Blick gemustert hat.

»Auch dir einen schönen guten Morgen.«

»Ganz im Ernst. Du solltest mehr schlafen.«

Janina widmet sich wieder ihrer Lektüre. Ich schenke mir eine Tasse Kaffee ein und öffne den Kühlschrank. Ich greife nach der Milch, doch als ich sie eingieße, kommt etwas Gelbliches heraus. Offensichtlich hat meine Hand den Befehl meines Gehirns ignoriert und statt der Milch nach dem Saft gegriffen – das kann nach nur zwei Stunden Schlaf schon mal passieren. Zum Glück hat Janina das nicht gesehen. Ich gieße einen Schluck Milch hinterher und nippe vorsichtig daran. Man kann es trinken.

Ich setze mich zu ihr an den Esstisch.

»Nur Kaffee?«, fragt Janina. »Iss wenigstens etwas Obst. Vitamine und so, du weißt schon.«

Ich nuschle etwas vor mich hin, statt zu antworten, und Janina streckt ihre Hand zum Obstteller aus und legt eine Banane vor mich hin.

»Hier. Iss die.«

Ich schäle die Banane und beiße wie befohlen ein Stück nach dem anderen ab.

»Der hiesige Oberbürgermeister sieht ziemlich furchteinflößend aus«, sagt Janina und zeigt auf einen Artikel. »Wie ein Ringer.«

Degerman ist wieder mal im Rampenlicht, die Zeitung scheint jeden Tag über ihn zu berichten. Das Bild wurde vor dem Rathaus aufgenommen, von schräg unten fotografiert, sodass der Mann überdimensional groß und monumental wirkt. »Stadt investiert in Polizeikräfte« lautet die Überschrift. Man hat den Eindruck, Degerman und die Stadt seien ein- und dasselbe. Er ist größenwahnsinnig.

»Es geht auch um deine Abteilung«, sagt Janina.

»Es ist nicht *meine* Abteilung.«

»Na, wie auch immer. Bald wissen alle, dass ich die Tochter eines Polizisten bin, und die Kinder von Kriminellen machen einen großen Bogen um mich.«

»Was steht noch drin?«

Janina überfliegt den Artikel kurz. »Hier geht es vor allem um Tourismus und ein Kasino. Die Aufgabe der Polizei sei es, ein sicheres Umfeld für die Wirtschaft zu gewährleisten.«

»Zeig mal her.«

Ich vertiefe mich in den Artikel. Degerman stellt sich ohne Scheu als Wirtschaftsengel hinter der Sondereinheit Schwerkriminalität dar und lässt dabei großzügig unerwähnt, dass die Initiative mitnichten auf ihn allein, sondern vielmehr auf ein gemeinsames EU-Projekt zurückgeht. Ich schaue, wer den Artikel verfasst hat. Jaana Erkki, die gleiche Journalistin, die auch schon den letzten Degerman-

Artikel geschrieben hat. Sie scheint offenbar das Schoßhündchen der Stadtoberen zu sein.

Ich schiebe die Zeitung angewidert von mir weg. Janina hat ihren Kaffee ausgetrunken und sieht mich abwartend an.

»Du weißt schon, was heute für ein Tag ist?«

Die Antwort auf diese Frage ist zum Glück leicht. »Heute erfährt Mutter das Ergebnis vom MRT.«

Janina nickt. »Und was noch?«

Ich denke angestrengt nach, aber mir fällt nichts weiter ein, was Janina sicher nicht verborgen bleibt.

»Na komm schon, Papa. Jetzt kannst du beweisen, dass in deinem Kopf nicht nur Platz für Dienstliches ist.«

Ich beginne angestrengt in meinem Gedächtnis zu kramen. Zum Glück kommt in dem Moment Pauliina in die Küche. Sie ist schon fertig angezogen, bereit für den Arzt.

»Quäl Papa nicht so«, sagt sie. »Er hat schlecht geschlafen.«

In dem Augenblick fällt es mir wieder ein. »Natürlich weiß ich, was heute ist. Dein erster Schultag«, stoße ich hervor. »Das habe ich nicht vergessen.«

Ich erkläre ihnen, dass ich sowohl Pauliina zum Arzt als auch Janina in die Schule fahren kann. Ich habe im Präsidium Bescheid gegeben, dass ich heute ein bisschen später komme, schließlich bin ich ein gewissenhafter Angestellter. Dann stehe ich auf, strecke mich ein bisschen und gehe auf die Toilette. Dort schreibe ich Taina eine Nachricht: »Komme erst um zehn Uhr. Teambesprechung, wenn ich da bin.« Dann warte ich einen Moment, und zum Glück lässt die Antwort nicht lange auf sich warten: »Alles klar«, schreibt

Taina, »du hast es offenbar nicht mehr so eilig wie letzte Nacht.«

Ich gehe zurück in die Küche, hole mir eine Tasse Kaffee und setze mich wieder an den Tisch, als ob nichts gewesen wäre.

»Und, was sagt deine Chefin?«, fragt Janina unschuldig. »Erlaubt sie es?«

Manchmal ist meine Tochter erschreckend scharfsichtig.

Es ist Zeit aufzubrechen. Pauliinas Arzttermin ist um halb, und Janina muss rechtzeitig vor zehn Uhr in der Schule sein. Im Auto ist die Stimmung angespannt. Pauliina gibt sich zwar Mühe, tapfer zu sein, doch in den Gesprächspausen wird ihre Miene schnell ernst und der Blick schweift ab. Wenn alles in Ordnung ist, dann gibt es eine Zukunft und alles wird gut. Über eine andere Möglichkeit möchte ich gar nicht nachdenken, zumindest nicht, bevor es unausweichlich ist. Bis wir die Untersuchungsergebnisse erfahren, befinden wir uns in einer Art Verdrängungsmodus. Eigentlich darf man so nicht denken, wir sollten zufrieden sein und jeden Tag so nehmen, wie er kommt, statt uns vor jeder Kontrolluntersuchung zu fürchten. Doch ich kann nicht aus meiner Haut. Ich ahne, dass es Pauliina und Janina nicht viel anders geht.

Ich halte vor dem Haupteingang des Krankenhauses. Unser Abschied fällt kurz und ohne große Worte aus.

»Ich gebe euch Bescheid«, sagt Pauliina noch und schlägt die Autotür zu.

»Warte mal«, ruft Janina von der Rückbank, steigt aus

und umarmt sie lange. Ich betrachte die beiden, und mir wird warm ums Herz. Ich bin sehr stolz auf meine Tochter.

Dann fahren Janina und ich weiter. Nach ein paar Minuten, die wir schweigend zurücklegen, fragt Janina mich plötzlich, wohin ich eigentlich fahre.

»Na, zum Gymnasium.«

»Das ist die falsche Richtung.«

»Was? Mist! Du hast recht. Bitte entschuldige.«

Passenderweise befinden wir uns gerade in einem Kreisverkehr, und ich fahre einmal rundherum. Diesmal piesackt mich Janina nicht wegen meines Fehlers, sie versteht, woher meine Unkonzentriertheit rührt.

»Es ist sicher alles in Ordnung«, sagt sie. »Mutter ging es in letzter Zeit richtig gut.«

Die Stimmung wird ein bisschen leichter, und ich erzähle Janina von ihrem ersten Schultag. Es kommt mir so vor, als wäre es erst gestern gewesen. Damals stand sie zwischen Pauliina und mir auf dem Schulhof und hat mit gerunzelter Stirn die älteren Schüler beobachtet. Ich frage sie, ob sie heute genauso aufgeregt sei wie damals als ABC-Schützin.

»Natürlich nicht«, lacht sie. »Ich bin ja kein kleines Kind mehr.«

»Weißt du, ich kann es gut verstehen, dass es nicht leicht ist, in einer Schule neu anzufangen, in der man niemanden kennt. Aber du wirst dich sicher schnell einfinden.«

Der Schulwechsel war bei unseren Umzugsplanungen das große Minus. Doch Janina hatte irgendwann selbst bemerkt, dass es schwerer wäre, wenn sie noch in der siebten oder achten wäre, und dass die Schüler am Gymnasium schon zivilisierter seien.

»Ich erzähle einfach, dass Mutter hier aufgewachsen ist. Dann werde ich schon Anschluss finden.«

Ich bin mir sicher, dass Janina es schaffen wird. Sie hat eine Ader, Kontakte zu knüpfen und leicht Freunde zu finden. Ein Charakterzug, den ich immer bewundert habe.

Aus irgendeinem Grund fange ich an, über meinen eigenen ersten Schultag zu reden, der durchaus traumatische Elemente hatte. Meine Eltern gingen beide arbeiten, und so musste ich an diesem Tag allein in die Schule. Wir waren gerade erst in die Stadt gezogen, alles war neu für mich. Ich saß morgens in der Küche auf einem Holzstuhl, rieb mir die Hände und richtete den Blick fest auf den Wecker, der auf dem Küchentisch stand. Wenn er losklingelte, wäre es Zeit, den Schulweg anzutreten. Ich starrte so angespannt auf die Uhr, bis ich nichts mehr wahrnahm außer dem Ticken der Zeiger und alles andere um mich herum verschwand. Als der Alarm endlich losging, erschrak ich so, dass ein paar Tropfen in die Hose gingen. In Windeseile habe ich mir eine neue Hose angezogen, die Tränen hinuntergeschluckt und bin dann hinunter auf die Straße geeilt. Ich bin den ganzen Weg zur Schule gerannt, der Schlüssel um meinen Hals flog wild umher. Endlich auf dem Schulhof angekommen, sah ich, dass alle anderen Erstklässler ihre Eltern, oder zumindest einen Elternteil, dabeihatten.

Ich stellte mich etwas abseits und lauschte, wie der Direktor auf der Schultreppe die Namen aller Erstklässler vorlas. Einer nach dem anderen verschwand durch die Tür im Inneren des Schulhauses, bis schließlich nur noch ich mutterseelenallein auf dem Schulhof zurückblieb. Zum Glück sah mich der Direktor, kam auf mich zu und wunderte sich, warum ich immer noch da stünde. Mit zitternder Stimme sagte ich ihm, dass ich meinen Namen nicht gehört hätte. Der Direktor sah auf seinen Zettel und stellte fest, dass ich dort tatsächlich nicht zu finden war.

Er nahm mich mit zu seinem Büro, vor dem ich auf einem Hocker warten sollte. Ich saß neben der Garderobe und betrachtete stumm das Treiben im Lehrerzimmer. Die Lehrer warfen mir verwunderte, einige auch mitleidige Blicke zu. Schlussendlich klärte sich alles auf. Die Schulsekretärin fand mein zwischenzeitlich verloren gegangenes Anmeldeformular wieder, und ich wurde der Klasse mit den wenigsten Schülern zugewiesen. Damit war die Sache erledigt.

Doch wie sich herausstellte, war das nur der Auftakt zu einer noch viel größeren Enttäuschung. Ich hatte geglaubt, man würde uns Lesen, Schreiben und vor allem Mathematik beibringen. Denn dafür interessierte ich mich brennend. Stattdessen machten wir allerlei dusselige Kennenlernspiele. Das war schrecklich und ging über mehrere Tage. Bis heute erinnere ich mich nur ungern daran.

Janina hält mit Mühe das Lachen zurück. »Na, in der Hinsicht hast du dich jedenfalls nicht verändert.«

Zum Glück kommen wir in dem Moment am Gymnasium an, und ich halte vor dem Tor. Gerade als Janina sich abschnallt, piept mein Handy. Und noch bevor ich es schaffe, mein Telefon hervorzukramen, bekommt auch Janina eine SMS. Wir sehen uns an.

»Schau du nach«, sagt sie mit leiser Stimme. Ihr Gesicht ist ganz bleich.

Ich öffne die Nachricht mit zitternden Fingern. »Kopf in

Ordnung«, steht auf dem Display. »Nächste Kontrolle in einem halben Jahr.«

Mir beginnen die Tränen über die Wangen zu laufen. Völlig überrascht von meiner eigenen Reaktion, trockne mir die Augen und versuche, meinen Gefühlsausbruch durch ein Lachen zu überspielen, bekomme aber nur ein undefinierbares Prusten zustande. Janina wirkt erst irritiert, ist dann aber selbst ganz gerührt. Sie möchte mich drücken, und ich lehne mich zu ihr hinüber, was allerdings im Auto nicht ganz einfach ist. Ich räuspere mich, und als ich wieder Herr meiner Stimme bin, wundere ich mich darüber, wie der Mensch in schwierigen Zeiten alles erträgt und sich anpasst, um erst dann zusammenzubrechen, wenn die Situation vorüber ist. Das ist wohl ein Ergebnis der Evolution. Der Mensch hätte die Eiszeit sicherlich nicht überlebt, wenn er sich bei jedem entwischten Mammut schluchzend in die Höhle zurückgezogen hätte.

»Mutter ist eben eine Kämpfernatur«, sagt sie mit einem Blick auf die Uhr des Armaturenbretts. Dann klappt sie die Sonnenblende nach unten und überprüft, ob ihr Augen-Make-up verwischt ist. »Das wird heute ein guter Tag!«, sagt sie noch, als sie die Autotür öffnet, und steigt aus. Dabei setzt sie ein so glücklich strahlendes Lächeln auf, dass ich fast wieder in Tränen ausbreche. Sicher sind es die kurzen Nächte, die schuld sind an meiner ungewohnten Rührseligkeit. Oder die Erkenntnis, dass meine Tochter inzwischen wirklich fast erwachsen ist.

Ich winke ihr hinterher, dann fahre ich zum Präsidium. Ich könnte fast zerspringen vor guter Laune, das Einzige, was mich zurückhält, ist das Verlangen nach Kaffee.

Als ich den Besprechungsraum betrete, ist mein Team schon versammelt.

Niko kniet auf dem Boden und stöpselt Laptop und Beamer zusammen. Er fragt, warum er eigentlich immer für alle Kabel und Leitungen zuständig sei.

»Du bist eben prädestiniert für Leitungsaufgaben«, wirft Johanna witzelnd ein, »das wissen doch alle.«

»Kinder, streitet euch nicht«, sage ich. »Lasst uns anfangen.«

»Taina kommt später«, informiert mich Johanna. »Sie hat einen Anruf bekommen.«

Ich nicke und ordere Niko zu uns an den Tisch. Den Beamer brauchen wir heute eher nicht.

»Gibt es eine Vermisstenmeldung zu einem dunkelhaarigen Mädchen?«, frage ich ihn.

»Du meinst blond?«

»Nein.«

Niko sieht mich verwundert an, blättert in seinen Papieren und sagt, dass in der Region zwei dunkelhaarige Frauen als vermisst gemeldet wurden. »Die eine ist eine demenzkranke Achtzigjährige aus Joensuu. Haare gefärbt. Die andere ein vierzehnjähriges Mädchen aus Imatra, das von zu Hause weggelaufen ist.«

Bei der Zweiten werde ich hellhörig, doch bevor ich etwas sagen kann, fügt Niko hinzu: »Beide wurden gefunden.«

»Warum hast du sie dann überhaupt erwähnt?«

Niko sieht beleidigt aus. Vielleicht hätte ein guter Chef einfach geschwiegen.

»Entschuldige«, sage ich. »Und Mädchen mit hellen Haaren?«

Niko schüttelt den Kopf. »Nach der Toten wird anscheinend immer noch nicht gesucht. Im ganzen Land gibt es kein vermisst gemeldetes Mädchen, auf das die Beschreibung passen würde.«

Seltsam. Die Todesursache ist inzwischen geklärt: Herzstillstand infolge einer Überdosis Methitural. Doch solange wir die Personalien der Toten nicht feststellen können, kommen wir nicht weiter. Bald würden wir die Öffentlichkeit um Hilfe bitten müssen, was in der heutigen Zeit aber fast hoffnungslos ist.

Ich drehe mich zu Johanna um. »Was ist mit dem geklauten Poller?«

Johanna berichtet, dass sie getan habe, worum ich sie gebeten hatte. Sie ist ins Feriendorf Saimaanranta gefahren und hat sich im Hafen umgesehen. Doch nirgendwo scheint ein Poller zu fehlen.

»Hast du das Personal befragt?«

»Natürlich. Alle Poller vorhanden.«

»Und im Stadthafen?«

»Das gleiche.«

»Ockhams Rasiermesser muss wohl mal geschärft werden«, witzelt Niko dazwischen.

Ich sehe ihn so ärgerlich an, dass er beinahe den Kopf einzieht, und frage Johanna, ob Kuparinen einen Waffenschein hatte.

»Nein, hatte er nicht. Aber eine illegale Waffe passt irgendwie auch nicht ins Bild.«

»Nein, in der Tat«, stimme ich ihr zu und erkläre Niko und Johanna die gleiche Theorie, die ich Taina in der Nacht unterbreitet habe. Dass Kuparinen allem Anschein nach eine dunkelhaarige Frau in dem für Roosa bestimmten Raum gefangen gehalten hat.

»Und das schließt du aus nur einem einzigen Haar?«, fragt mich Johanna.

»Es gibt andere Hinweise.«

Da wäre der Overall, der nicht für Roosa bestimmt gewesen sein kann. Er war zu groß, und Ärmel und Hosenbeine waren bei weitem nicht hoch genug umgeschlagen. Außerdem hätte Esa niemals Sicherheitsnadeln verwendet, da sich die zappelnde Roosa an ihnen hätte verletzen können. Dann waren da noch die Heizkörper, die nicht abgepolstert waren, und die scharfen Ecken der Regale. Esa musste einen Teil der für Roosa gedachten Polsterungen entfernt haben. Doch der wichtigste Hinweis ist das Blut vom Bett und aus dem Flur.

»Gibt es schon Ergebnisse aus dem Labor?«, frage ich.

Niko schüttelt den Kopf. Die Kollegen seien immer noch überlastet. Aber er verspricht, etwas Druck zu machen. In Helsinki war sicherlich vieles schlechter als hier in Karelien, bei der Luftqualität nur angefangen, aber Laborergebnisse lagen dort eindeutig schneller vor.

»Das Blut stammt weder von Esa noch von Roosa«, sage ich. »Roosa ist unverletzt, und Esa war nach dem Schuss in den Kopf nicht mehr in der Lage, in den Flur zu laufen.«

Niko gibt sich überzeugt. Johanna ist noch nicht ganz so weit, aber zumindest ist ihr offen ablehnender Blick verschwunden.

Da betritt Taina mit ernstem Gesicht den Besprechungsraum: »Kari, kommst du mal bitte.«

Ich schaue zu Niko und Johanna, klatsche in die Hände und weise sie an, mit Kuparinen weiterzumachen.

»Wie denn?«, fragt Johanna. »Wir haben bisher nur deine Theorie.«

»Ihr kommt schon klar«, sage ich mit so viel Ansporn in der Stimme, wie ich meistern kann. »Ich vertraue hundertzehnprozentig auf euch.«

Mein Team starrt mir irritiert hinterher, als ich Taina in ihr Büro folge.

»Hast du gesehen, wie gut ich das hingekriegt habe?«, frage ich, während ich mich setze. Taina kommentiert meine Qualitäten als Vorgesetzter mit keinem Wort.

»Ein Journalist hat angerufen«, sagt sie stattdessen. »Die Zeitung nimmt dich unter die Lupe, allerdings mit eher weniger guten Absichten. Hast du eine Ahnung, wieso?«

»Nein.« Ich denke kurz nach, dann fällt mir doch etwas ein. »Die Journalistin heißt nicht zufällig Jaana Erkki?«

Tainas überraschter Gesichtsausdruck zeigt mir, dass ich richtigliege.

»Ich bin vielleicht Degermans Politbüro etwas zu sehr auf die Zehen getreten.«

»Inwiefern?«

»Indem ich meine Arbeit getan habe«, entgegne ich und hebe die Schultern.

»Wieso ist die Stadtspitze überhaupt über unsere Ermittlungen informiert?«

»Keine Ahnung.«

Taina holt tief Luft und schweigt. Schließlich sagt sie: »Wir äußern uns nicht gegenüber Journalisten und die Zentrale Kripo auch nicht. Das ist ganz und gar nicht gut.«

Sie beteuert, dass sie voll und ganz hinter mir stehe, darüber bräuchte ich mir keine Sorgen zu machen. Überhaupt solle ich mir über die ganze Sache nicht weiter den Kopf zerbrechen. »Überlass die Angelegenheit mir«, sagt sie.

»Danke. Ich hab's schon vergessen.«

Taina sieht mich entgeistert an. Ich habe mir gerade die Schuhe ausgezogen.

»In Strümpfen kann ich besser denken«, erkläre ich.

Unsere Zusammenkunft ist wohl beendet, also stehe ich auf und verlasse das Zimmer mit den Schuhen in der Hand. Auf dem Gang kommen mir Kollegen entgegen, ihr Gerede ist nicht zu überhören.

»Kari hat wohl Angst, dass sich die Schuhe zu schnell abnutzen«, lästert einer von ihnen.

Ich würdige sie keines weiteren Gedankens und schlüpfe in den leeren Besprechungsraum. Ich schließe die Tür und starre auf die weiße Projektorwand.

Ich bin plötzlich völlig konfus, Zeit und Raum verlieren an Bedeutung. Mich quält das gleiche Gefühl wie letzten Abend: Irgendwas habe ich übersehen. Ich kann die Fadenenden sehen, bin aber nicht in der Lage, sie zusammenzufügen. Ich bin an beide Fälle schematisch herangegangen, habe alles mit dem Verstand geordnet. Vielleicht ist es nun Zeit, dem Chaos eine Chance zu geben. Manchmal ist es nützlich, die Zügel locker zu lassen, sodass alles nach den Gesetzen der Entropie durcheinanderwirbelt. Zugegebenermaßen ist das nicht meine Lieblingsmethode, aber hin und wieder fördert sie etwas Neues zutage.

Ich fühle ein Stechen im Rücken. Sitzen ist dem Denken nicht förderlich, sitzend bringt der Mensch sich schleichend um. Zuerst kommen die Rückenschmerzen, dann Diabetes und zum Schluss versagt das Herz. Ich stehe auf und laufe langsam hin und her.

Einzelne Worte und Satzfragmente schießen mir durch den Kopf. Ich versuche, sie nicht mit dem Verstand festzuhalten. Den größten Teil lasse ich gleich wieder fallen, aber manches fische ich aus dem Strom der Gedanken heraus.

Methitural.

Nur zur Narkose.

Entscheidend ist das Gewicht des Patienten.

Vor meinem inneren Auge sehe ich den vom Scheinwerfer erhellten Streifen der Landzunge. Ein unangenehmer Anblick, aber ich wehre ihn nicht ab.

Makellos.

Wie eine am Ufer vergessene Puppe.

Die niemand vermisst.

Fast gleichzeitig sehe ich Kuparinen.

Das Gegenteil von Makellosigkeit.

Blut und Wirrwarr, Trauer und Tränen.

Ein typisches tödliches Gewaltverbrechen.

Dann finde ich mich im Obergeschoss von Kuparinens Haus wieder. Roosa schläft in ihrem Bett. Ich betrachte die abgepolsterten Möbel. Dann lasse ich meinen Blick über das Bücherregal streifen.

Ganz unten Typisches: Bücher, Spiele und Stofftiere.

Oben im Regal Schweres und Zerbrechliches.

Ein Puppenhaus, ein Tischspiegel, eine Reihe Matroschkas.

Ich betrachte den Schreibtisch. Auf der geblümten Schreibtischauflage ein Heft, ich schlage es auf. Ein Aufsatz über den Vater, der seine Kunden mit guten Autos froh macht. Ein offensichtlich lieber Vater, der allerdings oft auf Dienstreise ist.

Von den Reisen bringt er Puppen mit.

Ich schaue wieder zum Regal, sehe aber keine Matroschkas.

Ich sehe das Mädchen vom Ufer. *Eine Puppe*.

26

Im Ferienhaus war es still.

Matias saß nervös am Esstisch. Er hatte den USB-Stick in den Laptop gesteckt und suchte nach der richtigen Datei. Sein T-Shirt war mit Blut beschmiert. Hinter ihm stand der Alte. Sein weißes gebügeltes Hemd war makellos sauber, es war kein Blutspritzer zu sehen. Er hatte die Wunde genäht und sich danach sorgfältig und ausgiebig die Hände gewaschen.

»Zum Glück habe ich daran gedacht, das Aufnahmegerät und die Videoaufzeichnung aus Esas Laden mitzunehmen, sonst würde man mich jetzt schon suchen«, sagte Matias.

Der Alte betrachtete regungslos den Bildschirm.

»Das Gerät habe ich in den See geworfen«, fuhr Matias fort. »Nur der Stick hier ist noch da.«

Er klickte auf die Datei, dann verharrte sein Finger bewegungslos in der Luft. »Warum sollte ich das Video überhaupt aufheben? Soll ich es nicht besser auch vernichten?«, fragte er, um gleich darauf mit unterwürfiger Stimme hinzuzufügen: »Nichts für ungut, ich wollte nur fragen.«

»Ich will sehen, was vor sich gegangen ist«, sagte der Alte ruhig.

Auf dem Monitor erschien der Lagerraum. Katia saß auf dem Bett. Esa Kuparinen kniete auf dem Boden und suchte etwas in der Kühltasche. Nach einer Weile flog die Tür auf, die sich direkt unterhalb der Kamera befand, und Matias betrat mit vorgehaltener Pistole den Raum. Er hielt die

Waffe schräg zur Seite, so wie die Gangster es im Fernsehen immer taten. Seine ganze Erscheinung signalisierte Unsicherheit und Furcht. Selbst auf dieser schlechten Aufnahme war deutlich zu sehen, wie sehr seine Hand zitterte.

Kuparinen stand auf und redete aufgeregt gestikulierend auf ihn ein. Die Aufnahmen waren ohne Ton, sodass man nicht hören konnte, was gesprochen wurde. Dann stürzte Esa sich plötzlich auf Matias, und die Waffe ging los. Aus der Mündung schoss eine Flamme, und der Rückstoß schleuderte Matias' Hand zurück.

»Hast du gesehen?«, rief er aufgebracht. »Esa hat mich angegriffen. Ich musste schießen.« Dann verstummte er und fügte kleinlaut hinzu: »Eigentlich war es ein Unfall. Mein Finger hat sich gekrümmt, als er mich attackiert hat.«

Auf dem Monitor sah man Matias, wie er auf den am Boden liegenden Kuparinen starrte. Schließlich richtete sich sein Blick auf Katia, die sich die Seite hielt. Auf ihrem T-Shirt bildete sich ein dunkler Fleck.

»Sie wurde getroffen«, sagte Matias. »Ich verstehe nur nicht, wie.«

Nach einem kurzen Räuspern erklärte der Alte, dass es wohl ein Splitter der Patrone gewesen sein muss.

»Wie? Das verstehe ich nicht.« Matias klang verzweifelt.

»Ein Splitter«, wiederholte der Alte lauter. »Die Patrone ist an Esas Schädelknochen zersplittert. Wahrscheinlich ein Teilmantelgeschoss.«

Matias wurde übel. Auf dem Bildschirm war noch zu sehen, wie er Katia vorsichtig auf die Beine half. Dann verschwanden beide durch die Tür.

»Bekomme ich bitte den Stick?«, forderte ihn der Alte auf und hielt die Hand auf.

Matias zögerte. »Wäre es nicht wirklich besser, ihn gleich zu vernichten?«

»Ich erledige das.« Er ließ den Stick in der Brusttasche seines Hemdes verschwinden.

Dann öffnete er seinen Aktenkoffer und legte ein ledernes Etui auf den Tisch. Mit routinierten Bewegungen nahm er eine Spritze und eine Ampulle Narkotikum heraus.

»Katia ist zu nervös, um schlafen zu können. Wir müssen ihr helfen.«

Er bat Matias, ihm ins Schlafzimmer zu folgen. Vielleicht mussten sie Katia festhalten, also setzte sich Matias neben sie aufs Bett. Sie wich instinktiv zurück.

»Sei mit der Naht vorsichtig«, sagte der Alte zu ihr. »Du musst dich jetzt ausruhen.«

Er hielt die aufgezogene Spritze hinter seinem Rücken versteckt.

»Was hat sich Esa nur dabei gedacht?«, fragte er leichthin. »Hat er dir etwas erzählt?«

Katia atmete schwer und in kurzen Zügen. Ihre Augen flackerten ruhelos. »Er wollte mich retten. Das hat er zumindest gesagt. Irgendwas war nicht in Ordnung, aber mehr hat er mir nicht erzählt.«

Der Alte schnaubte verächtlich. »Na, damit hatte er wenigstens recht. Aber Esa war kein Retter, sondern ein Vollidiot, der den Schlamassel nur noch vergrößert hat. Jetzt hat die Polizei zwei Leichen.«

»Zwei? Wer ist die andere Leiche?«

»Valentina. Hast du das nicht gewusst?«

Katia kämpfte mit den Tränen. »Ich habe es geahnt. Aber Esa hat sich geweigert, mir die Wahrheit zu sagen.«

Der Alte zögerte kurz, schien zu überlegen, wie viel er Katia erzählen sollte. »Es war ein Unfall. Valentina hat schon lange für uns gearbeitet. Sie hatte eine Resistenz entwickelt. Dann wurde die Dosis zu stark erhöht.« Er sah Katia an, die in einen Schock gefallen schien. »Valentina hat nicht gelitten. Sie ist einfach eingeschlafen.«

Einen Moment lang war es still im Schlafzimmer. Dann fragte Katia schüchtern: »Wer sind Sie?«

»Ich bin der Puppenmeister.«

Er lachte und trat näher ans Bett, zog die Hand mit der Spritze hinter dem Rücken hervor und stach die Kanüle in Matias' Hals.

27

Ich sitze bei Liisa Kuparinen in der Küche und koste von dem Kräutertee, den sie mir angeboten hat. Er schmeckt grauenhaft.

»Ein ganz eigener Geschmack«, sage ich.

»Das ist Gänsefingerkraut mit Weißklee. Alles reine Natur.«

»Schmeckt nach Acker.«

Liisa scheint gekränkt. Ich versuche, meine emotionalen Antennen in eine bessere Position zu bringen. Beinahe hätte ich vergessen, dass ich mich in einem Haus der Trauer befand. Nach der plötzlichen Erkenntnis im Besprechungsraum bin ich wohl etwas hitzig vorgeprescht.

»Doch, er ist gut«, sage ich also. »Man sollte immer mal wieder neue Geschmacksrichtungen probieren. Vielen Dank.«

Ich werfe einen verstohlenen Blick auf die Wanduhr. Taina hat mir befohlen, so lange in der Küche zu bleiben, bis sie eintrifft. Genau genommen, hätte ich gar nicht allein das Haus betreten dürfen. Da ich mich aber bereits im Flur der Kuparinens befand, als ich sie anrief, war dieser Teil der Anweisung schwer zu befolgen. Als ihr das klar wurde, fluchte sie ziemlich unweiblich und ließ mich schwören, dass ich nicht eigenmächtig mit den Untersuchungen beginnen würde. Stattdessen sollte ich so lange über das Wetter und die Lebensmittelpreise reden.

Ich lächle Liisa an.

»Möchten Sie noch eine Tasse?«, fragt sie.

Zum Glück fährt in diesem Augenblick Tainas Auto vor, und mir bleibt eine weitere Tasse dieses nach Gülle schmeckenden Getränks erspart. Es klingelt, und wir gehen beide zur Tür.

»Hallo Liisa«, sagt Taina und umarmt sie fest. Mir gewährt sie nur einen kurzen unwirschen Blick. »Entschuldigst du uns bitte kurz«, sagt sie zu ihr und zeigt auf mich. »Wir müssen kurz reden.«

Liisa nickt, geht ins Wohnzimmer und schaltet den Fernseher ein. Taina schiebt mich bis ganz ans Ende des Flurs.

»Was soll das?«, zischt sie mich an. »Was sind das für Puppen, die wir suchen?«

»Das siehst du gleich.«

»Ich war gerade in der Gerichtsmedizin, als du angerufen hast. Ich musste alles stehen und liegen lassen.«

Ich frage sie, ob es neue Erkenntnisse zu Esa Kuparinen gibt.

»Zwischen dem Todeszeitpunkt und dem Notruf liegt etwa eine Stunde.«

»Das weiß ich schon.«

»Bei der Patrone handelt es sich um ein Neun-Millimeter-Halbmantelgeschoss. Wusstest du das auch?«

Ich vermute, die Frage ist rhetorischer Natur, also halte ich meinen Mund. Ich will Taina nicht noch mehr aufbringen. Ich weiß, dass ich mich nicht konform verhalten habe, und Taina hält viel von Protokolldingen.

»Wir müssen mit Roosa sprechen«, sage ich stattdessen.

»Hältst du sie für verdächtig?«

»Nein.«

»Da hat sie ja nochmal Glück gehabt. Und Liisa?«

»Auch nicht. Aber Roosa weiß vielleicht mehr, als sie selbst begreift.«

Das scheint Taina zu genügen. Wir gehen wieder hinein und bitten Liisa, Roosa zu holen.

»Warum?«, fragt sie.

»Reine Routine«, beruhigt sie Taina.

Wir setzen uns im Wohnzimmer in die Sessel. Nach kurzer Zeit kommt Liisa mit Roosa herunter. Sie setzen sich nebeneinander aufs Sofa, und Liisa schaltet mit der Fernbedienung den Fernseher aus. Roosa sieht uns scheu unter den Brauen hervor an.

»Du hast einen schönen Aufsatz geschrieben«, lobe ich sie. »Er handelt von der Arbeit deines Papas.«

»Er ist noch nicht fertig«, antwortet Roosa.

»Der Anfang war auf jeden Fall schon sehr gut.«

»Woher weißt du das?«

»Ich habe ihn gelesen.«

»Wie? Keiner darf in mein Zimmer kommen.«

Ich hole tief Luft. Das fängt nicht gut an. Glücklicherweise flüstert Liisa Roosa etwas ins Ohr und streicht ihr über den Kopf. Das scheint sie etwas zu beruhigen, immerhin wirkt sie weniger abweisend.

»Du schreibst, dass dein Papa Autos verkauft. Aber er hat noch etwas anderes gemacht, nicht wahr?« Liisa sieht mich verwundert an, aber ich gehe nicht darauf ein. »Dein Vater hat Puppen mitgebracht, von seinen Reisen«, sage ich weiter. »Mit den Puppen sind allerdings nicht die Matroschkas gemeint, nicht wahr?«

Roosa nickt. »Papa war ein Puppenchauffeur.«

»Das waren doch nur Geschichten«, unterbricht Liisa sie. »Esa hat sich Märchen ausgedacht, von Puppen und schlafenden Prinzessinnen, um Roosa auf langen Autofahrten oder abends vor dem Einschlafen zu beruhigen. Die Fahrt in die Schule verlief problemloser, wenn Roosa auf der Rückbank Dornröschen spielte.«

»Lassen wir doch Roosa selbst erzählen«, schlage ich vor.

»Ich habe einmal eine echte Prinzessin auf Papas Computer gesehen«, sagt Roosa. »Papa hat sie sich angeschaut. Sie war nackig.«

»Roosa«, entfährt es Liisa.

»Es ist alles gut«, beschwichtigt Taina, und ich bitte das Mädchen fortzufahren.

»Papa hat gesagt, dass das eine Puppe war und keine Prinzessin.«

»Hat dein Papa auch gesagt, dass er die Puppen fährt?«

Roosa nickt. Einen Moment lang ist es still. Der Sekundenzeiger der Küchenuhr tickt leise.

»Aber es war eine schlafende Prinzessin und keine Puppe«, sagt Roosa entschieden. »Ich hab sie gesehen.«

Ich frage sie, welchen Computer der Papa benutzt hat.

»Den kleinen, aber der gehört jetzt mir. Papa hat ihn mir gegeben, und ich habe ihm versprochen, dass ich niemandem von der Prinzessin erzähle.«

»Roosa«, sagt Taina mit sanfter Stimme, »dürfen wir uns deinen Computer ausleihen? Wir versprechen auch, ihn dir wieder zurückzubringen.«

Die Stadt der guten Menschen. So stand es auf den großen Schildern am Stadteingang.

Der Werbeslogan und die Dinge, die ich auf dem Computer sehe, stehen in einem so eklatanten Widerspruch zueinander, dass mir ein kurzes, verzweifeltes Lachen entfährt. Der Zeitpunkt dafür ist denkbar schlecht. Im Besprechungsraum sind Taina, Niko, Johanna sowie der eilig herbeigerufene Computertechniker, der aussieht wie ein Sumpfbiber. Sie schauen mich an wie einen Psychopaten. Ich muss es ihnen erklären.

»Hier sollten doch auch die Verbrechen angenehm sein.«

»Gib nicht Lappeenranta die Schuld«, sagt Taina vorwurfsvoll. »Das ist eine größere Sache. Der Server steht in Sankt Petersburg, und die Kunden sind wer weiß wo.«

Das nackte Mädchen auf dem Bildschirm wird in unterschiedliche Positionen gedreht. Sie ist ganz offensichtlich betäubt. Von den Männern, die das Mädchen bewegen, sind nur die Unterarme zu sehen. Von dem Mädchen sieht man absolut alles. Die Hände der Männer bewegen sich mit chirurgischer Präzision, und die Einweghandschuhe tun ein Übriges, um den klinischen Eindruck zu verstärken. Das Ganze strahlt eiskalte Unmenschlichkeit aus: Das Mädchen wird nicht wie ein Lebewesen behandelt, sondern eher wie Biomasse oder ein Stück Fleisch.

Ich wende den Blick ab, und auch Niko kann es nur schwer ertragen. Er stöhnt und fährt sich durch die Haare, sodass seine sorgfältig gestylte Frisur durcheinandergerät.

»Mach mal Stopp«, sagt er plötzlich. Johanna hält das Video mit einem Mausklick an. Niko beugt sich nach vorn und zeigt auf den Bildschirm. »Was ist das da?«

Auf einem Tisch neben dem Bett liegen ordentlich aufgereiht ein paar Gegenstände und Instrumente nebeneinander.

Zunächst antwortet niemand.

»Die sind bestimmt für die Mädchen«, sagt Taina schließlich, und es fühlt sich an, als ob ein eisiger Wind durch den Raum weht.

Alle atmen tief durch. Dann erklärt der Computermann uns das Modell der Website: »Das hier läuft interaktiv ab. Wer genug bezahlt, kann bestimmen, was mit den Mädchen gemacht wird.«

»Ookayy.« Für Niko wird es zu viel. Er steht vom Stuhl auf und kommt zu mir. Ich habe schon vor ihm aufgegeben, am liebsten wäre ich bereits geflüchtet, als ich den Namen der Seite und das nackte, wahrscheinlich minderjährige Mädchen in dem Prinzessinnenbett gesehen habe. »Doll's House« – das Puppenhaus. Das sagt doch alles. Seitdem höre ich nur noch zu.

»Das Ganze scheint sehr aufwendig aufgezogen zu sein«, sagt Niko. Seine Haare sind inzwischen völlig zerzaust. »Internetseiten codieren und verbergen, Geldverkehr organisieren, Mädchen rekrutieren, die Räumlichkeiten, die ganze Logistik und so weiter. Hier geht es um viel Geld. Die Videobibliothek ist nur mit Kreditkarte zugänglich.«

»Kuparinen war nur ein kleines Rädchen in einer wesentlich größeren Operation«, sage ich. »Ein Puppenchauffeur. Er hat wahrscheinlich nicht mal alles gewusst.«

Jetzt hat auch der Computertechniker genug. »Das ist zum Kotzen«, sagt er und wendet sich ab, um sein Telefon auf neue Nachrichten zu kontrollieren.

»Kari, sieh dir das an!«, ruft Taina plötzlich.

Gefolgt von Niko gehe ich zurück zum Laptop. Ich richte meinen Blick auf den Bildschirm und werde überschwemmt – vom Entsetzen im Namen der ganzen Menschheit. Allerdings kann ich nicht verbergen, dass ich auch einen kleinen Triumpf verspüre. Auf dem Bildschirm ist ein blondes Mädchen zu sehen, das wir alle wiedererkennen. Und wenn man dem Namen des Videos Glauben schenken darf, dann heißt sie Valentina. Die Kamera fährt den nackten Körper des Mädchens entlang, als wolle sie seine Haut ablecken. Nach einer Weile drehen Männerhände den Körper auf den Rücken. Ab hier schaue ich wieder weg.

Taina wird ganz blass. Sie sieht mich aus hohlen Augen an, und doch glaube ich in ihnen so etwas wie Anerkennung zu sehen. Zum ersten Mal, seit wir zusammenarbeiten.

»Du hattest recht. Wir haben zwei Leichen, aber nur einen Fall.«

Ich freue mich ja über ihr Einlenken, aber jetzt ist eher nicht der geeignete Zeitpunkt, um Triumpfe auszukosten.

»Das Mädchen könnte vielleicht aus Russland sein«, sage ich. »Deswegen hat sie hier niemand vermisst.«

Taina nickt. »Vorausgesetzt, Valentina ist ihr richtiger Name.«

Ich frage den Computertechniker, ob auf einem der jüngeren Videos ein Mädchen mit langen braunen Haaren zu sehen ist. Einen Moment lang ist nichts außer dem Klicken der Maus zu hören. Jetzt scheint auch Johanna ihre Grenze des Erträglichen erreicht zu haben und verlässt ohne ein Wort der Erklärung den Raum. Das ist wie beim Aufguss in der Sauna. Taina ist am zähesten – sie hält es am längsten aus.

»Hier ist eine Dunkelhaarige«, sagt sie schließlich und zeigt auf das Gesicht eines schlafenden Mädchens.

Ich blicke über Tainas Schulter auf den Namen: »Katia« – die neueste Puppe.

28

Als ich nach Hause komme, steht der LKW der Umzugsfirma vor unserem Haus. Es ist noch nicht einmal fünf Uhr, heute habe ich es zur Abwechslung mal zu einer normalen Zeit nach Hause geschafft. Niko und Johanna müssen dafür Überstunden leisten – sicher ungern, denn ihre Aufgabe ist es, die Videos der letzten Monate aus dem Puppenhaus zu sichten. Kurz vor Dienstschluss hat Taina noch die obere Etage der Zentralen Kriminalpolizei sowie die Polizei in Sankt Petersburg kontaktiert. Sie ist gut in dem, was sie tut, davon bin ich allmählich überzeugt. Taina ist genau die Richtige, um unsere Abteilung zu leiten.

Ich parke am Straßenrand, während der LKW-Fahrer gerade den letzten Stapel leerer Umzugskartons im Laderaum verstaut. Pauliina steht am Gartentor und verfolgt das Ganze mit einem zufriedenen Gesichtsausdruck.

»Die werde ich nicht eine Sekunde vermissen«, sagt sie zu mir. »Ich habe schon von Umzugskartons geträumt.«

Und offensichtlich nicht nur das. Pauliina erzählt mir, dass sie heute Vormittag im Supermarkt dabei zugesehen habe, wie ein gestresster Mitarbeiter in der Obstabteilung Bananenkisten sehr wackelig übereinandergestapelt hat. »Ich war sooo kurz davor, die Kisten neu zu ordnen«, gesteht sie mir und hält dabei Daumen und Zeigefinger der rechten Hand knapp einen Millimeter auseinander.

Pauliina hat den Umzug fast ganz allein bewältigt, ich dagegen hatte daran so gut wie keinen Anteil. Ich nehme sie in den Arm und danke ihr dafür. Ohne sie wäre diese Familie schon längst auseinandergefallen.

»Da hatte ich wenigstens was zu tun«, sagt sie lächelnd und legt die Arme um mich. »Außerdem hat Janina tüchtig geholfen.«

Der LKW-Fahrer klappt die Ladebordwand hoch, wünscht uns alles Gute und schnelles Eingewöhnen, klettert dann in die Fahrerkabine und fährt davon.

»Nun sind wir also hier«, sage ich umgeben von einer sich langsam auflösenden Dieselwolke.

»Und hier bleiben wir auch«, antwortet Pauliina. »Jetzt ziehen wir nie wieder um.«

Das meint sie offensichtlich auch genau so. Ich habe bislang nicht ernsthaft darüber nachgedacht, halte es aber nicht für ausgeschlossen, hier endgültig die Anker auszuwerfen. Als junger Mann fand ich den Gedanken, mich irgendwo für immer niederzulassen, erdrückend. Das war für mich ein Gefühl, wie sich lebendig begraben zu lassen. Jetzt merke ich aber, dass sich meine Einstellung geändert hat. Das ist wohl ein Ergebnis des Älterwerdens – oder vielleicht auch des Erwachsenwerdens.

Einen Augenblick lang sagt keiner ein Wort. Pauliina drückt mich noch einmal fest und nimmt dann ihre Arme wieder weg. Sie blickt immer noch unsere neue Straße entlang, über die der LKW verschwunden ist.

»Was mache ich jetzt?«, fragt sie schließlich.

Es dauert eine Weile, bevor ich verstehe, was sie meint.

»Was hat denn der Arzt genau gesagt?«

Der Arzt habe ihr davon abgeraten, jetzt schon ins Hamsterrad des Joballtags zurückzukehren, es ihr allerdings auch nicht explizit verboten. Vielmehr habe er sie ermutigt, sozial aktiv zu werden und alte Kontakte wiederzubeleben.

»Ich soll Menschen treffen, meint er, alte Bekannte, Freunde von früher.«

»Das klingt nach einem vernünftigen Rat.«

Pauliina beschließt, sich vorerst noch keine neue Arbeit zu suchen; sie verspricht es mir sogar, obwohl ich sie nicht darum gebeten habe. Ich weiß, dass sie Pläne hat. Und mit ihrer Erfahrung wäre eine Bewerbung sicherlich nur Formsache. Mehr als ein Jahrzehnt verdienstvoller Tätigkeit im Außenministerium war garantiert mehr als ein gutes Startbrett.

Sie wird nicht mehr lange zu Hause bleiben, das ist mir klar. Aber jede Woche, die sie sich noch schont und von den Strapazen der Therapie erholt, ist ein Gewinn. Zumindest ist das meine Theorie.

Pauliina wechselt das Thema und fragt mich, wie mein Tag war. Ein junger, naiver Kommissar könnte die neuen Wendungen für einen Durchbruch bei den Ermittlungen halten. Mich haben die Jahre jedoch gelehrt, den Ball flach zu halten. Es kann immer noch Überraschungen geben.

»Normal«, antworte ich.

Pauliina sieht mich forschend an. Anscheinend ist es mir nicht besonders gut gelungen, ein überzeugendes Pokergesicht aufzusetzen.

»Ich finde, du siehst nach einem guten Tag aus«, sagt sie. Sie beschreibt mir, dass auf meinem Gesicht ein flüchtiger Ausdruck von Zufriedenheit liegt, egal, wie sehr ich mich um eine steinerne Miene bemühe.

Wir gehen ins Haus. In der Kaffeemaschine ist noch etwas Kaffee. Ich schenke mir eine Tasse ein und setze mich an den Esstisch. Tagsüber war ich nicht dazu gekommen, mich müde zu fühlen, aber jetzt breitet sich eine erschöpfte Schwere in meinen Gliedern aus.

Janina sitzt im Wohnzimmer auf dem Sofa und stöbert in einem Karton, der ziemlich alt aussieht. Auf dem Tisch vor ihr liegen einige Fotos in Stapeln, schwarzweiße und solche in Farbe.

»Wie war es in der Schule?«, frage ich sie.

»Gut.«

»Hast du schon jemanden kennengelernt?«

»Äh ... nein.«

Zu diesem Thema kriege ich wohl nicht mehr aus ihr heraus. Ich betrachte meine Tochter, die völlig in die Fotos versunken ist. Mein Herz verkrampft sich.

»Denkst du immer daran, dass du niemals zu Fremden ins Auto steigen darfst?«

»Häh?«

»Du musst auch hier vorsichtig sein. Wir sind zwar nicht mehr in Helsinki, aber aufpassen muss man hier auch.«

Janina sieht mich lange an. »O Papa!« Dann fährt sie fort, den Inhalt der Kiste zu untersuchen.

»Was hast du da eigentlich?«

»So einiges. Das ist eine Erinnerungskiste von Oma.«

Janina nimmt ein großes Buch heraus. »Guck mal, Mamas Baby-Buch!« Sie blättert darin herum. »Hier ist ein Abdruck von Mutters Händchen. Und ein Umriss ihres Fußes als Baby. Oh, wie süß.« Sie blättert weiter. Jetzt ist sie anscheinend in Pauliinas Kindheit angekommen. »Rate mal, was Mama gesagt hat, als sie beim Schlittschuhfahren hingefallen ist.«

»O Mist?«

»Aller Anfang ist schwer, aber die Mühe wird am Ende belohnt.«

»Ein sehr reifer Satz für ein kleines Mädchen. Vielleicht hat Oma das ja ein bisschen beschönigt.«

Janina legt das Buch auf den Tisch und kramt ein Bündel Fotos hervor. »Apropos schön, Mama war irre hübsch, als sie jung war.«

»Was heißt hier *war*. Sie ist immer noch verdammt attraktiv.«

Janina antwortet nicht, sondern betrachtet eingehend ein bestimmtes Bild. »Oho.«

»Was ist?«

»Ist das möglich?«, murmelt Janina, schnappt sich die Zeitung und hält sie zum Vergleich neben das Foto in ihrer Hand. »Megakrass. Das ist er!«

Das Ganze fängt an mich zu beunruhigen. Ich gehe zu ihr ins Wohnzimmer und betrachte das Foto, auf dem Pauliina mit weißer Abiturientenmütze zu sehen ist. Sie lächelt über das ganze Gesicht. Das Bild wurde draußen aufgenommen, die Sträucher im Hintergrund sind von der Sonne angestrahlt. Die sorglose, sonnige Stimmung wird für meinen Geschmack allerdings entschieden durch den Umstand gestört, dass Pauliina auf dem Schoß eines kraftstrotzenden, selbstgerechten Kerls sitzt. Der junge Degerman, daran kann kein Zweifel bestehen.

»Pauliina!«, rufe ich in Richtung Hauswirtschaftsraum. »Kommst du mal her?«

»Du bist hoffentlich diplomatisch«, flüstert mir Janina zu.

Pauliina betritt mit Unschuldsmiene das Wohnzimmer. Frauen!

»Kannst du mir das erklären«, stoße ich hervor und zeige mit leicht zitterndem Finger auf das Foto. In meiner Stimme liegt eine angemessene Portion Verletztheit.

Pauliina sieht erst das Bild und dann mich an. Dann bricht sie in Lachen aus. »Ja, das ist Robert.«

»Was? Wieso?«

»Wir waren zusammen damals.«

Ich brauche einen Augenblick, um die Information zu verdauen. »Warum hast du mir das nicht erzählt?«

»Das spielt doch keine Rolle. Außerdem war es nach einem halben Jahr schon wieder vorbei.«

»Es ist aber trotzdem seltsam. Als ich dich gefragt habe, woher Degerman dich kennt, hast du nichts gesagt.«

»Ich habe dir geantwortet, dass hier jeder jeden kennt. Und das stimmt ja auch.«

»Das ist Wortklauberei, Anwaltsgeschwafel!«

Janina spürt die sich abkühlende Stimmung zwischen uns.

»Warst du mal Model?«, fragt sie, um abzulenken, und hält ihr ein Foto hin, das sie gerade aus der Kiste gekramt hat. Darauf läuft Pauliina über einen Laufsteg, dem Hintergrund nach zu urteilen in der Abteilung für Damenmode eines Kaufhauses. Sie trägt einen Blazer mit breiten Schulterpolstern und einen Metallic-Rock, hat auftoupierte Haare, und Creolen baumeln von ihren Ohren.

»Ach, die Achtziger«, lacht Pauliina und erzählt, dass sie als Jugendliche mal gemodelt hat. Sie hatte einen Wettbewerb gewonnen, den ein Geschäft für Jugendmode ausgerufen hatte, und danach gelegentlich kleinere Aufträge angenommen, vor allem in Supermärkten und auf Gewerbeausstellungen, um sich auf dem Gymnasium etwas dazuzuverdienen.

»Noch mehr Geheimnisse«, sage ich vorwurfsvoll. »Pauliina Sorjonen, wer bist du eigentlich?«

Doch Pauliina reagiert nicht, sie scheint einem Gedanken nachzuhängen. »Modeln ist nicht unbedingt leicht verdientes Geld«, sagt sie dann, etwas ernster als zuvor. »Außerdem war das Ende nicht sehr angenehm.«

Janina und ich warten auf weitere Erklärungen, aber offensichtlich vergeblich. Pauliina betrachtet noch einmal schweigend das Foto und steht dann auf.

Ich habe das nagende Gefühl, eventuell überreagiert zu haben. Vielleicht sollte ich versuchen, die Stimmung wieder etwas aufzuhellen.

»Du könntest doch wieder als Model arbeiten«, schlage ich vor. »Kleidung für erwachsene Frauen. Als Plus-Model, oder wie das heißt.«

Pauliina wirft mir einen frostigen Blick zu und geht aus dem Zimmer.

»Na, das hat ja ganz großartig geklappt«, sagt Janina.

29

Es war früh am Morgen, noch nicht einmal sieben Uhr. Der junge Hotelportier schloss den Internet-Browser, erhob sich vom Stuhl und streckte sich ausgiebig.

Eine Frau mit zusammengebundenen Haaren und einem allwettertauglichen Parka betrat energisch die Eingangshalle. Sie hatte eine Spiegelreflexkamera mit langem Objektiv bei sich. Der Portier erkannte sie wieder, sie war letzten Abend angereist und hatte ein Ferienhaus mit Blick auf das Hotel gemietet.

»Guten Morgen«, sagte er lächelnd. »Frühstück gibt es erst ab sieben Uhr.«

Lena zeigte ihm das Display ihrer Kamera, auf dem ein älterer, aber gepflegter Audi mit fehlendem Kennzeichen zu sehen war. »Wem gehört der Wagen? Er scheint hier öfter vorbeizufahren.«

»Keine Ahnung«, antwortete der junge Mann, nachdem er das Bild eine Weile betrachtet hatte.

»Noch nie gesehen?«

»Nein.«

Lena hielt ihm ein anderes Bild unter die Nase. Es war dasselbe Auto, aber diesmal stand ein Mann daneben – der Portier höchstpersönlich. Er hatte sich zum Fahrerfenster hinuntergebeugt und sprach mit dem Fahrer. Es war dunkel, die Straßenlaternen brannten.

»Ach, das Auto«, sagte er leichthin. »Der Fahrer hat mich nach dem Weg gefragt. Mehr weiß ich nicht.«

»Bist du sicher?«

Der Portier nickte. Lena legte die Kamera auf den Tresen, und der junge Mann bemühte sich um einen dienstbeflissenen Gesichtsausdruck. Plötzlich sprang Lena über den Tresen, und bevor er verstand, was da gerade passierte, lag er schon auf dem Boden. Schulter und Rücken schmerzten, die Luft war ihm aus der Lunge gewichen. Lena kniete auf seinem Brustkorb, und er verfolgte mit schreckensgeweiteten Augen, wie ihre Handkante kurz und präzise gegen seinen Adamsapfel schlug. Vor Schmerzen hätte er beinahe das Bewusstsein verloren. Vielleicht war er sogar kurz weggetreten. Als er wieder bei Sinnen war, kniete Lena neben ihm und steckte ihm etwas Hartes ins Ohr.

»Spitze Bleistifte habt ihr hier, wie es sich für ein gutes Hotel gehört.«

Der junge Mann blickte wild um sich.

»Wenn du alles ausspuckst, was du weißt, stoße ich dir die Spitze nicht ins Gehirn.«

»Okay, okay. Zieh ihn raus.«

»Erst redest du. Hast du die Wahrheit über das Mädchen gesagt? Das auf dem Foto?«

»Ja, die habe ich nie gesehen.«

»Und den Fahrer?«

Der Mann schluckte schwer. »Er gehört zur Karelia-Gilde. Den Namen kenne ich nicht. Er hat gesagt, ich solle sofort wieder vergessen, überhaupt mit ihm gesprochen zu haben.«

Der Stift bewegte sich tiefer ins Ohr.

»Im Ernst, ich weiß es nicht! Jesus!«

»Was wollte er? Worüber habt ihr gesprochen?«

»Es ging um die Reinigung des Ferienhauses. Eine Sonderreinigung, große Sauerei, ein Anglerunfall.«

»Welches Ferienhaus?«

»Nummer sechsundsechzig. Die Reinigungskraft fährt gleich hin, sobald sie mit den Saunen fertig ist.«

Lena warf einen Blick in Richtung Eingangstür. Vor dem Hoteleingang parkte ein Kleintransporter. »Das Auto der Reinigungsfirma?«

»Ja.«

»Hol den Wagenschlüssel.«

Der Mann versuchte zu erklären, dass er kein Recht habe, den Schlüssel zu verlangen, das Auto gehöre schließlich nicht dem Hotel.

»Sag, dass es den Eingang versperrt und du ihn schnell zur Seite fahren willst.«

Lena lockerte ihren Griff und legte den Stift auf den Tisch. Der Mann kam unsicher auf die Beine, hielt sich eine Hand schützend vors Ohr und wankte mit unsicheren Schritten zur Treppe, die in den Keller führte.

»Und bloß keine Dummheiten!«, rief Lena ihm nach.

Er kam schnell zurück und hielt Lena aus sicherer Distanz den Schlüssel hin. »Ist es jetzt vorbei?«, fragte er mit belegter Stimme.

Lena gab ihm keine Antwort, fragte nur nach dem Weg zu dem Ferienhaus. Dann verschwand sie durch die Tür und fuhr in Richtung Seeufer davon.

Die Blockhütte lag verlassen da, keine Menschenseele war zu sehen, Auto war auch keines geparkt. Lena hielt an und öffnete den Laderaum. Nach kurzem Zögern griff sie sich einen Eimer und einen Wischmopp mit langem Stiel.

Als sie auf das Ferienhaus zuging, beobachtete sie die Fenster, doch in keinem von ihnen war eine Bewegung zu erkennen. Die Vorhänge waren geschlossen. An der Tür angekommen, stellte sie die Reinigungsutensilien zur Seite und zog die Pistole aus der Jackentasche. Dann klopfte sie mit dem gusseisernen Türöffner zwei Mal gegen die Tür.

30

Es ist acht Uhr morgens, und alle sind im Besprechungsraum versammelt. Johanna und Niko sehen müde aus, ich und Taina etwas frischer. Niko wirkt trotz der sichtbaren Erschöpfung nach einer durchgearbeiteten Nacht hoffnungsvoll, zumindest verglichen mit Johannas abgrundtiefer Niedergeschlagenheit. Man sieht es ihren Augen an, dass sie etwas zu erzählen hat.

Taina eröffnet die Besprechung. Sie sagt, dass sie bald Näheres aus Russland erfahren wird, sowohl in Bezug auf Valentina als auch auf den Server, von dem aus Doll's House operiert. Bis dahin werde alles getan, was innerhalb der finnischen Grenzen möglich sei.

Als Taina eine Pause macht, kann Niko nicht länger an sich halten: »Ich glaube, ich hab was gefunden.«

»Wann?«, fragt ihn Johanna verwundert.

»Als du schon weg warst. Etwa um zwei.«

»Zeig mal her«, bitte ich ihn und schiebe ihm den mit dem Beamer verbundenen Laptop hin. »Auf welchem Video ist es?«

»Ich habe es auf einen Stick gezogen.«

Auf der Leinwand erscheint das bekannte Prinzessinnenbett, in dem ein schlafendes, dunkelhaariges Mädchen liegt. Von ihr gab es bisher noch kein Bild. Aber nicht nur das Mädchen ist neu, sondern auch die Kameraführung.

»Das hier scheint jemand anderes gefilmt zu haben«, mutmaßt Niko.

In der Tat wirkt das Filmmaterial weniger professionell gemacht als bei den anderen Videos. Die Kamera wackelt und zoomt nicht so nah an das Mädchen heran. Es wirkt fast, als scheue der Kameramann sich davor, dem Mädchen zu nahe zu kommen. Die Drahtzieher hinter dem Ganzen werden mit diesem Material nicht zufrieden gewesen sein, doch für uns ist es ein Glücksfall.

Niko hält das Video an, die Kamera war gerade etwas abgeschwenkt. »Achtet mal auf das Fenster«, sagt er. »Durch die Gardine sieht man Bäume und Wasser.«

»Das könnte der Saimaa sein«, sagt Taina.

»Schwer zu sagen, das könnte überall sein«, hält Johanna dagegen und hat natürlich recht.

Ich betrachte das Standbild. Das Ferienhaus scheint neu zu sein, die Holzbohlen und die Fußbodendielen noch strahlend hell. Der Raum ist spärlich und unpersönlich möbliert, an der Wand hängt ein Wandteppich, wie ihn nur ein Innenarchitekt ausgewählt haben kann. Der Teppich auf dem Fußboden nimmt den gleichen Farbton auf. Das ist kein privater Ort.

»Es sieht aus wie ein Ferienhaus, das man mieten kann«, mutmaße ich laut.

Niko nickt zustimmend. »Das denke ich auch.«

Ich frage, ob es noch andere Ausrutscher auf dem Video gibt, und Niko spult ein Stück weiter. »Das hier ist beinahe witzig.«

Er lässt das Video wieder in normaler Geschwindigkeit laufen. Diesmal sieht man, wie der Kameramann auf die Längsseite des Bettes geht und dabei aus Versehen sich selbst in einem Wandspiegel filmt. Die Kamera schwenkt sofort nach unten, und im Bild sind seine Hosenbeine und Sportschuhe zu sehen. Das Ganze dauert weniger als eine Sekunde, danach wird die Kamera wieder auf das nackte Mädchen gerichtet.

»Der Kameramann ist nicht zu erkennen«, sagt Niko. »Ich habe es versucht, aber die Kamera verdeckt das Gesicht.«

»Ein großer Mann jedenfalls«, sage ich. »Wie ein Bär.«

Alle scheinen das Gleiche zu denken, doch Niko ist der Erste, der es ausspricht: »Es könnte durchaus Kuparinen sein. Vielleicht war der eigentliche Kameramann krank oder verhindert, und Kuparinen musste einspringen.«

Ich bitte ihn, noch einmal zu der Stelle zu spulen, an der man das Fenster sieht. Ich mustere eingehend die sichtbare Landschaft. »Das da hinten könnte eine Insel sein«, stelle ich fest. »Gibt es im See vor dem Feriendorf Saimaanranta eine Insel?«

Niko öffnet einen Online-Kartendienst. »Ja, die Insel Kapaluoto.«

Ich nicke. Dann rekapituliere ich noch einmal alle Spuren, die bislang zum Hotel und Feriendorf Saimaanranta führen: Der Fundort von Valentina ist die wichtigste, dann folgen die Hinweise aus dem Video. Dazu ist Saimaanranta gut zu erreichen, gleichzeitig aber abgelegen genug, um ungestört operieren zu können. Und es gibt einen Sporthafen. Alles zusammen ergibt einen ziemlich hell blinkenden Pfeil. Dem nicht zu folgen wäre unverzeihlich.

Mein Blick wandert zu allen Mitgliedern unseres Teams. Johanna tippt abwesend auf ihrem Handy. Ich räuspere mich, und sie steckt es weg. Jetzt sehen mich drei Augenpaare abwartend an.

»Irgendwo dort draußen ist ein braunhaariges Mädchen. Und sie ist verletzt«, sage ich an alle gewandt. »Wir wollen kein drittes Opfer.«

Taina scheint einen Moment zu überlegen, dann greift sie nach ihrer Jacke. »Lasst uns fahren!«

Vor dem Hotel Saimaanranta werden wir schon von den Medien erwartet – besser gesagt von der windigen Journalistin Jaana Erkki und einem Fotografen mit Hipsterbart und Männer-Dutt. Janina hat mich darüber aufgeklärt, dass das jetzt absolut stylish sei. In Modesachen fehlt mir allerdings jegliches Verständnis.

Ich bin noch nicht einmal ganz ausgestiegen, da bedrängt mich auch schon die Journalistin. »Sie sind Kari Sorjonen, nicht wahr?«

»Und Sie müssen Jaana Erkki sein.«

Sie ist keine Spur überrascht. »Sind Sie dienstlich hier?«, zwitschert sie. Die Kamera neben mir knipst im Dauerauslösemodus. »Warum ermittelt Ihre Abteilung hier in Saimaanranta?«

Taina kommt um das Auto herum und mir zu Hilfe. Sie fordert die Journalistin auf, den Ort unverzüglich zu verlassen. Die Polizei informiere die Presse nicht auf diese Art und Weise.

Die Frau ignoriert Tainas Worte. »Warum sabotiert Ihre Abteilung die Kasinopläne der Stadt?«, fragt sie stattdessen. »Gibt es Probleme in der Zusammenarbeit mit der Stadtverwaltung? Einen Machtkampf vielleicht?«

Taina antwortet nicht, obwohl ihr so einiges auf der Zunge liegt. In dem Moment parken Niko und Johanna neben uns und steigen ebenfalls aus.

»Kümmert euch darum«, weist Taina sie an, »dass die Medienvertreter sicher ihren Nachhauseweg antreten.«

Niko und Johanna weichen den beiden nicht von der Seite, bis sie wieder im Auto sitzen und davonfahren. Taina und ich gehen unterdessen in Richtung Haupteingang des Hotels.

»Viele Grüße an Robert«, rufe ich ihnen noch hinterher. Das war unnötig, musste aber sein.

Kurz bevor wir die Tür erreichen, bleibt Taina stehen und blickt vorsichtig um sich. »Wir haben ein Leck«, sagt sie mit verhaltener Stimme.

Da gebe ich ihr zweifelsfrei recht. Das Büro Degerman weiß zu gut über unsere Aktivitäten Bescheid.

»Wir kümmern uns später darum«, beschließt sie, geht aber immer noch nicht hinein. Das Ganze scheint ihr offensichtlich Kopfzerbrechen zu bereiten. »Niemand Vernünftiges würde die Täter schützen«, sagt sie schließlich. »Die Journalistin will Gutes tun und glaubt, im Interesse der Stadt zu handeln.«

»Und die Stadtspitze? Das ist eine heikle Angelegenheit.«

Taina schüttelt den Kopf. Sie könne sich nicht vorstellen, dass irgendjemand von oben *in den Fall* verwickelt sei. *Der Fall* – damit sind mittlerweile nicht mehr nur die zwei Toten gemeint, sondern eine grenzüberschreitende kriminelle Vereinigung und der sexuelle Missbrauch von Minderjährigen. Hier, inmitten der Idylle eines Feriendorfes, sollten wir das jedoch besser nicht laut aussprechen, da sind wir uns einig.

Über die Verwicklung der Verwaltungsspitze in die Sache bin ich allerdings anderer Meinung.

»Irgendjemand im Rathaus muss in den Fall verstrickt sein«, sage ich. »Sonst wüssten sie nicht so gut Bescheid.«

Beinahe hätte ich meine Zweifel in Bezug auf den Oberbürgermeister geäußert, kann mich aber im letzten Augenblick noch bremsen. Mein Urteilsvermögen gegenüber Degerman ist vorbelastet, das ist mir klar. Und auch wenn er ein unsympathischer Brüllaffe und Schürzenjäger zu sein scheint, macht ihn das noch lange nicht zu einem Schuldigen.

Wir betreten das Hotel und stellen uns dem jungen Mann im Anzug vor, der an der Rezeption arbeitet. Er ist sichtlich nervös. Er hält sich eine Kühlpackung an den Hals und versucht, sie mit Pflasterstreifen über dem Adamsapfel zu befestigen. Ein schwieriges Unterfangen. Sein linkes Ohr ist glutrot. Auf der Theke liegt der Inhalt eines Erste-Hilfe-Koffers verstreut.

»Woher wussten Sie …?«, fragt er mit krächzender Stimme, als wir ihm unsere Dienstausweise entgegenstrecken. »Ich habe Sie nicht angerufen.«

»Was ist vorgefallen?«, fragt Taina.

»Eine irre Russentussi hat mir einen Stift ins Ohr gerammt.«

»Geht es etwas genauer?«

»Eine verrückte Russin hat letzte Nacht ein Ferienhaus gemietet, und heute Morgen taucht sie hier auf und steckt mir einen Bleistift ins Ohr.« Er erzählt weiter, dass sie anschließend mit dem Kleintransporter der Reinigungsfirma davongefahren sei.

»Hat sie Finnisch gesprochen?«, frage ich.

»Ja, sehr gut sogar. Sie hatte nur einen ganz leichten Akzent.«

»Und was hat sie gesagt?«

Erst jetzt schien der Mann zu begreifen, dass er uns vielleicht mehr erzählen sollte als die Sache mit dem Ohr und dem Stift. Die Pflasterstreifen um seinen Hals lösen sich und die Kühlpackung fällt auf den Tisch.

»Warten Sie, ich helfe Ihnen«, sagt Taina, geht um den Tresen und befestigt die Kühlkompresse mit einer Binde aus dem Verbandkasten. Ich bewundere ihr psychologisches Gespür.

»Erzählen Sie uns alles ganz in Ruhe«, fordert sie ihn mit beruhigender Stimme auf. »Fangen Sie am besten damit an, als die Frau das erste Mal hier aufgetaucht ist.«

Und dann beginnt er zu erzählen, nennt sie aber eisern weiter »die irre Russentussi«. Diese habe ihm ein Foto gezeigt und gefragt, ob er das Mädchen auf dem Foto erkenne.

»Wie sah das Mädchen aus?«, frage ich dazwischen.

»Jung und hübsch.«

»Haarfarbe?«

»Braun, lange Haare.«

Taina wirft mir einen schnellen Blick zu, und ich nicke.

Er betont, dass er das Mädchen noch nie gesehen habe. Er klingt überzeugend, und ich glaube ihm. Dann sagt er, dass er das Gefühl hat, die Frau würde nach ihrer Tochter suchen.

»Hat sie das gesagt?«, frage ich.

»Nein, es war nur so ein Gefühl. Sie war so wild, wie eine Löwenmutter, der man ihr Junges weggenommen hatte. Wie auf Meth.«

Heute Morgen, berichtet er weiter, habe sie ihm ein Foto von einem Wagen gezeigt. An dieser Stelle werden seine Schilderungen etwas ungenau, leicht gequält, aber immerhin wird klar, dass sie ihn im Zusammenhang mit der Frage nach dem Auto verletzt hatte. Er kommt auf den Stift und das Ohr zurück.

»Haben Sie das Auto schon mal gesehen?«, fragt Taina ungeduldig.

»Ja, habe ich«, sagt er, leicht zögerlich.

»Wo?«

»Es gehört zu den Herren dieser Karelia-Gilde.«

»Haben die hier ein Ferienhaus?«, frage ich. Und als der junge Mann das bestätigt, frage ich nach der Nummer.

»Sechsundsechzig«, antwortet er. »Am Ende des Weges, unten am Ufer.«

Niko und Johanna betreten das Foyer. Ich winke Niko, mir zu folgen, drehe mich aber an der Tür noch einmal um.

»Wie lautet der Name der Frau? Sie hat doch bestimmt einen Anmeldeschein ausgefüllt.«

Der gepeinigte Portier blättert in einem Stapel Papiere. »Hier ist es. Anna Achmatowa.«

»Alles klar«, sage ich mit einem genervten Seufzen, »und ich bin Boris Pasternak.« Dann gehe ich mit Niko nach draußen. Eilig steigen wir in den Wagen und fahren zu dem beschriebenen Ferienhaus.

Die blaugrau angestrichene Blockhütte ist schon von weitem zu sehen. Eigentlich sieht sie eher aus wie eine Villa und steht etwas abseits von den anderen Ferienhäusern auf einer kleinen Anhöhe, umgeben von jungen Kiefern. Am Ufer sind eine Fasssauna und ein Badesteg zu sehen. Das

Ferienhaus der Gilde hat mit Abstand den besten Platz. Vor dem Eingang steht der Wagen der Reinigungsfirma.

Im Auto informiere ich Niko kurz, was es mit dem Kleintransporter und der russischen Frau auf sich hat.

»Lass uns vorsichtig sein«, sage ich.

Ich höre ein leichtes Klicken, als Niko das Halfter seiner Pistole öffnet.

Ich halte neben dem Kleintransporter, drehe eine Runde um den Wagen und überprüfe die Türen. Sie sind unverschlossen, der Zündschlüssel steckt im Schloss. Ich werfe einen prüfenden Blick in die Fahrerkabine und den Laderaum, entdecke aber nichts Ungewöhnliches. Niko hat seine Dienstwaffe in der Hand und ist sichtlich nervös.

»Also gut«, sage ich betont ruhig. »Wir gehen rein und sehen uns mal an, wie die Herren der Gilde so hausen.«

Auf der Veranda liegen ein hingeworfener Eimer und ein Wischmopp. An der Tür befindet sich ein gusseisener Türklopfer. Ich klopfe und rufe: »Hier ist die Polizei. Wir kommen jetzt rein.«

Keine Antwort. Ich probiere den Türgriff, es ist offen. Um das Türschloss herum sind frische Kratzspuren zu sehen. *Aufgebrochen?*

Wir wechseln einen Blick. Niko geht mit erhobener Waffe als Erster hinein, ich folge direkt hinter ihm.

»Hier ist die Polizei«, wiederhole ich mit lauter Stimme. »Wir möchten mit Ihnen reden.«

Niko überprüft die Zimmer, während ich in Richtung Küche gehe. Die Terrassentür im hinteren Teil des Hauses ist nur angelehnt. Von dort führt ein kleiner Pfad in den Wald, aber niemand ist zu sehen.

Dann kehre ich wieder ins Wohnzimmer zurück. Aus einem der Schlafzimmer ist Nikos Stimme zu hören. Ich kann nicht verstehen, was er sagt, es ist mehr ein gequältes Stöhnen als ein zusammenhängender Text.

»Was sagst du?«

»Das hier muss das Puppenhaus sein.«

Ich gehe zu ihm und schaue mich um. Alles ist wie in den Videos – bis auf den Umstand, dass der Raum offensichtlich in großer Eile verlassen wurde und alles heillos durcheinander ist. Das Prinzessinnenbett ist in einem grotesken Zustand: Laken und Matratze sind mit Blut beschmiert, eingetrocknet und dunkelbraun, der rosafarbene Baldachin ist zerrissen. Der Stuhl umgekippt, der Teppich umgeschlagen – es sieht aus, als hätte in diesem Raum ein Ringkampf stattgefunden.

»Nichts anfassen«, sage ich.

Niko hat bereits das Telefon in der Hand. »Wen soll ich herrufen?«, fragt er.

»Den ganzen Zirkus«, antworte ich.

Ich lasse Niko zurück, um auf die anderen zu warten, und renne so schnell ich kann zum Hotel. Unterwegs kommen mir Johanna und Taina entgegen.

»Wir haben das Doll's House gefunden«, rufe ich ihnen außer Atem zu.

»Niko hat schon angerufen«, sagt Taina. »Wohin gehst du?«

Ich habe keine Zeit, zu antworten, stürme in die Eingangshalle des Hotels zur Rezeption und frage, in welchem Ferienhaus die Frau übernachtet hat. Der Mann mit dem roten Ohr zeigt auf eine kleine Blockhütte gegenüber des

Hotels auf der anderen Straßenseite und händigt mir einen Ersatzschlüssel aus.

»Haben Sie sie seit heute Morgen noch einmal gesehen?«, frage ich ihn.

Er schüttelt den Kopf und fragt mit angsterfüllter Stimme. »Kommt sie noch einmal wieder?«

»Das glaube ich nicht.«

Ich gehe ohne Umwege auf das bezeichnete Ferienhaus zu, überquere die Straße, lasse aber die Fenster nicht aus den Augen. Es ist nichts zu sehen. Vor dem Häuschen steht kein Auto. Das muss noch nichts heißen, sie kann es auch auf dem Parkplatz neben dem Hotel abgestellt haben. Am wahrscheinlichsten ist allerdings, dass es ihr gelungen ist, unbemerkt von hier zu verschwinden.

An der Tür ist genauso ein Klopfer wie an dem Ferienhaus der Karelia-Gilde. Ich klopfe ein paarmal, doch niemand öffnet. Also nehme ich den Ersatzschlüssel und schiebe die Tür einen Spalt breit auf.

»Ich bin von der Polizei«, rufe ich hinein. »Kari Sorjonen – können wir reden?«

Keine Antwort. Ich trete vorsichtig in den Vorraum und schließe die Eingangstür. »Ich bin jetzt im Haus.«

Dann halte ich den Atem an und lausche. Ich bin nicht zum ersten Mal in einer derartigen Situation. In der Regel kann ich mich auf meinen Instinkt verlassen, der mich warnt, wenn jemand im Verborgenen lauert. Atemgeräusche, ein leises Rascheln, irgendetwas, was die Stille stört – es ist schwer zu erklären.

Hier ist absolut nichts zu hören, und ich bin sicher, dass das Haus leer ist. Ich sehe im Wohnzimmer nach, auch hier gibt es nicht das geringste Lebenszeichen. Alles ist in tadellosem Zustand, so als ob nach dem Zimmermädchen keiner mehr den Raum betreten hätte. Im Schlafzimmer sieht es allerdings anders aus. Das Bett ist benutzt, und auf dem Nachttisch liegen eine Spiegelreflexkamera und ein dicker Schlüsselbund, wahrscheinlich aus dem Wagen der Reinigungsfirma. Unter dem Fenster stehen eine Plastiktüte und ein Rucksack, dessen Reißverschluss offen ist. Ich nähere mich vorsichtig dem Rucksack und werfe einen Blick hinein. Das Erste, was ich sehe, ist ein russischsprachiges Taschenbuch mit einem Foto als Lesezeichen. Ich nehme es vorsichtig heraus, es ist Katia, das Mädchen aus dem neuesten Video.

Als ich mich wieder aufrichte, spüre ich den kalten Lauf einer Pistole im Nacken.

31

Die Frau umkreist mich langsam, bis sie vor mir stehen bleibt und ich sie zum ersten Mal sehe. Mitte vierzig, durchtrainiert, etwas jünger als ich. Blond, ohne die Spur eines Lächelns im Gesicht, schmale Lippen. Leicht patziger, distanzierter Gesichtsausdruck. Die Waffe ist starr auf meine Brust gerichtet. Die Frau zeigt kein Anzeichen von Nervosität. Ich versuche, es ihr gleichzutun.

»Sie müssen Anna Achmatowa sein«, sage ich so leichthin wie möglich. »Es ist mir eine Ehre, Sie kennenzulernen. Arbeiten Sie aktuell an neuen Gedichten?«

Sie deutet mit der Pistole auf einen Sessel, und ich folge ihrer Aufforderung.

»Sie sind uns einen Schritt voraus«, sage ich, nachdem ich mich gesetzt habe. »Sie waren auch im Autohaus, richtig? Und haben den Notruf gewählt.«

Keine Reaktion, das perfekte Pokerface.

»Ich weiß, dass Sie Kuparinen nicht getötet haben«, fahre ich fort. »Sie suchen Ihre Tochter, Katia.«

Jetzt ist in ihren Augen eine winzige Reaktion zu sehen. Mit dem Namen der Tochter lag ich richtig, obwohl es ein riskanter Schachzug war.

»Was wissen Sie über das Puppenhaus?«, frage ich.

»Nichts«, antwortet sie und weist mich dann in scharfem Ton darauf hin, dass die Waffe immer noch auf mich gerichtet ist, falls ich es nicht bemerkt haben sollte, und dass sie es ist, die hier die Fragen stellt.

Immerhin, sie hat mit mir gesprochen. Ihr Akzent ist kaum wahrnehmbar.

»Sie sprechen sehr gut Finnisch«, sage ich. »Woher kommen Sie? Spricht Katia auch Finnisch?«

»Ruhe!«

Ihr Tonfall lässt mich umgehend verstummen.

»Wo ist Katia?«, fragt sie mit eisiger Stimme.

»Ich weiß es nicht. Aber ich werde es herauskriegen.«

Sie wirft einen gequälten Blick in Richtung Plastiktüte. »Ich habe Katias Sachen in dem Ferienhaus gefunden. Sie sind voller Blut.«

»Katia lebt«, beruhige ich sie. »Davon bin ich fest überzeugt.« Und nach einer kurzen Pause frage ich: »Polizei oder Armee?«

Mit einem warnenden Blick kommt sie, die Waffe immer noch im Anschlag, einen Schritt auf mich zu. Mein Fragenbudget ist endgültig ausgeschöpft.

Sie will von mir wissen, was in dem Ferienhaus passiert ist. Ich erzähle ihr alles, was ich weiß. Eine Alternative habe ich nicht. Als sie hört, dass Valentina tot ist, fährt sie zusammen und ist ehrlich bestürzt. Valentina sei Katias beste Freundin gewesen, erzählt sie, die beiden Mädchen haben in Sankt Petersburg die gleiche Schule besucht. Valentina sei immer schon für alles anfällig gewesen, was neu und glitzernd war, darüber haben sie zu Hause öfters Witze gemacht. Katia sei da ganz anders.

Ihr fällt es offenbar schwer zu glauben, dass ihre Tochter freiwillig bei den Machenschaften des Puppenhauses mitgemacht hat. Aber es wäre nicht das erste Mal, dass eine Teenagerin etwas tut, in das sie ihre Mutter nicht einweiht.

»Wir hatten Streit«, gibt sie zu. »Ich war oft dienstlich unterwegs.«

Nach Katias Vater zu fragen traue ich mich nicht. Genau genommen geht es mich auch gar nichts an.

»Hören Sie, ich vermute, dass Valentinas Tod ein Unfall war«, erkläre ich ihr meine Theorie. »Hier wütet kein Serienmörder.«

Sie denkt darüber nach, was ich gesagt habe, wirkt plötzlich erschöpft und setzt sich aufs Bett. »Wem gehört der Wagen?«, fragt sie nach einer Weile.

»Welcher Wagen?«

Sie angelt ihre Kamera vom Nachttisch, bedient sie mit der freien Hand und hält mir das Display hin. »Der hier.«

Auf dem Bild ist ein schwarzer Audi zu sehen, älteres Modell, Anfang der Neunziger vielleicht, aber sorgsam gepflegt. Das Kennzeichen fehlt, vielleicht, um unerkannt zu bleiben, vielleicht auch aus einem anderen unverfänglichen Grund.

»Der Besitzer ist Mitglied der Karelia-Gilde«, sagt sie.

»Ich kenne ihn nicht.«

Ich beschließe noch einmal auf Risiko zu spielen, schlage mir die Hände auf die Knie und richte mich auf. »Ich muss jetzt wieder arbeiten. Der Fall löst sich nicht von allein.«

Ich hoffe, dass sie nichts unternimmt, was Katias Auffinden verzögern würde. Und dass sie von selbst einsieht, dass sie mich hier nicht länger festhalten und die Arbeit der Polizei behindern sollte. Vorsichtig stehe ich auf und achte darauf, dass sie meine Hände mit den Handflächen nach außen sehen kann. Langsam mache ich einen Schritt rückwärts auf die Tür zu. Doch ganz so einfach lässt sie mich nicht gehen. Sie schnellt hoch, die Waffe auf mich gerichtet. Die Situation ist angespannt. Vielleicht kann sie unter Druck nicht mehr rational denken. Vielleicht riskiere ich gerade mein Leben, weil sie mich falsch einschätzt.

Ich versuche, die Situation zu beruhigen, indem ich ihr erzähle, dass ich eine Tochter in Katias Alter habe und dass ich ihre Lage deswegen sehr gut verstehen kann. Wahrscheinlich würde ich genauso reagieren, wenn Janina in Russland verschwinden würde. Ich verspreche, dass keiner ein Wort über die kleine Episode hier erfahren wird. Vor allem nicht, dass sie mich mit der Waffe bedroht hat. Dies sei eine Geste des guten Willens von einem Vater an eine Mutter gleichaltriger Töchter.

In Gedanken bemerke ich, dass sie die Pistole gar nicht nach Finnland hätte mitnehmen dürfen. Außerdem wären da noch die Misshandlung des Nachtportiers, der unbefugte Gebrauch eines Fahrzeugs sowie mindestens zwei Einbrüche. All das sage ich natürlich nicht laut. Schließlich bin ich um Frieden bemüht, also Schwamm drüber.

Mein Gefühl sagt mir, dass sie mir nichts tun wird. Ich gehe rückwärts aus dem Schlafzimmer, dann drehe ich mich um und gehe weiter ruhig durch das Wohnzimmer zur Eingangstür. Mein Nacken ist angespannt, die Schultern nach oben gezogen.

Es fällt kein Schuss. Ich öffne die Tür und trete nach draußen. Dann ziehe ich mein Handy aus der Tasche und laufe zurück zum Ferienhaus der Karelia-Gilde, ohne mich auch nur einmal umzublicken. Als ich den Parkplatz passiere, studiere ich die Autokennzeichen. Am äußersten Rand, direkt am Waldrand geparkt, entdecke ich ein Auto mit russischem Kennzeichen. So unauffällig wie möglich mache ich ein Foto. Sicher ist sicher.

Bevor ich in den Waldweg zum Ferienhaus einbiege, drehe ich mich dann doch noch einmal um. Und genau in dem Augenblick fährt der russische Wagen vom Parkplatz davon.

Die Situation im Ferienhaus ist unverändert. Taina, Niko und Johanna sind dort, die Kriminaltechniker dagegen sind noch nicht vor Ort. Die Stimmung ist angespannt, wie nach einem Streit. Mir scheint, sie haben gerade über mich gesprochen.

»Wo warst du?«, fragt mich Johanna herausfordernd.

Ich berichte, dass sich gerade bestätigt hat, dass der Name des braunhaarigen Mädchens Katia ist. »Ich habe ein paar Worte mit der Mutter gewechselt«, sage ich leichthin. »Eine nette Person. Sehr vernünftig. Sprachbegabt.«

»Wie bitte?«, platzt Taina dazwischen. »Ein paar Worte gewechselt? Spinnst du? Sie muss offiziell verhört werden.«

»Sie hatte es sehr eilig«, sage ich und blicke durch das bodentiefe Fenster zum See. Taina platzt der Kragen. Sie weist mich in Gegenwart meines Teams zurecht, was nicht besonders feinfühlig ist. Ich bekomme zu hören, dass es absolut unprofessionell sei zu verschwinden, ohne Bescheid zu sagen, was ich vorhabe. Den beiden anderen ist nicht wohl in ihrer Haut. Niko zieht sich in Richtung Schlafzimmer zurück, und Johanna kniet sich neben dem Esstisch auf den Boden, um den dicken Hochflorteppich zu untersuchen.

»Katias Mutter hat einen Menschen misshandelt«, sagt Taina. »Und du lässt sie einfach gehen?!«

»Verklagt der Ohrenmann sie auf Schadenersatz? Wohl kaum.«

Widerwillig gibt Taina zu, dass das Opfer die ganze Angelegenheit und vor allem Katias Mutter so schnell wie möglich vergessen will. Und als Taina ihm gegenüber die Möglichkeit einer Anzeige erwähnt hat, fing er an zu faseln, er sei auf der Treppe gefallen.

»So viel also dazu«, sage ich und verfolge mit einem Auge Johanna, die etwas vom Boden klaubt. »Was hast du entdeckt?«, frage ich sie.

»Einen USB-Stick. Er lag hier auf dem Teppich.«

»Gib mal her.«

Sie reicht mir den Stick, und ich stecke ihn in meine Tasche.

»Das wird noch stürmisch, stellt euch schon mal darauf ein«, sagt Taina an alle gewandt. »Zur Karelia-Gilde gehören einige, die in der Stadt Rang und Namen haben.«

»Einen zweifelhaften Namen«, sage ich.

Taina sieht mich missbilligend an. Und fährt fort, dass sie überzeugt sei, dass die kriminellen Machenschaften hinter dem Rücken der Gilde stattgefunden haben.

»Wie kannst du dir da so sicher sein?«, frage ich sie.

Taina schweigt, die Antwort ist allerdings nicht schwer zu erraten: »Weil hier jeder jeden kennt. Aber vielleicht ist das ja gerade das Problem.«

Taina fragt mich, was genau ich damit meine.

»In abgeschlossenen Gemeinschaften kann so einiges vor sich hin schwelen«, erkläre ich. »Hässliche Dinge bleiben lange unaufgedeckt, weil sich alle gegenseitig schützen.«

Drei Augenpaare sind auf mich gerichtet. Das war ein Angriff gegen ihre schwache, wackelige Identität als Einwohner Lappeenrantas. Und die bestand vorwiegend aus gefüllten Fleischpiroggen, der Papierfabrik UPM Kaukas und der Legende von der Stadt der guten Menschen.

»Das hier ist eine ganz normale Stadt, keine Kultsekte«, wirft Johanna schnippisch ein. Außerdem wisse sie, dass das Ferienhaus seit fast einem Jahr infolge eines Wasserschadens offiziell nicht mehr benutzt wurde. Wahrscheinlich habe die Gilde mit dem Puppenhaus nicht das Geringste zu schaffen.

»Was ist das eigentlich für eine Gilde?«, frage ich.

Taina erklärt, dass es sich um einen Verein handelt, zu dessen Mitgliedern einflussreiche Persönlichkeiten aus Wirtschaft und Politik zählen. Sie nutzen den Verein, um sich informell auszutauschen und die Dinge in der Region voranzubringen. »Eine Art alternativer Rotary Club, könnte man sagen.«

»Und am Rande wird auch das eine oder andere private Geschäft mit erledigt«, werfe ich ein.

Taina zuckt mit den Schultern.

»Das klingt nach Vetternwirtschaft«, sage ich.

Niemand positioniert sich für oder gegen diese Einschätzung. Die Atmosphäre ist angespannt, und von den Kriminaltechnikern ist immer noch nichts zu sehen.

Ich möchte nicht noch weiter provozieren und ziehe mein Handy aus der Tasche, um das Foto des russischen Kennzeichens einem ehemaligen Kollegen in Helsinki zu schicken. Ich erinnere ihn daran, dass er mir noch eine Reihe von Gefallen schuldet.

Die Antwort folgt nur wenige Minuten später. »Ein Fahrzeug vom FSB. Überleg' dir gut, was du tust.«

32

Der Alte, der sich Puppenmeister nannte, hatte Katia erst spät in der Nacht aufgefordert, aufzustehen und in den Wagen zu steigen.

Zuerst hatte er die Lichter überall im Ferienhaus ausgeschaltet und sich für eine gute halbe Stunde mit einer beinahe unnatürlichen Ruhe ans Fenster gesetzt, um das Hotel zu beobachten. Regungslos wie ein Wolf, der seine Beute belauert, hatte er sich vergewissert, dass beim Hotel alles ruhig war. Katia konnte nicht verstehen, warum er das tat, und wagte nicht sich zu bewegen. Sie war mit Handschellen an einen massiven Sessel gefesselt und versuchte, möglichst leicht und geräuschlos zu atmen. So waren die Schmerzen in der Seite einigermaßen erträglich.

Zweimal war er aufgestanden, um einen Blick in das Zimmer zu werfen, in dem Matias bewusstlos lag. Katia vermied es, dem Alten ins Gesicht zu sehen oder sich sonst irgendwie bemerkbar zu machen. Trotz ihres jungen Alters war sie schon öfter furchteinflößenden Menschen begegnet, das war in Sankt Petersburg, vor allem nachts in der Clubszene, unvermeidlich. Doch jemanden vom Schlag dieses Mannes hatte sie noch nie getroffen. Nicht nur seine beinahe übermächtig wirkende Erscheinung, auch sein Blick, seine Gesten, seine ganze Art strahlten eine völlige Kompromisslosigkeit aus. An lärmende, gewaltbereite Trunkenbolde war sie gewöhnt und hatte gelernt, irgendwie mit ihnen klarzukommen. Hinter deren Wut verbargen sich häufig Angst oder Drogen, in der Regel beides, und das hatte ihr geholfen, solche Typen einzuschätzen.

Doch der hier drohte nicht. Er agierte kalt und überlegt, als würde er von einer unbekannten, grausamen Macht gelenkt. Anfangs erschien er ihr wie die Personifizierung des Bösen, so als hätte sich alle Unmenschlichkeit der Welt in ihm vereint. Überraschend war allerdings, dass es nichts an seinem Äußeren gab, woran sie diesen Eindruck hätte festmachen können, kein fieser Blick, keine zusammengezogenen Augen, nichts. Schnell war ihr klar geworden, dass er es gewesen sein musste, der bei ihrem zweiten Auftrag im Puppenhaus gewesen war. Sie hatte ihn damals nicht sehen können. Aber sie hatte dasselbe lähmende, eisige Gefühl befallen.

Kurz nach vier Uhr war es dann losgegangen. Zuerst hatte er Matias an den Beinen nach draußen geschleift, wie eine leblose Last, einen Sack Zement oder einen schweren Teppich. Drinnen konnte Katia nur hören, wie Matias' Kopf rhythmisch gegen die Stufen schlug. Nach kurzer Zeit kam er mit schweißglänzender Stirn zurück und ging direkt ins Bad. Durch den Türspalt konnte Katia sehen, wie er sich sorgfältig Hände und Gesicht wusch, sein Hemd straff zog, den Krawattenknoten richtete und sich zum Schluss mit langsamen, gleichmäßigen Bewegungen die Haare kämmte.

Als er wieder ins Wohnzimmer kam, tat Katia so, als schliefe sie. Sie hörte, wie er telefonierte und jemandem befahl, an einer Weggabelung zu warten. Nachdem er das Telefonat beendet hatte, trat er zum Sessel, zog einen Schlüssel aus der Tasche und öffnete den Verschluss der Handschelle, mit der sie am Sessel befestigt war. Dann rüttelte er sie wach und befahl ihr aufzustehen. »Los jetzt. Wir machen eine kleine Spazierfahrt.«

»Wohin?«, fragte Katia und zog verängstigt ihre Schultern zusammen.

»Aufs Land.«

Er führte sie nach draußen zu einem schwarzen Wagen und zeigte auf die geöffnete Hintertür. »Steig ein!«

Quer über der Rückbank lag Matias bewusstlos und mit angewinkelten Beinen.

»Wie soll ich da reinpassen?«, fragte Katia.

Der Alte legte den Kopf schief. »Du hast recht. Außerdem bist du die Patientin.«

Er zog mit einem kräftigen Ruck an Matias' Arm, sodass er in den Fußraum hinunterrollte. Katia schauderte.

»Bitte sehr«, sagte er daraufhin. »Der Liegeplatz ist gerade frei geworden.«

Katia kletterte auf die Rückbank, legte sich auf die unverletzte Seite und zog die Beine an. Der Alte sah zufrieden aus. Er griff nach Matias' Handgelenk und kettete ihn und Katia mit der freien Handschelle zusammen.

»So. Jetzt könnt ihr miteinander reisen.«

Er verschwand kurz aus Katias Blickfeld. Sie hörte, wie der Kofferraum geöffnet und wieder geschlossen wurde. Als er zurückkam, hatte er eine große, schwarze Plane in der Hand. Für einen kurzen Augenblick sah Katia noch die glänzenden Augen hinter den Brillengläsern, dann nichts mehr. Er breitete die Plane über ihnen aus und steckte sorgfältig die Enden unter ihnen fest, sodass nicht das kleinste Stück von ihnen zu sehen war. Es stank ekelerregend nach Benzin und Moder. Dann hörte Katia, wie die Tür zugeschlagen wurde und er auf dem Fahrersitz Platz nahm. Bevor er den Motor startete, sagte er noch zu ihr: »Verhalte dich ruhig und beweg dich nicht.«

Das Auto fuhr holpernd über den Schotterweg und hielt kurz darauf wieder an. Das Seitenfenster wurde geöffnet, und Katia hörte, wie der Alte ein paar Worte mit jemandem wechselte und eine gründliche Reinigung des Ferienhauses in Auftrag gab. Er versprach, für den extra Aufwand und die Verschwiegenheit aller Beteiligten großzügig zu bezahlen.

Dann fuhren sie los. Anfangs versuchte Katia noch wach zu bleiben, doch schon nach wenigen Minuten fiel sie in einen unruhigen Schlaf. Irgendwann wachte sie kurz auf und stellte fest, dass das Auto stand. Doch als sich eine Weile nichts tat, schlief sie wieder ein.

Plötzlich wurde die Plane weggerissen. Es war inzwischen Morgen, vielleicht auch schon später, und helles Tageslicht stach Katia unangenehm blendend in die Augen.

Der Alte öffnete den Verschluss der Handschelle an Matias' Handgelenk und half Katia auszusteigen. Der Wagen hatte vor einer eleganten Villa gehalten, deren Haustür offen stand.

Er führte Katia am Arm zur Treppe. Vor der Tür lagen Glasscherben auf dem Boden, und Katia sah, dass neben dem Türschloss eine Scheibe eingeschlagen war.

Katias Angst vor dem Mann ließ sie zittern. Dennoch beschloss sie, ein Gespräch zu versuchen, vielleicht würde ihn das milde stimmen. Und vielleicht könnte sie so auch leichter erkennen, was er vorhatte.

»Wo sind wir hier?«

»Beim Vater der Stadt«, sagte er mit einem selbstgefälligen Grinsen.

Katia sah sich um. Die offene Wohnküche der Villa war riesig und schien mit allem Komfort ausgestattet. Die Küche war aus edlem Design und strahlte vor Glanz, und in dem weitläufigen angrenzenden Raum standen ein weißes Ledersofa und ein riesiger Fernseher. Nirgends waren Gebrauchsspuren zu erkennen, selbst die Fernbedienungen lagen fein säuberlich in einer Reihe. Durch die hohen Fenster strömte Licht in den Raum. Nur die dicken Holzwände sorgten für etwas Wärme in dem ansonsten sehr leblos wirkenden Haus.

»Ich muss aufs Klo«, sagte Katia.

Der Alte wirkte überrascht. »Wirklich? Na dann musst du wohl. Die Toilette ist dort hinten«, sagte er und wies in den Flur. »Schließ die Tür nicht ab.«

Katia fand die richtige Tür und ging hinein. Mit einem schnellen Blick suchte sie vergeblich nach einem Fenster, durch das sie schlüpfen könnte, oder nach einem Gegenstand, mit dem sie ihn angreifen oder sich wenigstens verteidigen könnte. Doch hier gab es nichts. Sie öffnete den Spiegelschrank: Zahnbürsten, Rasierwasser und eine Packung Kondome. Die einzige Möglichkeit war, den Spiegel kaputt zu schlagen. Damit bekäme sie vielleicht eine Scherbe, die sie wie ein Messer verwenden könnte. Die Handschellen konnte sie zum Einschlagen benutzen, so würde sie sich wahrscheinlich nicht mal eine große Wunde zufügen. Katia stand mit erhobener Faust vor dem Spiegel, war jedoch unentschlossen. Die Sekunden verstrichen. Wie lange würde sie brauchen, um den Spiegel zu zerschlagen und eine passende Scherbe zu suchen? Fünf Sekunden? Oder zehn? Und was, wenn es ihr nicht gelänge, die Scheibe sofort kaputt zu schlagen? Mit Sicherheit würde es zu lange dauern, er würde das Klirren hören und sofort hier auftauchen. Sollte sie die Situation nutzen? Oder war es doch klüger, auf einen besseren Moment zu warten? Die Gedanken schossen ihr wild durch den Kopf, sie konnte nicht ruhig denken, sie fühlte sich völlig lahmgelegt.

»Jetzt raus hier.«

Der Alte stand in der Tür und warf einen prüfenden Blick auf Katia und den Spiegel. Sie wies in Richtung Toilette: »Ich habe noch nicht …«

»Du hattest genug Zeit«, fiel er ihr ins Wort. Mit hartem Griff zerrte er sie aus dem Bad und ins Schlafzimmer. Dort stand ein sauber bezogenes Doppelbett aus Metall.

»Leg dich da hin.«

Katia befolgte seine Anweisung.

»Wie ein Stern.« Und als Katia nicht verstand, herrschte er sie ungeduldig an: »Auf den Rücken, Arme und Beine abgespreizt.«

Er suchte etwas in seinem Aktenkoffer. Metall klirrte, als er darin herumwühlte, Gegenstände schlugen aneinander. Katia trat der kalte Schweiß auf die Stirn. Sie hätte den Spiegel zerschlagen sollen. Sie hatte gerade ihre beste Chance verschenkt.

Der Alte befestigte Katias Handgelenke mit je einer Handschelle an den Bettpfosten. Dann kramte er wieder in seiner Tasche. Katia verfolgte mit ängstlichen Blicken, wie er weitere vier Handschellen aufs Bett legte. Er schloss jeweils zwei paarweise zusammen und fesselte damit ihre Füße ans Bettende.

»Zum Glück bist du nicht kleiner. Sonst hättest du dich wohl mehr strecken müssen.«

Die Fesseln waren straff, Katia konnte sich kaum bewegen. Die Handschellen scheuerten an ihren Gelenken. Sie versuchte, ruhig zu bleiben, doch es gelang ihr nicht. Sie atmete heftig und flach, ihr Puls raste. Ihr wurde schwindlig und sie konnte ihre Finger kaum noch spüren.

Der Alte ging auf die andere Seite des Bettes und hob Katias T-Shirt an. Er sog zischend die Luft ein.

»Die Wunde blutet. Ich muss Verbandsmaterial besorgen.«

Er ging zur Tür. Bevor er das Zimmer verließ, wandte er sich noch einmal um: »Beweg dich nicht!« Dann machte er ein Geräusch, das wie ein Kläffen klang. Vielleicht war es auch ein Lachen, aber sicher war sich Katia nicht.

33

Als der Alte den kleinen Dorfladen betrat, läutete eine altmodische Glocke über der Tür.

In dem Laden war nicht viel Platz. Außer der Tiefkühltruhe und dem Kassentresen hatten nur ein Zeitungsständer und ein ringsum an der Wand verlaufendes Regal Platz. Hinter dem Verkaufstisch saß eine Frau mittleren Alters, die trotz ihrer Kartoffelnase auf bodenständige Art und Weise liebenswürdig wirkte. Sie bemühte sich eifrig um Blickkontakt zu ihrem Kunden, doch er wirkte abweisend. Er trug trotz des immer noch warmen Nachmittags einen Lodenmantel und hatte die Schirmmütze tief ins Gesicht gezogen.

»Guten Tag«, begrüßte sie den Ankömmling mit starkem Dialekt und so überschwänglich, dass ihr Dutt wackelte.

Er zuckte leicht zusammen und gab nur ein leises »Tag« zurück. Er hatte ihr den Rücken zugewandt und suchte etwas im Regal. Im Korb lagen bereits Binden und eine Packung Wattepads, etwas anderes war hier nicht aufzutreiben. Egal, er musste eben improvisieren.

»Kann ich Ihnen helfen?«

»Flüssigseife und Desinfektionsmittel.«

Sie zeigte auf ein anderes Regal. Dort gab es auch Shampoo, Zahnbürsten und Gummihandschuhe. Der Korb war schon gut gefüllt, trotzdem sah der Alte sich noch immer suchend um.

»Noch etwas, mit dem ich Ihnen behilflich sein kann?«

Er überlegte kurz. »Reißfestes Klebeband«, sagte er, »um ein Paket zu schnüren.«

Sie drehte den Kopf und rief Richtung Hintertür: »Mitro! Kannst du von hinten eine Rolle Klebeband bringen?«

Dann bedachte sie ihren Kunden mit einem freundlichen Lächeln. »Kommt gleich.«

Kurz darauf stand ein kräftiger junger Mann in der Tür, der der Verkäuferin auffallend ähnlich sah, vermutlich ihr Sohn. Er legte eine graue Rolle auf den Tisch und verschwand sofort wieder im Hinterzimmer.

Der Alte hob den Korb auf den Verkaufstisch, und die Frau tippte die Einkäufe in die Kasse. Dann packte er alles unverzüglich in eine Plastiktüte, und als er fertig war, räusperte er sich und fragte: »Sie haben nicht zufällig auch Prepaidkarten?«

»Aber sicher.«

Er bezahlte auch die Handykarte, verabschiedete sich und ging zügigen Schrittes zu seinem Wagen. Als er gerade den Kofferraum öffnen wollte, hörte er Schritte hinter sich. Sein Gesicht verzog sich ärgerlich, doch als er sich umdrehte, war er die Freundlichkeit in Person. Es war Mitro, der das Auto bewundernd betrachtete, die Hände tief in den Taschen seiner Jogginghose vergraben.

»Cooler Wagen. Welcher Jahrgang?«

»Dreiundneunzig.«

Mitro nickte und schlenderte langsam um das Auto herum. Der Alte wartete ungeduldig mit der Plastiktüte in der Hand.

»Das Kennzeichen fehlt.«

Er murmelte etwas von einer fehlenden Halterung. Mitro lächelte und setzte seine Runde fort. Nach einem Blick auf die zusammengefaltete Plane auf der Rückbank blieb er stehen und drehte sich zu ihm um: »Gut gepflegt.«

»Danke.«

Als Mitro endlich wieder im Haus verschwunden und die Tür ins Schloss gefallen war, sah der Alte sich kurz um und öffnete dann den Kofferraum. Dort lag Matias, bewusstlos und wie ein Säugling zusammengerollt. Er beugte sich hinunter, um sich zu vergewissern, dass dieser noch atmete. Dann verstaute er die Plastiktüte in einer freien Ecke des Kofferraums und fuhr los.

34

»Jaana Erkki hat achtmal angerufen«, informiert mich Taina schon im Flur. »Aus ihren Nachrichten auf der Mailbox zu schließen, geht es um die Karelia-Gilde. Sie möchte wissen, warum wir versuchen, verdiente Persönlichkeiten unserer Stadt in ein schlechtes Licht zu rücken.«

»Aber wir haben doch noch nicht mal jemanden verhört geschweige denn vorgeladen. Die Stadtführung scheint über unsere Aktivitäten also immer noch genauestens im Bilde zu sein. Höchste Zeit, herauszufinden, wer der Maulwurf ist.«

»Dafür haben wir jetzt aber keine Zeit«, sagt Taina.

Sie hat recht. Darum müssen wir uns später kümmern, auch wenn das natürlich ein Problem ist. Verglichen mit unserem Fall aber immerhin das kleinere Übel.

Wir betreten den Besprechungsraum. Niko und Johanna stehen vornübergebeugt und schauen konzentriert auf den Monitor des Laptops, in dem der USB-Stick aus dem Ferienhaus steckt.

»Es sieht aus, als ob sich der Schuss aus Versehen gelöst hätte«, sagt Niko.

Ich stelle mich hinter sie, und Niko spult das Video zurück. Auf dem Bildschirm ist zu sehen, wie ein nervöser junger Mann in den Lagerraum von Esacar stürmt und nach einem kurzen Wortwechsel Kuparinen erschießt. Nur ein Schuss fällt. Danach hilft der Mann der an der Seite getroffenen Katia auf die Beine und führt sie aus dem Zimmer. Das Video dauert nur gut eine Minute.

»Es sieht nicht so aus, als ob Katia schwer getroffen wäre«, sage ich. »Wahrscheinlich ein Splitter. Zumindest eine gute Nachricht.«

»Danach hat der Schütze das Aufzeichnungsgerät der Videokamera an sich genommen«, sagt Niko.

»Ein Wunder, dass er daran gedacht hat«, wirft Johanna ein. »Er wirkt nicht sehr professionell. Habt ihr gesehen, wie er die Waffe gehalten hat?«

»Ist sonst noch was auf dem Stick?«, frage ich.

»Nein«, antwortet Niko.

Ich überlege einen Augenblick. Warum sollte jemand die Aufzeichnung auf den Stick kopiert und diesen dann im Ferienhaus vergessen haben?

Niko runzelt die Stirn. »Meinst du, er wurde mit Absicht dort zurückgelassen?«

»Es sieht ganz danach aus.«

Johanna fragt, warum der Täter das tun sollte.

»Es war nicht der Schütze«, antworte ich. »Sondern eine dritte Person. Jemand, der will, dass wir auch ganz sicher wissen, wer der Schütze ist.«

»Und wer ist dieser jemand?«

Ich breite die Arme aus. »Jemand mit etwas mehr Grips.«

Taina unterbricht meine Spekulationen und fasst kurz den Stand der Dinge zusammen: Aufgrund der vorliegenden Informationen müssen wir den Schützen auch für den Entführer von Katia und für einen wichtigen Akteur im Umkreis des Puppenhauses halten. Er und Katia sind umgehend zur Fahndung auszuschreiben. Außerdem ist Katia verletzt, also müssen wir die umliegenden Krankenhäuser und Ärztezentren durchtelefonieren.

»Von dem Mann könnten wir ein Standbild hinbekommen«, verspricht Niko. »Ich kann mich dann in Saimaanranta nach ihm umhören.«

Ein Polizeianwärter klopft an den Türrahmen und reicht Taina einen zweiseitigen Ausdruck, auf dem die Mitglieder der Karelia-Gilde samt Vorstand verzeichnet sind. Taina und Johanna gehen die Liste gemeinsam durch. Taina hat sie vom Geschäftsführer der Gilde angefordert, der sich erschüttert zeigte, als er von den Vorwürfen erfuhr. Womöglich fühlt sich dort jemand auf die Füße getreten, der sich dann beim Bürgermeister beschwert hat, der wiederum sein Journalisten-Hündchen losgeschickt hat. Am liebsten würde ich direkt selbst zu Degerman fahren und ihn zur Rede stellen. Aber das muss warten.

Ich bitte Niko, das Video noch einmal abzuspielen.

Der Angreifer fuchtelt mit der Pistole herum und ist nach dem Schuss so schockiert, dass er die Waffe beinahe fallen gelassen hätte. Es ist deutlich zu sehen, wie der Rückstoß seine Hand in die Höhe reißt. Man hat fast den Eindruck, der junge Mann feuere zum ersten Mal in seinem Leben eine Handwaffe ab.

»Der sieht nicht aus wie der Anführer.«

Niko pflichtet mir bei. »Eher ein Helfershelfer. Genauso wie Kuparinen.«

Ich hoffe aufrichtig, dass der Schütze mehr von Erster Hilfe versteht als vom Schießen.

35

Der Audi parkte vor der Villa. Links glitzerte ein See, rechts erhob sich eine kleine mit Kiefern bewachsene Bergkuppe. Der Alte stieg aus und öffnete den Kofferraum. Mit leicht zusammengekniffenen Augen warf er einen prüfenden Blick auf Matias. Er lag unverändert in derselben Position, aber sein Atem ging schneller und flacher. Er würde bald aufwachen.

»Na, dann erledige ich das eben sofort«, sagte er vor sich hin, nahm das Klebeband aus der Tüte und holte ein Messer aus dem Handschuhfach. Er legte Matias' Füße übereinander und umwickelte sie an den Knöcheln mehrfach mit dem dicken silbergrauen Tape. Er durchtrennte es mit dem Messer, dann legte er Matias' Hände übereinander. Bevor er jedoch dazu kam, auch die Handgelenke mit dem Klebeband zu umwickeln, langte Matias blitzschnell mit beiden Händen nach dem Messer.

»Lass mich hier raus, verdammt nochmal!«, brüllte er.

Von der unerwarteten Aktion überrumpelt, wurde der Alte nach unten gerissen und spürte plötzlich einen Arm um seinen Hals, er bekam kaum mehr Luft. Er versuchte sich aufzurichten, aber vergeblich. Dann schaffte er es, ein Bein gegen die Anhängerkupplung zu stemmen, in der Hoffnung, sich etwas aufrichten und Matias' eiserne Umklammerung lockern zu können. Aber ohne Erfolg. Schließlich gelang es ihm doch, sein Gewicht nach hinten zu verlagern und dabei Matias mit aller Kraft ein paar Zentimeter aus dem Kofferraum zu ziehen. Dabei schlang sich der Arm allerdings nur noch fester um seinen Hals. Außerdem hielt Matias noch immer die Hand mit dem Messer umklammert, gleich würde er es in seine Gewalt bringen. Matias' weitaufgerissene Augen glänzten triumphierend.

Die Lippen des Alten waren zu einem blutleeren Strich zusammengepresst. Er hatte sich jetzt so weit aufgebäumt, dass er mit der freien Hand nach der Heckklappe greifen konnte. Mit voller Wucht riss er sie nach unten auf Matias' Arme. Ein durchdringendes Stöhnen war zu hören, dann löste sich der Griff und Matias rollte sich vor Schmerz zusammen. Kaum war der Alte wieder frei, warf er die Klappe noch einmal zu, diesmal fiel sie ins Schloss.

Die Klappe wölbte sich, als Matias mit aller Kraft von innen dagegen trat. »Ich bringe dich um!«, schrie er mit gedämpfter Stimme.

»Falls du rauskommst.«

»Du willst mir die ganze Sache in die Schuhe schieben, du verfluchter Psychopath! Das wird dir nicht gelingen!«

Der Alte seufzte, wischte sich den Schweiß von der Stirn und zog sein Jackett zurecht. Dann ging er um den Wagen zur Fahrerseite, griff unter den Sitz und holte einen Revolver mit kurzem Lauf hervor.

Einen Moment lang war es still, statt Tritten waren nur noch Matias' heftiges Stöhnen und ein regelmäßiges Schlagen mit der Hand zu hören.

Der Alte strich zärtlich über die metallische Oberfläche der Heckklappe. Dann zielte er mit dem Revolver ungefähr in die Mitte und hob den freien Arm schützend vor das Gesicht. Er schoss. Aus dem Kofferraum war ein schwaches

Jammern zu vernehmen. Er hob den Revolver erneut, zielte etwas weiter nach links und drückte noch einmal ab.

Jetzt drang aus dem Kofferraum kein Laut mehr. Der Alte wartete ein paar Sekunden ab, dann drückte er das Schloss auf, öffnete die Heckklappe und nahm die Plastiktüte mit dem Verbandsmaterial aus dem Kofferraum. Matias würdigte er keines Blickes.

36

Pauliina Sorjonen sortierte das Bücherregal in der Leseecke des Wohnzimmers. Sie ordnete die Bücher nach der Farbe des Buchrückens. Laut eines Wohnmagazins, das sie kürzlich gelesen hatte, war eine farbige Anordnung der letzte Schrei.

Sie hob einen Stapel vom Fußboden und sortierte ihn ins Regal. Zum Schluss hatte sie nur noch zwei Bücher in der Hand: Das eine hatte einen blütenweißen Einband, und das andere war bunt wie ein Regenbogen. Sie passten an keiner Stelle dazu. Pauliinas Blick wanderte ratlos von den Büchern zum Regal und wieder zurück: »Was soll ich denn jetzt mit euch machen?«

Sie setzte sich mit den Büchern in der Hand aufs Sofa. Sie betrachtete ihr Wohnzimmer und wunderte sich. In Helsinki hatte sie nie Zeit gehabt, die Wohnung neu einzurichten, geschweige denn, sich ein Wohnmagazin anzusehen. Wenn sie ehrlich war, dann hatte sie so etwas auch nicht im Geringsten interessiert. Ihre Arbeit im Außenministerium hatte einen Großteil ihrer Zeit in Anspruch genommen – und sie hatte ihre Arbeit im Gegensatz zu vielen ihrer Bekannten geliebt. Selbst an stressigen Tagen war sie dankbar gewesen, dass sie einer wichtigen und fordernden Tätigkeit nachgehen konnte.

Pauliina sehnte sich danach, wieder arbeiten zu gehen. Sehnsucht war nicht ganz das treffende Wort – sie brauchte eine Beschäftigung, um nicht verrückt zu werden. Und zwar bald. Was genau, spielte dabei nicht einmal eine besonders große Rolle. Hauptsache etwas, das mehr Sinn machte, als ihre eigenen Bücher nach Farben zu sortieren. Sie fühlte sich, als wäre ihr mit der Arbeit auch das Rückgrat genommen worden. Das Herumsitzen zu Hause wirkte sich schlecht auf ihre Haltung aus, und die Gedanken kreisten unentwegt um ihre Krankheit. Um Statistiken und Prognosen und erneute Ausbruchswahrscheinlichkeiten und immer wieder um den Wortlaut der Epikrise nach ihrer letzten Untersuchung – all das ging ihr nicht aus dem Kopf. Sollte sie jedes Wort der Ärzte auf die Goldwaage legen und sich über jeden eilig hingesprochenen Nebensatz Sorgen machen? Wenn sie wieder arbeiten würde, könnte sie die Krankheit endlich hinter sich lassen und nach vorn sehen.

Sie brauchte dringend einen Neuanfang. Und einen reinen Tisch. Deswegen hatte sie auch dem Umzug zugestimmt.

Kari gegenüber hatte sie diese Sehnsucht nach einer Aufgabe bisher weitestgehend verschwiegen, doch lange konnte sie damit nicht mehr hinter den Berg halten, nur um ihn nicht zu beunruhigen. Eine Beziehung funktionierte nur, wenn beide auch ein Leben außerhalb der eigenen vier Wände hatten. Pauliina wollte ihre Tage nicht auf dem Sofa sitzend verbringen und hoffen, dass ihr Mann seinen Arbeitstag lebend überstand. Ihr Familienleben hatte sich in den letzten zwanzig Jahren immer nur um Karis Arbeit gedreht. Es war höchste Zeit, dass sich das jetzt änderte.

Pauliina erhob sich und schob die Bücher energisch an eine beliebige Stelle ins Regal. Die Farbharmonie war dahin.

In diesem Augenblick klingelte ihr Handy, das sie auf den

Küchentisch gelegt hatte. Sie betrachtete die Anzeige: Unbekannter Anrufer. Sie meldete sich mit ihrem vollständigen Namen und offizieller Stimme.

»Hi, Paupau, hier ist Robbe«, war vom anderen Ende zu hören.

Pauliina brauchte nicht lange zu überlegen, sie kannte nur einen Robbe, und es gab auch nur einen einzigen Menschen, der sie jemals Paupau genannt hatte.

»Herr Oberbürgermeister, nehme ich an?«

»Herr hin oder her, Jungs aus Karelien sind wir doch alle.«

Beide schwiegen einen Moment, dann fragte Degerman, ob Pauliina allein wäre.

»Wieso?«

»Nur so.«

»Ja, bin ich.«

In dem Augenblick klingelte es an der Tür.

Während sie ging, um ihm zu öffnen, dachte sie daran, dass Degerman schon in jungen Jahren genau diese Art von Späßen geliebt hatte. Und sie hatte recht. Vor der Tür stand er mit dem Telefon am Ohr und hielt ihr einen übertrieben großen Rosenstrauß hin.

»Du hast dich kein bisschen verändert«, sagte Pauliina zur Begrüßung und nahm die Rosenpracht entgegen.

Degerman grinste jungenhaft. »Als wir uns das letzte Mal getroffen haben«, sagte er und wackelte mit dem Telefon, »war das hier noch nicht einmal erfunden.«

Pauliina lächelte, trat zur Seite und ließ Degerman ins Haus. Dann stellte sie die Kaffeemaschine an und bat den Gast, auf dem Sofa Platz zu nehmen. Sie selbst setzte sich in den gegenüberstehenden Sessel. Sie tauschten die üblichen Höflichkeitsfloskeln aus. Degerman erkundigte sich, ob die Familie sich gut in Lappeenranta eingelebt habe, und berichtete, dass er Kari im Rathaus getroffen habe. Pauliina sagte, wie sehr sie sich freue, wieder hier zu sein, in der Stadt ihrer Kindheit, und dass sie sich nach dem im Vergleich zu Helsinki ruhigen Leben hier gesehnt habe. Degerman hörte ihr ungeduldig zu. Dieser geistesabwesende Gesichtsausdruck hatte sie schon früher an ihm geärgert, weil er einem das Gefühl vermittelte, dass das, was man zu sagen hatte, unwichtiges Gebrabbel war im Vergleich zu den wichtigeren, dringenderen Sachen, die er selbst zu sagen hatte.

»Jaja«, unterbrach er sie schließlich. »Wann hast du eigentlich vor, ins Arbeitsleben zurückzukehren?«

Pauliina blickte ihn überrascht an. Sie überlegte, ob er von ihrer Krankheit und ihrer deswegen vor über einem Jahr abgebrochenen Karriere im Außenministerium gehört haben konnte. Degerman las ihr die Gedanken offenbar vom Gesicht ab, denn er sagte nicht ohne Selbstgefälligkeit: »Ich weiß alles.« Und fuhr dann fort: »Du bist eine Kämpfernatur, hart wie Stahl. Daran kann ich mich noch gut erinnern.«

Nach einer kurzen Pause machte er ihr ganz unverblümt einen Vorschlag: »Komm doch zu uns ins Rathaus. Wir sind ein gutes Team und könnten jemanden wie dich dort gut gebrauchen.«

Das gurgelnde Geräusch aus der Küche verriet, dass der Kaffee durchgelaufen war. Pauliina sah Degerman abschätzend an. Dann stand sie auf und kam nach wenigen Minuten mit einem Tablett zurück, das sie auf dem Sofatisch abstellte.

»Erzähl genauer«, bat sie ihn, während sie ihnen beiden einschenkte.

Als Degerman die Details seines Angebots erläuterte, stieg in Pauliina eine Welle der Freude hoch. Doch sie hütete sich davor, das zu deutlich zu zeigen. Außer der lang ersehnten Möglichkeit, wieder zu arbeiten, bot sich ihr gleichzeitig die Gelegenheit zu testen, wie sie mit diesem Alphatier mit bis zur Lächerlichkeit gesteigerter Selbstgerechtigkeit klarkäme. Wahrscheinlich hätte sie keine Probleme damit. Schließlich hatte sie ihre Feuertaufe in viel schwierigerer Umgebung bereits hinter sich. Heute würde sie niemand mehr kleinkriegen und schon gar nicht der Bürgermeister einer Kleinstadt.

Andererseits musste sie auch nicht fürchten, dort hängenzubleiben, denn es handelte sich nur um eine Schwangerschaftsvertretung, wie Degerman erklärte.

»Wir bekommen eine Spitzenkraft und du deinen ersehnten Neuanfang«, schloss er seine Überzeugungsrede. »Eine Win-win-Situation für uns beide!«

»Dein Angebot kommt gerade zum richtigen Zeitpunkt«, sagte Pauliina.

»Du kannst dir also vorstellen, bei uns anzufangen?«

»Ich verspreche, dass ich ernsthaft darüber nachdenke.«

»Mehr erwarte ich auch gar nicht.«

Degerman erhob sich und reichte Pauliina die Hand. An der Tür wäre er beinahe mit Janina zusammengestoßen. Eilig bemühte sich Pauliina, die beiden einander vorzustellen. Die Situation wirkte angespannt, aber Degerman überspielte sie mit Humor und lautem Lachen. Janina beschränkte sich auf ein schiefes Lächeln.

»Schöne Rosen«, sagte sie, nachdem sich die Tür hinter Degerman geschlossen hatte. »Rot ist die Farbe der Liebe und der Leidenschaft.«

»Was soll das heißen?«

»Sag du es mir.«

Pauliina versuchte eine Erklärung und sagte, dass Robbe ihr eine Stelle im Rathaus angeboten hatte, nichts weiter.

»Robbe?«

»Robert.«

Janinas wissender Gesichtsausdruck störte Pauliina. Auch sie empfand Degermans Besuch als etwas merkwürdig, fand aber nicht die richtigen Worte, um es Janina zu erklären. Er hätte schließlich auch anrufen können. Warum war er direkt vorbeigekommen? Andererseits passte es zu ihm, er war schon immer aufmerksamkeitsheischend und theatralisch gewesen.

»Robbe D-Man«, sagte Janina genüsslich. »Der Mann hat sogar seinen eigenen Rappernamen.«

Pauliina überlegte, ob sie Janina vielleicht davon erzählen sollte, warum ihre Beziehung damals auseinander gegangen war. Schließlich war sie alt genug. Und Pauliina wollte nicht das Risiko eingehen, dass sie über andere davon erfuhr und dann vielleicht eine hässlich verzerrte Version der Geschichte vorgesetzt bekam. Das wäre die schlimmste Alternative. Pauliina hatte sich darüber bislang keine Gedanken gemacht. Die vergangenen Jahrzehnte hatte sie versucht und es auch geschafft, den kleinen Skandal von damals zu vergessen. Aber jetzt, nachdem sie hier lebten, verhielten sich die Dinge natürlich anders.

Zu spät bemerkte Pauliina Janinas forschenden Blick.

Janina hatte ihr den inneren Widerstreit sicher am Gesicht abgelesen. In dieser Sache waren sich Vater und Tochter erschreckend ähnlich.

»Raus damit«, sagte Janina. »Wenn die Geschichte cool ist, weihe ich dich auch in ein Geheimnis ein.«

Pauliina begann zögernd und erzählte ihrer Tochter, welcher abgrundtiefe Ehrgeiz Degerman schon in jungen Jahren angetrieben hatte. Gerade volljährig geworden, hatte er sich auf die Kandidatenliste für die Kommunalwahlen setzen lassen und schnell eine Schar treuer Bewunderer um sich versammelt. Beim ersten Versuch waren ihm die Türen des Stadtrates noch verschlossen geblieben, obwohl er alles gegeben hatte. Beim nächsten Mal klappte es dann mit Leichtigkeit, aber das war eine andere Geschichte.

Pauliina machte eine kurze Pause, bevor sie fortfuhr. Nun kam der unangenehme Teil. Sie merkte, dass es ihr schwerfiel, über die Fotos zu sprechen.

Gegen Ende des Wahlkampfs war Degerman kurz davor gewesen zu verzweifeln und hatte auch den letzten Rest seines Urteilsvermögens eingebüßt. Seine Umfragewerte waren eingebrochen, zu den Wahlveranstaltungen kamen nur noch ältere Damen, vermutlich wegen des kostenlosen Kaffees, und auch seine treuesten Unterstützer, eine Schar pickeliger Halbwüchsiger, hatten sich in alle Winde zerstreut. Da war es Degerman in den Sinn gekommen, Nacktfotos von Pauliina, die er von ihr aus Jux und nur für ihrer beider Augen bestimmt gemacht hatte, an seine Leute zu verteilen. Schon damals hatte Pauliina nicht verstanden, wie er auf eine so blödsinnige, kindische Idee gekommen war. Vielleicht sah er darin eine Art Beweis seiner virilen Männlichkeit und glaubte, diese sei ihm bei seiner politischen Laufbahn von Nutzen.

Natürlich hatten die Fotos schnell die Runde gemacht, und bald bekam sie auch Pauliina in der Stadt zu sehen. Jemand hatte eine Kopie an einen Zaun in der Nähe ihres Elternhauses gepinnt. Ihre Eltern waren außer sich und hatten sogar überlegt, Degerman anzuzeigen. Doch die Degermans waren einflussreiche Holzfabrikbesitzer, gegen die sie keine Chance gehabt hätten. Zum Glück war Pauliina damals schon alt genug und bereit, in die Welt aufzubrechen und Lappeenranta den Rücken zu kehren. Als Model würde sie in dieser Stadt ohnehin niemand mehr beschäftigen, doch darum ging es ihr weniger. Sie hatte ihr Abitur »mit Auszeichnung« bestanden, sie würde in Helsinki studieren und ihren Weg machen. Nur um ihre Eltern hatte es ihr leidgetan.

Vor Janinas Reaktion hatte sie sich ganz umsonst gefürchtet. Auf ihrem Gesicht lag nicht mehr die geringste Spur eines Grinsens, sondern ein Ausdruck voller Mitgefühl.

»So ein fieser Kerl!«

»Wenn ich die Stelle annehme«, fuhr Pauliina fort, »kann ich vielleicht ein für alle Mal einen Schlussstrich unter die ganze Angelegenheit ziehen. Und zeigen, dass Robbe keinerlei Macht über mich hat.«

»*Respect*. Ich stehe voll hinter dir.«

»Aber erzähl Papa nichts von der Geschichte von damals.«

»Auch nicht von dem Besuch?«

»Doch, das darf er ruhig wissen. Und auch von dem Job. Aber das mit den Fotos bleibt unter uns, ja?«

Über Janinas Gesicht huschte ein Lächeln. »Das wird noch lustig.«

»Piesacke Papa nicht zu sehr. Er hat viel um die Ohren.«

»Ein bisschen anschubsen muss man ihn schon. Er ist nicht der Nabel der Welt.«

Pauliina musste lächeln. Dann schwiegen die beiden einen Moment.

»Jetzt bist du dran«, sagte Pauliina.

Janina berichtete, dass sie nach der Schule ins Stadtzentrum gelaufen war. Der Hunger hatte sie in die Schlange vor einem Würstchengrill getrieben. In der Schule hatte es mittags pürierte Erbsensuppe gegeben, das war nicht so ihr Ding.

»Aber du isst doch kein Fast Food«, wunderte sich Pauliina.

»Neue Stadt, neue Janina. Der Umzug ist eine Chance, sich eine neue Haut zuzulegen.«

Dann erzählte sie von einem Jungen, der hinter ihr in der Schlange gestanden und ein Gespräch begonnen hatte.

»Genau genommen, ist er ein paar Jahre älter als ich.«

In der Schlange hatten sie es geschafft, über das Wetter im Sommer, die noch fernen Abiturprüfungen und Janinas Akzent zu sprechen. Letzterer hatte ihm verraten, dass sie wohl nicht von hier war. Zum Schluss hatte er ihr mit der Sachkenntnis eines Einheimischen praktische Tipps zur Zusammenstellung ihrer Bestellung gegeben. So sollte sie auf jeden Fall einen großen Bogen um die »Wurstkartoffeln«, eine Portion Pommes mit klein geschnittenen Würstchen, Gewürzgurken und reichlich Senf, Ketchup und Mayo, machen.

»Er heißt Elias«, sagte Janina. »Und wir haben uns für das kommende Wochenende zum Kino verabredet.«

37

Mikael Ahola, Wirtschaftsbeauftragter der Stadt und Degermans Schwager, ist der Vorsitzende der Karelia-Gilde. Trotzdem steht er nicht auf Tainas Liste derjenigen, die zum Verhör geladen werden sollen. Wie ist das zu verstehen? Das muss ein Fehler sein.

Mit dem Papier in der Hand mache ich mich auf den Weg zu ihrem Büro. Ich bin so geladen, dass ich ohne anzuklopfen einfach hineinstürme.

»Was ist das hier?«, poltere ich los und wedele mit der Liste.

Taina spricht gerade am Telefon und wirft mir einen vernichtenden Blick zu, der mir zu verstehen gibt, dass ich gefälligst draußen warten soll. Ich ziehe mich in den Flur zurück, schließe die Tür und warte. Nach einigen Minuten ist das Gespräch vorbei.

Ich gehe wieder rein, diesmal etwas ruhiger.

»Jetzt rufen hier auch schon andere an, nicht nur Journalisten«, sagt Taina aufgebracht.

»Zum Beispiel?«

»Lions, Rotarier, Freimaurer, die Handelskammer. Alle, deren Mitglieder wir zum Verhör geladen haben. Wir begehen angeblich einen gewaltigen Fehler und beschmutzen unser eigenes Nest. Wir gefährden das Kasinoprojekt und machen das aufkeimende Wirtschaftswachstum zunichte.«

Taina verfällt in resigniertes Schweigen. Vermutlich befürchtet sie, die Anrufer könnten recht haben.

»Hat Herr Obermacho auch angerufen?«, frage ich.

»Wer?«

»Degerman.«

Nein, das habe er nicht. Keiner von der Stadtspitze. Das kann man auf vielerlei Art und Weise deuten. Zum Beispiel so, dass sie nicht preisgeben wollen, dass sie über unsere Aktivitäten im Bilde sind. Oder dass sie eben nicht direkt intervenieren wollen.

»Oder sie haben schlicht und einfach nichts mit dem Puppenhaus zu tun«, entgegnet Taina.

»Das werden wir ja in den Verhören sehen. Wir sollten Ahola vorladen.«

Taina ist bei der Vorstellung offensichtlich nicht wohl in ihrer Haut. »Das könnte man auch als Provokation werten. Die Situation ist schon angespannt genug.« Sie lege für Ahola die Hand ins Feuer. »Er wird immerhin bald Vater. Und das Haus ist auch noch im Bau. Mikki und Anneli brauchen alles andere als zusätzliche Sorgen.« Aber sie befürchte, dass sich schnell herumsprechen werde, wenn wir ihn zum Verhör laden. Und dann würden sich nicht nur die lokalen, sondern im Handumdrehen auch überregionale Medien bei den Aholas die Klinke in die Hand geben.

Damit hat sie sicher recht. Das wäre eine zu gute Geschichte, als dass die Journalisten sie sich entgehen lassen würden. Doch das ist noch lange kein Grund, von einem Verhör abzusehen.

Ich mache gerade den Mund auf, um zu protestieren, als Tainas Telefon klingelt. Sie sieht mich erschöpft an und greift nach dem Hörer. Ich beschließe, die Angelegenheit vorerst auf sich beruhen und Taina allein zu lassen, damit sie das tun kann, worin sie definitiv besser ist als ich: Beziehungen pflegen und erhitzte Gemüter beruhigen.

Ich kehre in den Besprechungsraum zurück, unsere offizielle Puppenhaus-Stabsstelle. An den Wänden sind Untersuchungsmaterialien befestigt, und zwischen Laptops stapeln sich Einwegteller und schmutzige Kaffeetassen. Die Tür ist immer verschlossen, ein Zettel informiert die Reinigungskräfte, um diesen Raum einen Bogen zu machen.

Niko ist wieder da. Er wirkt zufrieden, das sieht man ihm schon in der Tür an. »Der Schütze, der Kuparinen erschossen hat, hat jetzt einen Namen«, sagt er.

»Gut gemacht. Wie heißt er?«

Nikos Brust schwillt an wie die eines Moorfroschs bei der Paarung. Positives Feedback kommt an. Meine Qualitäten als Teamleiter werden von Tag zu Tag besser.

»Matias Vasilkov«, liest Niko laut vor. »Sechsundzwanzig Jahre alt, hat sowohl die finnische als auch die russische Staatsbürgerschaft. Mutter aus Lappeenranta, Vater aus Petroskoi.«

Die Karelia-Gilde habe ihn ursprünglich angestellt, um den Wasserschaden im Ferienhaus zu reparieren. Die Arbeit sei immer noch nicht fertig, und ihm sei bisher auch kein Gehalt bezahlt worden. Bei der Gilde sei man sauer.

»In Saimaanranta haben viele über ihn gelacht. Er war oft auch nachts im Ferienhaus, trotzdem sind die Renovierungsarbeiten nach wie vor nicht fertiggestellt. Man hält ihn für ein bisschen verschroben.«

»Im Ferienhaus gab es nicht das kleinste Anzeichen von Reparaturarbeiten«, werfe ich ein.

»Als Handwerker war er da sicher nicht.«

Niko erzählt weiter, dass Vasilkov mit einem ausgedienten Wohnmobil unterwegs war, das auf Kuparinens Autohaus zugelassen sei. Das Wohnmobil habe wohl häufig auf dem Parkplatz des Hotels gestanden, und die Angestellten vermuteten, Vasilkov habe dort zeitweilig gewohnt. Sie hätten es dort aber seit einiger Zeit nicht mehr gesehen

»Wir müssen das Auto finden und untersuchen«, sage ich und bitte Niko, dem Fahndungsaufruf die Angaben zu Name und Alter des Gesuchten sowie zum Fahrzeug hinzuzufügen und ein besseres Bild ausfindig zu machen.

»Das ist leicht«, sagt Niko. »Matias hat einen Instagram-Account. Dort gibt es jede Menge Selfies.«

Nach diesen Worten sieht er mich hinterlistig an. Wahrscheinlich glaubt er, dass ich mit Instagram und Selfies nichts anfangen kann. Für wie alt hält er mich eigentlich? Beinahe bereue ich es, ihn vorhin gelobt zu haben. Das positive Feedback scheint ihm zu Kopf gestiegen zu sein.

38

Der Alte betrachtete die angekettet auf dem Doppelbett liegende Katia. Die Seite ihres weißen T-Shirts war voll mit getrocknetem Blut. Angewidert wendete er seinen Blick davon ab.

»Dein Hemd ist schmutzig«, sagte er. »Ich kann dir ein sauberes leihen.«

»Danke«, flüsterte Katia. Ihr tat alles weh. »Meine Hände sind ganz taub«, versuchte sie vorsichtig.

Doch er lächelte nur und legte den Finger an den Mund. Katia verstummte. Sie wollte den unberechenbaren Alten nicht unnötig provozieren. Ihre Situation war beschissen, aber sie wusste nur zu gut, dass sie sich schnell verschlimmern konnte. Irgendwie musste es ihr gelingen, Kontakt zu ihm herzustellen. Das schien ihr im Moment die einzige Möglichkeit, wollte sie irgendwann ihre Freiheit zurückgewinnen. Doch gerade jetzt schien es absolut unmöglich. Er war nicht wie die anderen.

Der Alte studierte Zimmer und Bett genau und richtete dann einen zufriedenen Blick auf die Seenlandschaft vor dem Fenster.

»Eine herrliche Gegend. Hierher hätten wir von Anfang an kommen sollen. Saimaanranta war keine gute Wahl.«

Er ging in die Küche und kam kurz darauf mit einer Plastiktüte in der Hand zurück.

»Der Verband muss gewechselt werden.«

Er schob Katias T-Shirt hoch bis über den BH. Katia

musste sich sehr zusammenreißen, um nicht vor Schmerzen aufzuschreien, als er die Wunde mit einem in Desinfektionsmittel getränkten Wattepad säuberte. Dann besprühte er auch eine Binde mit dem Desinfektionsmittel und befestigte diese auf der Wunde.

»So. Dir wird wohl eine Narbe bleiben. Aber ich muss mich selber loben, ich habe richtig gute Arbeit geleistet.«

Er stand auf und holte ein weißes Hemd aus dem Kleiderschrank. Er öffnete die Handschellen an ihren Händen, sodass sie aus ihrem T-Shirt heraus- und in das Hemd hineinschlüpfen konnte. Das Prozedere bereitete ihr große Schmerzen, doch ihre Bitte, ihr zu helfen, wischte er mit einer abschätzigen Handbewegung einfach weg. Nachdem sie das Hemd endlich anhatte und begann, es zuzuknöpfen, blieb er neben ihr auf dem Bett sitzen und betrachtete ihren nackten Bauch.

»So perfekte, helle Haut«, sagte er wie zu sich selbst, bevor er ihr die Handschellen wieder anlegte. »Und dieser Idiot hat sie ruiniert.«

Katia nahm all ihren Mut zusammen und fragte nach Matias. Der Alte lehnte sich mit einem verblüfften Ausdruck zurück, so als wunderte er sich, dass sich überhaupt jemand für Matias interessierte.

»Ich habe ihn fortgeschickt. Es ist besser, wenn wir nur zu zweit sind.«

Katia nickte. Sie biss sich auf die Lippe, stählte sich innerlich für die nächste Frage. »Wer hat vorhin geschossen?«

Über sein Gesicht zuckte ein Lächeln. »Draußen war ein Mink. Das sind Schädlinge, die niemals aus dem Käfig rausgelassen werden dürften. Ich habe getan, was zu tun war.«

Katia bemühte sich um einen gleichgültigen Ausdruck und tat so, als ob sie ihm die Geschichte glauben würde. Aber sie war sich sicher, dass der Alte Matias getötet hatte. Sie fühlte sich völlig ausgeliefert. Fast mit Wehmut dachte sie an Matias, der immer fair zu ihr gewesen war, obwohl die Umstände nicht viel besser waren.

»Ich habe einen Vorschlag«, begann er. »Wir nehmen noch einen Kunden und dann hören wir auf.«

»Aber meine Wunde! Und hier gibt es doch gar keine Kamera«, warf Katia ein.

Er lachte. »Nein, nein. Einen privaten Kunden. Er kommt hierher.«

Ein Ausdruck des Entsetzens glitt über Katias Gesicht. Sie wurde ganz bleich. Er tätschelte ihr die Hand und sagte ruhig, aber mit eiskaltem Unterton, dass er die Situation überwachen und die ganze Zeit vor Ort sein werde. Katia habe nichts zu befürchten.

»Der Kunde ist aus Sankt Petersburg und bereit, die Summe zu bezahlen, die wir verlangen. Aber er möchte eine private Veranstaltung. Er ist Millionär. Und du hast auch was davon. Du bekommst mehr, als du bis jetzt verdient hast, viel mehr.«

»Ich will nicht nochmal betäubt werden«, flüsterte Katia. »Ich habe Angst. Was ist, wenn mit mir das Gleiche passiert wie mit Valentina? Dass ich nicht wieder aufwache?«

»Davor brauchst du dich nicht zu fürchten.« Er erhob sich vom Bettrand. »Außerdem muss erst die Wunde etwas verheilen.« Er warf einen Blick aus dem Fenster. »Und überhaupt – was haben wir schon auszusetzen? Das hier ist das Paradies.«

Der Alte ging in die Küche und setzte sich an den langen Esstisch. Er nahm ein altmodisches Handy aus dem Aktenkoffer und setzte sich die Brille auf. Nach einigem Suchen fand er den Knopf, mit dem er die Rückseite abnehmen konnte. Er entfernte den Akku und schob die SIM-Karte hinein. Dann baute er das Handy wieder zusammen, schaltete es an und ging hinaus.

Draußen suchte er eine Nummer auf seinem Smartphone, tippte sie in das alte Handy und drückte den grünen Knopf. Der Angerufene antwortete schnell.

»Mikael Ahola.«

»Ich bin's.«

Einen Augenblick war nur ein Rauschen aus der Leitung zu hören. Ahola suchte offensichtlich einen Ort, wo er ungestört telefonieren konnte, dann rief er aufgebracht ins Telefon: »Du sollst mich hier nicht anrufen!«

»Das ist ein Prepaid-Anschluss. Beruhige dich!«

»Wir hatten eine Vereinbarung. Du darfst nicht –«

»Halt den Mund. Das ist eine Ausnahmesituation.«

Ahola verstummte, und der Alte fuhr fort. »Ich bin in der Ferienvilla.«

»Was?«

»Weißt du noch, als wir mit der Gilde hier auf einem Sommerausflug waren? Wie viele Jahre ist das schon wieder her? Die Zeit vergeht so schnell.«

»Verschwinde von dort! Da finden sie dich doch. Und hinterlasse um Himmels willen keine Spuren.«

»Ich fahre, sobald ich alles erledigt habe. Ich werde hier wohl ein oder zwei Wochen ungestört bleiben können?«

Ahola schwieg einen Moment. »Ich denke schon«, antwortete er dann.

»Gibt es denn etwas Neues von der Polizei?«

Ahola sprach schnell und mit gesenkter Stimme. Die Polizei habe etwas in der Blockhütte der Gilde gefunden, und Mitglieder des Vorstands seien zum Verhör geladen worden. Der Alte habe aber nichts zu befürchten, noch sei er nicht direkt im Visier der Ermittler. Ahola werde versuchen, ihn da rauszuhalten. Allerdings koche die Gerüchteküche bereits hoch, und von der Quelle bei der Polizei sei nichts mehr zu erfahren. Auch ihre Kontakte zu den Medien seien aufgrund der Verdächtigungen abgekühlt.

»Was genau ist im Ferienhaus eigentlich passiert?«, stieß Ahola heftig hervor.

Der Alte schwieg einen Moment. »Wie geht es mit dem Hausbau voran?«, fragte er dann leichthin. »Liegt ihr im finanziellen Rahmen?«

Ahola gab keine Antwort.

»Musste es unbedingt das teuerste Modell sein? Na, für Anneli muss es eben etwas Besseres sein, ein Ufergrundstück und eine Millionenvilla sind da das Mindeste.«

Er ließ seine Worte wirken. Dann fügte er mit eisiger Stimme hinzu: »Das Geld wird weiter fließen. Mehr brauchst du nicht zu wissen.«

39

Zu Hause setzen wir unsere allabendliche kulinarische Erkundungstour fort. Eine willkommene Abwechslung zu meinem unwillkommenen Arbeitsalltag. Heute gibt es mit Entenleber und Trüffel gefülltes Hähnchenfilet. Außerdem macht Janina einen Avocado-Nuss-Salat mit fünferlei Nüssen. Pauliina musste drei Läden durchforsten, bevor sie alles zusammen hatte. Am schwersten war es, Entenleber aufzutreiben. Dafür musste sie extra in den größten Supermarkt der Stadt gehen.

Ich betrachte die Dosen auf der Arbeitsfläche. Sie sind französisch beschriftet. Pauliina folgt meinem Blick und sagt lachend: »Das waren die letzten. Jetzt gibt es in ganz Lappeenranta nicht mehr den kleinsten Rest Entenleber.«

»Das war alles, was man hier auftreiben konnte?«, sagt Janina entsetzt. »In was für ein Nest sind wir hier nur geraten!?«

Ich bin mir nicht sicher, wie ernst sie das meint. Bei ihr weiß man nie so genau. Zumindest ich nicht.

»Wir wollen jetzt mal nicht zu Snobs werden«, sage ich vorsichtig.

Ich muss an Jaana Erkki denken und daran, was über mich möglicherweise bald in der Zeitung zu lesen ist. Außerdem stehen wir schon genug unter Beobachtung. Fremde, noch dazu aus Helsinki, werden hier in der karelischen Provinz leicht schief angesehen. Die Anerkennung der Alteingesessenen muss man sich erst verdienen. Und eine allzu offensichtliche Jagd nach Entenleber und Macadamia-Nüssen ist dem sicher nicht förderlich.

»Keine Sorge, wir werden schon nicht zu extravaganten Vornehmtuern, nur weil wir uns mal was gönnen«, beruhigt mich Janina. Dann wendet sie sich ihrer Mutter zu, zeigt auf die Flasche Olivenöl Extra Vergine in ihrer Hand und fragt: »Ist das auch ganz sicher kalt gepresst?«

»Ja«, antwortet Pauliina. »Die griechischen Jungfrauen haben die Oliven in Marmorgefäßen von Hand ausgepresst.«

»Magnifique«, haucht Janina.

Wie so oft zu Hause, habe ich wieder einmal das Gefühl, zu langsam zu sein. Ich würde gern was Pfiffiges einwerfen, aber mir fällt nichts ein. Die witzigsten Entgegnungen kommen mir in der Regel immer erst mit ein, zwei Stunden Verzögerung, wenn überhaupt.

Als die Hähnchenfilets im Ofen sind, decken wir den Tisch. Darauf legen wir hier inzwischen besonderen Wert – anders als in Helsinki. Selbst in den seltenen Fällen, wenn wir zufällig alle gleichzeitig zum Essen zu Hause waren, kam an Geschirr auf den Tisch, was gerade greifbar war, und sicherlich keine Servietten, normales Küchenpapier musste in der Regel genügen. Die Erinnerung daran jagt mir einen Schauer über den Rücken. Unsere Tischkultur war erbärmlich, spiegelte aber nur den Zustand unseres Familienlebens wider. Sorgfalt bei der Vorbereitung wirkt sich immer positiv aus, egal worum es sich handelt, und Essen bildet dabei keine Ausnahme. Außerdem haben gemeinsame Rituale etwas seltsam Beruhigendes. Sie bringen uns einander näher.

Mir fällt auf, dass Pauliina sogar Rosen gekauft hat, die

in einer Vase am Ende des Tisches thronen. Das war eine schöne Idee.

Das Essen schmeckt vortrefflich, das Fleisch und der Salat sind köstlich, und der Wein passt hervorragend dazu. Ich fühle mich völlig entspannt. Dem Tischgespräch folge ich abwesend, Pauliinas und Janinas Stimmen dringen wie durch einen dicken Vorhang gefiltert zu mir. Erst als die beiden mich belustigt anschauen, werde ich in die Realität zurückgeholt.

»Hörst du gar nicht zu?«, fragt Janina.

»Was?«

»Rate mal, wer heute hier war?«

»Hier?«

»Ja. Wer Mutter heute zu Hause besucht hat?«

Ich überlege kurz und tippe dann auf eine alte Schulfreundin. »Falsch. Versuch's nochmal.«

Ich habe keine Lust zu raten, vielmehr interessiert mich das verlockende Filet auf meinem Teller. Ich spieße ein Stück auf meine Gabel und schließe die Augen. Der Genuss ist perfekt.

»Robert Degerman.«

Ich höre auf zu kauen, öffne die Augen und sehe Janina entgeistert an. Auf ihrem Gesicht liegt ein zarter diebischer Ausdruck, den ich gerade noch registriere, bevor sich mein Geist verdüstert und sich vor meinen Augen alles zusammenzieht.

»Degerman?« Das Stück Filet, das ich bis eben noch genüsslich am Kauen war, fliegt zusammen mit der Frage aus meinem Mund und landet direkt neben dem Weinglas. Die friedliche Stimmung des Abends zerbirst in tausend Scherben.

Ich stehe von meinem Stuhl auf. Ich weiß nicht, wohin ich mich wenden soll, also stampfe ich ziellos um den Esstisch. Das wirkt sicherlich albern, aber ich kann nicht anders.

»Hat er versucht, dich zu manipulieren?«, rufe ich, lauter als beabsichtigt. »Hat er irgendwas gesagt, das man als Drohung interpretieren könnte?«

Pauliina sieht mich entgeistert an, sie weiß offensichtlich nicht, was ich meine.

»Wir haben gerade einen Fall, bei dem …«

»Robert hat mir eine Stelle angeboten, nichts weiter«, unterbricht sie mich ruhig.

»Ja, Papa«, pflichtet Janina ihr bei. »Es hat nicht immer alles mit deiner Arbeit zu tun.«

Ich atme tief ein, versuche das Gehörte zu verdauen. »Über etwas anderes habt ihr nicht gesprochen?«

»Über früher haben wir natürlich auch geredet.« Pauliina lächelt in die Ferne, wahrscheinlich erinnert sie sich gerade an eine nette Begebenheit – zwischen ihr und Robert. Sie haben damals wohl nicht nur Händchen haltend im Garten der Schwiegermutter gesessen, das ist sonnenklar.

Der Gedanke daran erleichtert mich allerdings nicht im Geringsten. Ich hole tief Luft und frage mit möglichst normaler Stimme, um was für ein Stellenangebot es sich handelt.

»Seine Büroleiterin geht in Mutterschutz«, beginnt Pauliina.

»Anneli Ahola«, falle ich ihr ins Wort. »Ich habe sie getroffen. Die Frau von Mikael Ahola und Degermans Cousine.«

Pauliina ist ehrlich überrascht. »Du bist ja schon fast ein Insider, so gut wie du Bescheid weißt.«

Sie erzählt, dass die Stelle als Schwangerschaftsvertretung nur noch zwei Tage ausgeschrieben sei, sich bislang aber niemand Geeignetes beworben habe. Degerman habe sie gebeten, oder vielmehr angefleht, sich zu bewerben.

»Robert hat gesagt, dass meine Bewerbung vom Stadtrat bestimmt durchgewunken werden würde.«

»Mit Sicherheit. Bei dem, was du vorzuweisen hast, könntest du sogar Bürgermeisterin werden.« Dann bin ich eine Weile still. Schließlich frage ich sie: »Was hast du ihm geantwortet?«

»Ich habe versprochen, dass ich darüber nachdenke.«

Ich kann nicht anders, als in Degermans Angebot einen geschickten Schachzug zu sehen. Wenn Pauliina zu seinem Stab gehört, rechnet er sich vielleicht eine gewisse Unantastbarkeit aus. Er glaubt wohl, dass ich mich dann nicht mit aller Kraft auf ihn stürze, wenn die Ermittlungen das erfordern.

»Teuflisch raffiniert«, murmle ich. »Degerman ist ein Spieler, ein echter Machiavelli.«

»Du solltest dich wieder beruhigen.«

»Genau, Papa«, sagt Janina. »Deine Ader an der Schläfe ist schon wieder geschwollen. Sie ist so dick wie ein Bleistift.«

Ich gehe ins Wohnzimmer und setze mich aufs Sofa. Doch das hilft nicht. Ich bin immer noch sehr, sehr aufgebracht. Zum ersten Mal seit vielen Jahren fühle ich, wie sich die hässliche Schlange der Eifersucht in mir regt. Sie ist wie ein Feuer, das sich wellenartig ausbreitet. Ich mag zwar in der Lage sein, meine Gefühle zu analysieren, aber deswegen gelingt es mir noch lange nicht, sie zu unterbinden. Sie fallen über mich her wie ein wildes Tier.

»Wo habt ihr euch unterhalten?«, frage ich mit belegter Stimme.

»Genau dort, wo du jetzt sitzt«, sagt Pauliina mit einem Kopfnicken in Richtung Sofa.

Das ist ja noch schöner. Ich schnelle empor und spüre, wie es in meinem Rücken knackt. Ich stöhne und krümme mich nach vorn.

»Was ist mit dir?«, fragt Pauliina.

»Wahrscheinlich ist die Ader geplatzt«, vermutet Janina.

»Der Rücken«, stoße ich gequält hervor.

Aus Erfahrung weiß ich, dass nun nur noch Aushängen hilft. Ich schlurfe in gebückter Haltung durch die Küche, die Hand fest auf die schmerzende Stelle an der Lendenwirbelsäule gepresst. Ich habe das unangenehme Gefühl, dass Pauliina und Janina nur mit Mühe ein Lachen unterdrücken können, und halte sicherheitshalber den Blick fest auf den Boden gerichtet.

»Gehst du die Glocken von Notre-Dame läuten?«, ruft mir Janina kichernd nach.

Ich belohne sie nicht mit einer Antwort.

Im Hauswirtschaftsraum streife ich mir die Beinmanschetten über. Nach mehreren Anläufen gelingt es mir schließlich, mich nach oben zu schwingen und die Haken an der Stange einzuhängen. Ich hänge und atme, atme und hänge.

Nach etwa fünf Minuten erscheint Janina in der Tür. »Ich habe übrigens ein Date«, sagt sie. »Er heißt Elias und ist älter als ich, vierundzwanzig.«

Ich schlucke, was in dieser Stellung nicht so einfach ist.

»Ich wollte es dir nur sagen«, säuselt sie und verschwindet mit leichten Schritten den Gang entlang.

40

Ein unbestimmtes Gefühl veranlasste Lena, nach Saimaanranta zurückzukehren.

Sie hatte sich immer auf ihren Instinkt verlassen können, und der zog sie jetzt zum Hotel und zur Ferienhaussiedlung zurück wie ein riesiger Industriemagnet. Beim FSB gehörte Lena zu den sogenannten Künstlern, das waren die Agenten, die sich bei der Arbeit vorwiegend auf ihre Intuition und auf spontane Einfälle verließen und gerne mal außerhalb reglementierter Prozeduren agierten. Oft waren auch Gefühle im Spiel, das ließ sich nicht vermeiden, wenn man die eigene Person einbrachte. Lena war in gewisser Weise so etwas wie ein Vorzeigeexemplar ihrer Gattung, und ihre exaltierte Art ging vielen ihrer Kollegen auf die Nerven.

Das Gegenstück zu den Künstlern waren die, die man die Ingenieure nannte und die für Regeln und eine akribische Durchführung der Ermittlungen zuständig waren. Sie gliederten einen Auftrag in Einzelaufgaben wie Archäologen ein Grabungsfeld in Quadrate. Lenas Geduld reichte dafür nicht aus. Allerdings hatte sie eingesehen, dass beide Herangehensweisen ihre Vorteile hatten. Und die intelligenten Offiziere – Andrei war einer der fähigsten – sorgten dafür, dass in jedem Team beiderlei Typen vertreten waren. So wurde gewährleistet, dass man die besten Ergebnisse erzielte.

Die Schattenseiten von Lenas unbestechlicher Intuition und ihrer fast unversiegbaren Energie waren das völlige

Fehlen aller Planmäßigkeit und jeglicher nützlicher Routinen. Dabei war ihr unaufgeräumter Schreibtisch, über den regelmäßig Witze gerissen wurden und dessen Chaos sogar neugierigeg Kollegen aus anderen Abteilungen anzog, das geringste Übel.

In ihrem privaten Alltag war ihr Chaotentum noch deutlicher und tagtäglich zu spüren: etwa in den Streitigkeiten mit Katia oder den ständigen, immer harscheren Beschwerden ihrer Verwandten über ihre nachlässige Kontaktpflege. Ihr Leben war wie ein großes Karussell – oder, um es mit Lenas eigenen Worten auszudrücken, eine Geisterbahn. Sie sah bei allem die Schuld in ihrer Arbeit. Nur hin und wieder meldete sich eine schwache Stimme, die sie ermahnte, dass eine Reihe von Kollegen trotz der Arbeit ein normales und offensichtlich glückliches Leben führten. Lena schaffte es nicht einmal, regelmäßig einkaufen zu gehen. Und jetzt war nicht nur ihre Arbeit sondern vielleicht sogar ihr Leben in Gefahr.

Vor dem Nachtklub war sie unglücklicherweise auf den falschen Meth-Junkie gestoßen. Lena war die Situation in Gedanken mehrmals durchgegangen. Es war allerdings schwer zu sagen, wie sie aus dieser Situation anders hätte herauskommen können. Natürlich hätte sie die Beschattung geschickter anstellen können – so, dass die von Drogen und Halluzinationen vernebelten Antennen des Typen sie gar nicht erst auf dem Radar gehabt hätten. Hätte, wäre, wenn … Diese Spekulationen waren im Nachhinein sinnlos, aber Lena konnte nicht anders. Am Besten wäre es, die Verwandten von Ministern, Oligarchen und Mitgliedern der Duma hätten irgendeine Art von Markierung, eine Armbinde oder ein Blinklicht, damit es gar nicht so weit kommen konnte, dass man es sich mit den Falschen verscherzte. Darüber hatten sie einmal im Kreis vertrauter Kollegen gewitzelt. Damals konnte Lena freilich nicht ahnen, dass bei ihr aus dem Witz einmal Ernst werden würde. Vielleicht würde sie jetzt jahrelang in Finnland bleiben müssen, doch das war momentan keine besonders große Sorge. Alles würde gut werden, wenn sie nur erst Katia fände. Nichts anderes war von Bedeutung, nicht einmal ihre Arbeit. Lena würde versuchen, für sich und Katia ein Zuhause aufzubauen, und zwar ein besseres als in Sankt Petersburg, wenn es sein musste auch unter einem Baum.

Lena schüttelte den Kopf, um all die unnützen und sich im Kreis drehenden Gedanken loszuwerden. Sie ließ das Hotel Saimaanranta links liegen. Das Hotelrestaurant hatte bereits geschlossen, es war mitten in der Nacht. Lena fuhr langsam weiter. Am Sandweg, der zum Ferienhaus Nummer 66 führte, fuhr sie vorbei. Es gab keinen Grund, noch einmal dorthin zurückzukehren. Die Polizei hatte den Ort mit Sicherheit abgesperrt, und sie war schließlich als Erste dort gewesen. Viel Zeit war zwar nicht gewesen, aber es war ihr gelungen, außer Katias Sachen noch etwas anderes mitzunehmen. Zwischen den blutbeschmierten Laken hatte sie einen Schlüsselbund gefunden. Ganz offensichtlich handelte es sich um Autoschlüssel für ein älteres Modell ohne Zentralverriegelung, denn es gab je einen Extraschlüssel für das Zündschloss, die Türen und den Tankverschluss. Auf dem abgegriffenen Schlüsselring war gerade noch der Schriftzug »Winnebago« erkennbar. Nach kurzer Internetrecherche hatte Lena herausgefunden, dass es sich dabei um eine auch in Finnland verkaufte Wohnmobilmarke handelte. Inzwischen hatte sie die Gegend hier schon eine Weile nach einem passenden Wohnmobil abgesucht, das seine besten Tage hinter sich hatte, bislang aber keines gefunden. In der Nähe gab es keinen Parkplatz, den sie noch nicht genauer unter die Lupe genommen hätte. Sogar die Parkplätze in der Innenstadt hatte sie abgegrast.

Trotzdem war sie das Gefühl nicht losgeworden, etwas übersehen zu haben. Also hatte sie beschlossen, an den Ausgangspunkt zurückzukehren. Die Lösung wartete vielleicht in Saimaanranta auf sie.

In der Nähe des Gästehafens fuhr sie auf einen halbleeren Parkplatz, der von einer einzigen Straßenlaterne erleuchtet wurde. Lena stellte ihren Wagen ab, nahm den Schlüsselbund und eine Taschenlampe an sich und ging an einem mit einem hohen Maschendrahtzaun umgebenen Tennisplatz vorbei. Diese Richtung hatte sie noch nicht eingeschlagen. Gegenüber vom Parkplatz befand sich die Ferienhaussiedlung, und dahinter begann ein dichter Uferstreifen, der nur mit einem Geländewagen befahrbar war.

Zwischen dem Tennisplatz und dem Ufer verlief ein schmaler Sandweg, der nach gut hundert Metern in einem Wäldchen verschwand. Lena ging den Weg entlang, und das unbestimmte Gefühl in ihrem Bauch wurde stärker. Ihre Handflächen waren klamm, der Mund trocken. Es kam ihr so vor, als ob Katia hier irgendwo ganz in der Nähe wäre und sie zu sich rief.

Im Schutz der Bäume wagte Lena es, die Taschenlampe anzuknipsen. Im Wald würde den Lichtkegel niemand sehen. Der Weg verlief parallel zum Ufer und machte dann eine abrupte Biegung nach links tiefer in den Wald hinein. Lena ging unbeirrt weiter.

Plötzlich wurde der Weg breiter, die Bäume standen weniger dicht, und kurz darauf erreichte Lena eine Lichtung, an deren Rand ein hoher Stapel Baumstämme lag. Und gegenüber stand ein ziemlich heruntergekommenes Wohnmobil. Lena verspürte ein Gefühl der Genugtuung – ihre Ahnung hatte sich wieder einmal bestätigt. Sie ging zur Vorderseite des Wagens und beleuchtete den Kotflügel. Oberhalb des Kühlergrills war die Aufschrift »Winnebago« zu lesen. Aus dem Inneren war kein Laut zu hören. Sie legte die Hand an den Schaft ihrer Pistole in der Jackentasche und klopfte mit dem Griff der Taschenlampe gegen die Fahrertür. Keine Reaktion. Dann zog sie den Schlüsselbund hervor und steckte den größten Schlüssel in die Tür. Er passte. Lena öffnete das Schloss und wartete einen Augenblick. Es war immer noch absolut still. Als sie die Tür öffnete, schlug ihr aus der Wohnkabine abgestandene Luft entgegen. Es roch nach schmutzigen Klamotten, Moder und alten Matratzen. Lena leuchtete die Wohnkabine mit der Taschenlampe aus und stieg hinein.

Hier musste jemand über einen längeren Zeitraum gehaust haben, das war deutlich zu sehen: schmutziges Geschirr, Berge ungewaschener Kleidung, zerfledderte Zeitschriften. Sie durchsuchte alles und ging die gängigsten Verstecke durch. Die Menschen waren deprimierend einfallslos, wenn es darum ging, etwas zu verstecken. Obwohl wahrscheinlich jeder von sich dachte, er sei besonders raffiniert. Sie sah unter den Matratzen nach, auf den Schränken und hinter der Spüle. Zum Schluss blieb noch der kleine, wahrscheinlich aus dem letzten Jahrhundert stammende Gasherd. Lena öffnete die Ofenklappe und leuchtete hinein. Auf dem Gitterrost lag eine schwarze Plastikmappe.

Sie nahm die Mappe heraus, setzte sich auf die zerschlissene Couch und blätterte die eingehefteten Folien im Licht der Taschenlampe um. Darin befanden sich Fotos von spärlich bekleideten Mädchen. Einige posierten lächelnd, andere – vor allem die jüngeren – blickten ängstlich in die Kamera. Außer den Fotos enthielt jede Prospekthülle einen Zettel mit dem Vornamen des jeweiligen Mädchens sowie eine Liste mit Datumsangaben und dazu vermerkten Geldsummen. Den Namen nach zu schließen, kamen die Mädchen aus Finnland und aus Russland. Lena blätterte weiter. Dann entfuhr ihr ein gequältes Stöhnen, und beinahe wäre ihr der Ordner aus der Hand gefallen.

Katia.

Sie schaute entschlossen, ja beinahe trotzig in die Kamera. Auf ihrem Gesicht lag nicht die Spur eines Lächelns. Und Lena hatte das Gefühl, Katia sah sie direkt an. »Das ist alles deine Schuld«, schien ihr Blick zu sagen.

Lena fühlte sich in dem Wohnmobil in die Enge getrieben, sie musste raus an die frische Luft. Sie klemmte sich den Ordner unter den Arm und lief so schnell sie konnte zurück zu ihrem Wagen.

41

Wir sitzen zu viert im Café auf dem Markt – Taina, Niko, Johanna und ich. Taina hat das gesamte Team zu einem vorgezogenen gemeinsamen Mittagessen eingeladen. Ich habe eine »Vety« bestellt, was so viel heißt wie Wasserstoff. Gemeint ist eine Spezialität aus Lappeenranta: eine mit Ei und Schinken gefüllte Fleischpirogge. Die anderen essen ein »Atom«, also eine »Vety« mit nur einer Füllung. Das kann man sich leicht merken. Wer jetzt glaubt, ich würde nach den feinen Abendessen im Kreise meiner Familie den Verzehr einer fettigen Pirogge für eine willkommene Abwechslung halten, liegt leider völlig falsch. Allerdings verkneife ich mir eine Bemerkung über die Qualität des Traditionsgerichts meiner Wahlheimatstadt. Brav esse ich meinen Pappteller leer und schaufle auch die übergroße Portion Senf-Gurken-Salat in mich hinein, obwohl sie mir fast wieder hochkommt.

Unser Gespräch dreht sich um das Puppenhaus.

Die Zeit vergeht, aber wir haben immer noch nicht den kleinsten Hinweis darauf, wo wir mit der Suche nach Matias und Katia weitermachen sollen. Ich werde das Gefühl nicht los, dass wir an einem anderen Ort sein sollten, anstatt auf dem Markt Fleischpiroggen in uns hineinzustopfen. Diese Momente gibt es im Laufe jeder Ermittlung. Wir können aber nicht vorwärtsstürmen, solange wir nicht den kleinsten Anhaltspunkt haben, an dem wir uns orientieren können. Es hilft nichts, wir müssen uns gedulden. Ich glaube immer noch, dass Katia nach wie vor am Leben ist.

»Der Entführer braucht Katia«, sage ich. »Sonst hätte er sie nicht von Kuparinens Autohaus mitgenommen.«

»Braucht sie wofür?«, fragt Johanna.

»Das weiß ich nicht.«

Johanna sieht nicht überzeugt aus. Matias wirkt auf dem Überwachungsvideo nicht sonderlich clever, und das Personal von Saimaanranta hat das mehr oder weniger bestätigt.

»Vielleicht wusste Katia zu viel«, wirft Taina ein.

»Das Einfachste wäre gewesen, sie im Autohaus zu erschießen«, argumentiere ich dagegen. »Den Mord hätte man Kuparinen anhängen können. Und er selbst, ein verwirrter Vater eines jungen Mädchens, hätte Selbstmord begangen.«

Johanna erwidert, dass Matias zu so viel Berechnung wahrscheinlich nicht fähig war.

»Vielleicht war er ja in Katia verliebt«, hält Niko dagegen. »Man hat schon Verrückteres gesehen.«

Ich wiederhole meine Meinung noch einmal, nach der Matias nur ein Helfershelfer ist. Er und Kuparinen sind wie die Triebe einer Dornenhecke, in denen wir uns nicht verheddern sollten. Wir wollen die Wurzeln. Es geht insgesamt um ein weitaus größeres Szenario, das wir bis jetzt noch nicht einmal überblicken können. Und das zerrt an unser aller Nerven.

»Wir müssen einen Schritt weiterkommen«, sage ich. »Davon wird es abhängen, ob wir Katia finden oder nicht.«

Nikos Telefon klingelt. Er geht ran, und seine Miene hellt sich auf. »Matias' Wohnmobil ist gefunden worden. Es war die ganze Zeit über in Saimaanranta, nur ein wenig abseits im Wald. Allerdings kein Anzeichen von Matias oder Katia.«

Ich sehe darin eine weitere Bestätigung dafür, dass Matias nicht der Entführer ist. Warum sollte er das Wohnmobil sonst in Saimaanranta zurücklassen, zumal es ein ziemlich brauchbares Fluchtfahrzeug ist, in dem er Katia hervorragend hätte festhalten können.

»Vielleicht ist auf ihn ja noch ein anderer Wagen zugelassen«, sagt Johanna.

»Warum?«, frage ich.

»Er weiß, dass wir das Wohnmobil suchen.«

»Matias ist nicht einer der Schlauesten. Das hast du gerade selbst gesagt.«

Johanna zuckt mit den Schultern. Unser Piroggen-Lunch ist beendet, und ich breche mit Niko auf, um das gefundene Wohnmobil unter die Lupe zu nehmen. Und Taina und Johanna haben gleich die ersten Verhöre mit Angehörigen der Gilde. Ich glaube nicht daran, aber wer weiß, vielleicht erfahren sie ja doch etwas, das uns weiterbringt.

Niko fährt Richtung Saimaanranta. Ich versuche, eine einigermaßen erträgliche Haltung auf dem Beifahrersitz zu finden.

»Was ist mit dir?«, fragt Niko.

»Meine Bandscheibe macht mir zu schaffen, eine alte Geschichte.«

Wir fahren eine Weile schweigend vor uns hin. Niko ist schon den ganzen Vormittag über außergewöhnlich still. Er beißt sich auf die Lippe, in seinen Augen liegt ein besorgter Ausdruck. Schon zum wiederholten Mal wirft er mir einen abschätzenden Blick von der Seite zu.

»Nun leg schon los«, sage ich.

Niko seufzt. Dann gibt er auf und es sprudelt geradezu aus ihm heraus: »Im letzten halben Jahr gab es eine Reihe von Anzeigen aus Saimaanranta. In jeder von ihnen wurde der Verdacht geäußert, dass in dem Ferienhaus irgendwas vor sich geht.«

»Aber man hat nichts gefunden?«

Niko druckste herum. »Ich habe die Berichte gelesen. Es war jedes Mal die gleiche Polizistin vor Ort.«

Ich warte.

»Es war Johanna.«

Ich lasse die Information sacken. »Vielleicht gab es dort nichts zu finden«, werfe ich ein.

»Mag sein.«

Ich kann mir Johanna unmöglich als Schutzpatronin eines Rings von Sexualtätern und Mördern vorstellen. Das scheint mir völlig ausgeschlossen, es muss etwas anderes dahinterstecken. Das versuche ich auch Niko klarzumachen.

Der beeilt sich, mir zuzustimmen. »Vielleicht wurde sie reingelegt … oder erpresst«, vermutet er.

Als ob er meine Gedanken lesen könnte. Allerdings können wir die Angelegenheit nicht auf sich beruhen lassen, auch wenn es unangenehm ist.

»Was ist mit den Bewegungsdaten«, schlägt Niko vor. »Dadurch würden wir Genaueres erfahren.«

»Das Gleiche habe ich auch gedacht. Lassen wir Taina entscheiden.«

Ich werfe einen prüfenden Blick auf Niko. Es ist ihm sichtlich schwergefallen, darüber zu sprechen. »Du hast die richtige Entscheidung getroffen. Das war sicher nicht leicht.«

Niko nickt. Damit ist das Thema fürs Erste erledigt.

In Saimaanranta fahren wir langsam am Hotel und am Tennisplatz vorbei. Im Wäldchen dahinter liegt versteckt eine kleine Lichtung, von der es weniger als einen Kilometer bis zum Ferienhaus der Gilde ist. Auf der Lichtung steht ein Wohnmobil, das schon einige Jahre auf dem Buckel hat. Und das sicher längere Zeit nicht bewegt worden ist.

»Wahrscheinlich hat Matias hier gewohnt«, sage ich.

»Das Personal vermutet dasselbe.«

Ich gehe um das Wohnmobil herum und bleibe an der Tür zur Wohnkabine stehen. Auf dem Boden sind Fußspuren. Frische, nach dem letzten Regen entstanden. Die Tür ist angelehnt.

»Was ist?«, fragt Niko.

»Wollen wir wetten, dass wir hier nichts finden werden?«

»Mit dir wette ich nie wieder.«

Wir gehen hinein. Niko fängt sofort an zu husten. »Wie kann man es hier drin bloß aushalten?«, krächzt er.

Die Luft ist abgestanden und zum Schneiden dick. In dem schmalen Lichtkegel, der durch einen Spalt zwischen den Vorhängen dringt, tanzen Staubkörner. Die Bezüge und Schaumstofffüllungen der Sitzpolster haben schon bessere Tage gesehen. Ich sehe mich in dem Wohnbereich um, fasse aber nichts an und bitte Niko, dasselbe zu tun.

Auf allen Oberflächen Staub. In den Schränken und auf dem Boden schmutzige Kleidung, auf dem Tisch ein Stapel Pizzaschachteln. Ich durchsuche die gängigsten Verstecke: unter der Bettdecke, auf den Schränken. Die Ofenklappe steht aus irgendeinem Grund offen. Ich werfe einen Blick hinein. Leer, natürlich. Als ich mich umdrehe, bemerke ich auf der Couch einen Schlüsselbund. Ich überlege, wo ich den schon mal gesehen habe.

Ich nehme die Schlüssel an mich, gehe hinaus und klopfe mir den Staub von den Kleidern. Niko kommt kurze Zeit später hinterher. Er wirkt überrascht.

»Sind wir schon fertig?«

»Ja.«

»War da drin was?«

»Ja, aber es war schon nicht mehr da, als wir kamen.«

42

Katia war in einen unruhigen Schlaf gefallen. Ein Auto, das vor dem Haus hielt, riss sie wieder in die Realität zurück.

Der Motor verstummte, und von der Veranda waren Schritte zu hören. Katia drehte sich, soweit es die Handschellen zuließen, um einen Blick in die Küche zu erhaschen. Die kurze Hoffnung, die in ihr aufgeflammt war, erlosch jedoch sofort wieder. Aus dem Flur vernahm Katia schwere, leicht schleppende Schritte und das bekannte Räuspern.

»Ich habe eine Überraschung«, rief der Alte.

Nach einer Weile hörte sie, wie er seinen Mantel auszog und an die Garderobe hängte. Dann unterzog er seine Hände im Bad einer gründlichen Reinigung.

Endlich trat er in die Tür des Schlafzimmers. Die ergrauenden Haare waren sorgfältig gescheitelt und zurückgekämmt, der Anzug saß tadellos. In der Hand hielt er eine kleine Einkaufstüte. Er zog etwas Weißes aus dem Beutel und hielt es hoch, damit sie es besser sehen konnte. Es war ein kurzes, spitzengesäumtes Nachthemd.

»Für deinen letzten Auftrag.« Er blickte forschend in Katias Gesicht. »Na, was sagst du?«

»Hübsch.«

Damit schien er zufrieden zu sein. Er faltete das Nachthemd wieder sorgfältig zusammen und steckte es zurück in die Tüte. Katia schoss ein Gedanke durch den Kopf, der ihre träge gewordenen Gehirnströme wieder auf Trab brachte. Sie warf ihm einen kurzen Blick zu und fragte dann so unschuldig sie konnte: »Darf ich es anprobieren? Um sicherzugehen, dass es passt.«

Er schürzte die Lippen. »Es darf nicht knittern oder schmutzig werden. Der Kunde ist da sehr genau.«

»Ich werde vorsichtig sein.«

Er zögerte. »Versprichst du, keine Dummheiten zu machen?«, fragte er dann.

Katia nickte.

Er überlegte, welches Risiko er einging, wenn er sie losmachte, rang sich dann aber dazu durch, ihr etwas entgegenzukommen. Das machte sie vielleicht gefügiger für die Wünsche des Kunden. Außerdem, was sollte so ein Mädchen schon ausrichten können. Also kontrollierte er, dass der Verband an Katias Seite trocken und sauber war, und schloss schließlich ihre Hand- und Fußfesseln auf. Die Tüte stellte er neben das Bett und sah sie dann abwartend an. Sie bat ihn, kurz hinauszugehen, und nach einem erneuten Zögern erfüllte er ihr auch diesen Wunsch und verließ das Zimmer. »Ruf mich, wenn du es anhast. Ich möchte es sehen.«

Katia ging zur Schlafzimmertür, vergewisserte sich, dass er in der Küche verschwunden war, und drückte die Tür leise ins Schloss. Ihr war klar, dass sie jetzt schnell handeln musste, versuchte aber nicht hektisch zu werden. Noch eine Chance bekäme sie sicher nicht. Sie griff sich einen Stuhl und keilte ihn vorsichtig unter der Türklinke ein. Dann ging sie zum Fenster. Die großen Scheiben ließen sich nicht öffnen, und die kleine Lüftungsluke an der Seite sah ziemlich schmal aus. Aber es war die einzige Möglichkeit. Sie öffnete den Fenstergriff, entfernte das außen angebrachte Fliegengitter und warf es hinunter auf den Boden. Der frische Duft des Kiefernwaldes strömte ins Zimmer. Ein letzter Blick zur Tür, dann hielt sie sich am Fensterrahmen fest und quetschte sich seitlich durch das niedrige Fenster. Sie passte gerade so hindurch. Immerhin wurde sie nicht durch überzählige Kleidungsstücke behindert, sie trug ja nur Unterwäsche und das Hemd, das er ihr gegeben hatte. Als sie sich durch die enge Öffnung zwängte, riss ein Hemdknopf ab.

»Ist alles in Ordnung?«, rief er aus der Küche.

»Ja«, antwortete sie so normal wie möglich. »Ich bin gleich so weit.«

Dann sprang sie in das hohe Gras hinunter und rannte über ein schmales, brachliegendes Feld in Richtung Wald. Sie schaute sich nicht um, sondern konzentrierte sich stattdessen auf ihre nackten Füße. Sie rannte, so schnell sie konnte, ein pulsierender Schmerz in der Seite, der schlagartig stechend wurde, als sie in eine Vertiefung trat.

Nachdem sie das Feld hinter sich gelassen hatte, wurde das Vorankommen schwieriger. In dem dichten Wald schlugen ihr Zweige ins Gesicht, auf dem Boden lagen spitze Steine und Fichtenzapfen. Beim Sprung über einen umgestürzten Baum blieb sie mit dem Fuß an einem dicken Ast hängen und fiel nach vorne auf die Knie. Sie fühlte, wie die Wunde an ihrer Seite aufplatzte.

In diesem Augenblick erklang ein lautes Rufen von der Villa her. Sie duckte sich hinter den Baumstamm und spähte vorsichtig in Richtung Villa. Der Alte stand am Fenster. Die Entfernung betrug weniger als hundert Meter, nur das schmale Feld und der Waldrand trennten sie voneinander. Sein Tonfall war zunächst beschwörend.

»Nun mach doch keinen Unsinn«, rief er. »Nur noch ein Kunde, dann bringe ich dich nach Sankt Petersburg zurück.« Er lauschte und fuhr dann fort: »Du bekommst zweitausend. Damit kannst du dir was Schönes kaufen. Ein neues Handy zum Beispiel oder Klamotten.«

Katia wagte nicht, sich zu rühren, aus Angst, dass er sie entdecken könnte.

»Na gut, sagen wir dreitausend. Aber du musst sofort zurückkommen. Das Angebot gilt nur kurz.«

Er wartete am Fenster und ließ einige Minuten verstreichen.

Dann schlug sein Ton plötzlich um. Er fluchte und stieß wütende Drohungen aus. Seine Stimme klang furchteinflößend, beinahe unmenschlich roh. In diesem Zustand wirkte er wie eine andere Person, als ob im Inneren seiner sorgfältig gekleideten Erscheinung ein Dämon verborgen wäre.

»Du verdammte Russenschlampe! In Finnland würden wir solche wie dich im Moor versenken.«

Er verschwand vom Fenster, und Katia hastete weiter. Sie rannte immer tiefer in den Wald hinein. Sie versuchte, den Schmerz auszublenden. Nach einer Weile wurde ihr Rhythmus gleichmäßiger, und ihr Puls sank leicht. Vorsichtig schlich sich der vage Gedanke ein, dass sie es vielleicht schaffen könnte.

Nach einem leicht ansteigenden Hügel erreichte sie einen schmalen Waldweg. Sie hielt an, sah in beide Richtungen und überlegte kurz. Auf dem sandigen Weg käme sie leichter voran, und wahrscheinlich träfe sie auch schneller auf Menschen. Ein einziger Spaziergänger würde schon reichen, und sie wäre gerettet.

Sie entschied sich für den Weg und rannte in die Richtung, in der die Sonne stand. Nach einigen Minuten kam ihr ein Auto entgegen, gefolgt von einer dichten Staubwolke. Katia stellte sich mitten auf den Weg und wedelte mit den Armen. Das Auto hielt in einiger Entfernung an, und Katia rannte ihm entgegen. Ein Lächeln der Erleichterung breitete sich auf ihrem Gesicht aus. Zu spät erkannte sie die sorgfältig polierte Motorhaube und die vier metallenen Ringe am Kühlergrill.

Die Fahrertür war schon geöffnet. Daneben stand der Puppenmeister, in der Hand eine gezückte Waffe.

43

Die Terrasse am Hotel Saimaanranta war zur Hälfte gefüllt. Es war früher Nachmittag und ging auf zwei Uhr zu. Die Sonne schien, und der Wind strich über die Uferböschung des Saimaa-Sees. Es war ein warmer Spätsommertag, doch der nahende Herbst lag schon in der Luft. Morgens kroch einem der Duft des vom Nachttau benetzten Bodens in die Nase, und auch die Blätter an den Bäumen nahmen langsam Färbung an. Bald würde alles in den satten Farben des Herbstes leuchten.

Lena hatte das Auto neben der Terrasse geparkt und saß hinter dem Steuer, den Ordner aus dem Wohnmobil auf dem Schoß. Sie trug eine Sonnenbrille und hatte die Baseballkappe tief in die Stirn gezogen. Jede jüngere weibliche Person, die auf der Terrasse erschien, verglich sie mit den Fotos in den Klarsichthüllen. Die Mädchen posierten, entweder normal gekleidet oder in Unterwäsche, zum Teil auch nackt. Die Bilder von Katia und Valentina hatte sie an sich genommen.

Lena war schon seit Stunden vor Ort. Sie hatte sich darauf eingestellt, so lange im Auto zu sitzen, wie es nötig war. Ihr Blick war konzentriert und zeigte keine Anzeichen von nachlassender Aufmerksamkeit.

Eine weitere halbe Stunde verging. Dann näherte sich ein Motorroller und parkte neben der niedrigen Umzäunung, die die Terrasse begrenzte. Die Frau auf dem Sattel trug einen kurzen Rock, und unter dem Helm blitzte ein blonder Zopf hervor. Als sie den Helm abnahm, verglich Lena das Gesicht mit den Fotos. Kein Zweifel, sie war eines der Mädchen aus dem Ordner. Lena legte die Unterlagen auf den Beifahrersitz, stieg aus und folgte dem Mädchen, das auf einen leeren Tisch zusteuerte. Als sie das Mädchen fast erreicht hatte, sagte sie mit gesenkter Stimme: »Suchst du Matias?«

Das Mädchen fuhr erschrocken herum.

»Keine Angst, ich bin nicht von der Polizei. Komm mit mir, hier ist es nicht sicher.«

Das Mädchen gehorchte wortlos und folgte Lena zum Auto.

»Lass uns ein Stück fahren, ich bringe dich später wieder zurück.«

Lena lenkte den Wagen in Richtung Stadt und suchte einen ruhigen Waldweg. Nach einer Weile bog sie ab und fuhr bis ans Ende der Landzunge. Sie stellte den Motor ab und sah das Mädchen mit einem aufmunternden Lächeln an. »Ich bin die Mutter von Katia. Kennst du sie?«

Das Mädchen entspannte sich sichtlich. Sie saß nicht mehr so steif auf dem Sitz. »Ja, die ist nett.«

»Wann hast du sie zuletzt gesehen?«

Das Mädchen dachte kurz nach. »Anfang des Sommers. Wir waren zusammen im Ferienhaus.«

»Im Ferienhaus der Karelia-Gilde?«

»Ja.« Ihr stieg die Schamröte ins Gesicht.

»Ich weiß über das Puppenhaus Bescheid«, beeilte sich Lena zu sagen. »Aber darüber brauchen wir jetzt nicht zu reden.«

Sie überlegte, wie sie am besten vorgehen sollte. Dann

beschloss sie, mit offenen Karten zu spielen: Katia war verletzt, vielleicht sogar schwer. Deswegen musste Lena so schnell wie möglich die Hintermänner finden, die das Puppenhaus betrieben. Bei diesen Worten zuckte das Mädchen erschrocken zusammen. Lena fuhr mit ihrer Vermutung fort, dass der Mann, dem der schwarze Audi gehörte, etwas mit Katias Verschwinden zu tun habe. »Weißt du etwas über ihn?«, fragte sie das Mädchen.

»Es ist ein älterer Mann«, antwortete das Mädchen. »Groß. Mit grauen Haaren und Brille.«

Lena wartete, aber mehr sagte das Mädchen nicht.

»Kennst du seinen Namen?«

»Er spricht nie mit uns, meistens ist er auch gar nicht da, und wir dürfen auch nichts zu ihm sagen.«

Lena schwieg enttäuscht. Das Mädchen sah sie mitleidig an. Plötzlich hellte sich ihr Gesichtsausdruck auf.

»Er hat mir mal einen Zahn repariert.« Sie tippte sich an den Schneidezahn. »Den hier. Ein Stück war abgebrochen. Aber unsere Zähne müssen perfekt sein.« Sie warf einen hoffnungsvollen Blick auf Lena. »Hilft das weiter?«

44

Ich ducke mich auf meinem Stuhl in einer Ecke von Tainas Büro und versuche, so unscheinbar zu sein, wie es geht. Taina thront hinter ihrem ausladenden Schreibtisch, und Johanna steht mit gesenktem Kopf davor. Wenn es sein muss, kann Taina sehr einschüchternd sein.

»Ich kann deine Handydaten anfordern lassen«, sagt sie zu Johanna. »Aber es wäre besser, wenn du freiwillig die Karten auf den Tisch legst.«

Johanna ist kurz davor, in Tränen auszubrechen. Ich kann sie kaum ansehen.

»So wie die Dinge im Moment stehen, ist das eine sehr ernsthafte Angelegenheit«, fährt Taina fort. »Es wäre wirklich gut, wenn du endlich redest. Mit wem hattest du Kontakt?«

Johanna räuspert sich und wirft Taina einen unsicheren Blick zu. »Ich wusste nicht, was in Saimaanranta vor sich geht. Ehrlich!«

»Ich glaube dir«, sage ich. Ich muss schließlich meinem Team den Rücken stärken. Doch dafür ernte ich von Taina einen ärgerlichen Blick. Ich sollte wohl besser meinen Mund halten.

»Ich habe nicht mehr mit denen geredet, seit bei den Ermittlungen rauskam, was in dem Ferienhaus der Gilde tatsächlich geschehen ist«, fährt Johanna fort. »Ich habe mich fürchterlich gefühlt und hatte ein schlechtes Gewissen.«

»Dein Kontakt«, wiederholt Taina. »Erzähl genauer. Mit wem hast du gesprochen?«

Johanna zögert kurz, bevor sie antwortet. »Mit der Stadtverwaltung.«

»Mit wem genau?«

Jetzt macht Johanna dicht, wirkt dabei aber sehr gequält: Sie tritt von einem Fuß auf den anderen und hält den Blick auf ihre Schuhe gerichtet.

»Zu wem hattest du im Rathaus Kontakt? Antworte!«

Johanna sackt in sich zusammen, als sie stockend mit dem Namen rausrückt: »Zu ... zu Mikki ... Mikael Ahola.«

Taina reagiert verdutzt, überspielt ihre Überraschung aber schnell. »Wie lange ging das?«

»Seit die Sondereinheit gegründet wurde.« Johanna blickt kurz zu mir und fährt dann fort: »Genau genommen hat es schon früher angefangen, als bekannt wurde, dass Kari bei uns anfängt. Sie haben sich Sorgen gemacht.«

»Weswegen?«

Johanna zuckt mit den Schultern. »Sie haben Angst um ihr Kasinoprojekt. Da geht es um Millionen. Wahrscheinlich waren sie beunruhigt, weil eine Koryphäe aus Helsinki hierherkommt, die sich nicht an die Spielregeln hält und die Stadt aufmischen könnte.«

»Und du hast das offensichtlich auch geglaubt«, rutscht es mir heraus.

Über Johannas Gesicht huscht ein scheues Lächeln. »Na, am Anfang schon.«

Taina wirkt ganz und gar nicht zufrieden. »Ich habe den Eindruck«, sagt sie, »dass du allzu leicht dazu bereit warst, Dinge aus unserer Abteilung preiszugeben.« Dann fragt sie, ob es etwas gibt, das sie beeinflusst hat. Vielleicht irgendwas, das man für mildernde Umstände halten könnte?

Johanna seufzt und holt tief Luft. »Ich mag Mikki. Wir waren zusammen in der Schule.«

Natürlich. Jeder kennt jeden.

»Er steht mächtig unter Druck«, erzählt Johanna weiter. »Mit dem Hausbau und auch sonst. Ich wollte ihm helfen. Er hat gesagt, es gehe um Transparenz zum Nutzen der ganzen Stadt.«

Taina gibt sich mit dieser Erklärung nicht zufrieden, und ich finde auch, dass das Ganze äußerst fadenscheinig klingt.

»So dumm bist du doch nicht«, insistiert Taina. »Es muss noch um etwas anderes gehen.«

Johanna öffnet den Mund, um etwas zu sagen, überlegt es sich dann aber im letzten Augenblick anders.

»Nun spuck es schon aus«, ermutige ich sie. »Wir sind hier schließlich alle auf derselben Seite.«

»Vielleicht wollte ich einfach etwas tun, das von Bedeutung ist«, stößt sie hervor. »Dinge beeinflussen, ernst genommen werden.« Ein bitteres Lächeln umspielt ihre Mundwinkel. »Meine Karriere ist seit Jahren keinen Schritt vorangekommen. Das sehen doch alle. Ständig ziehen Jüngere an mir vorbei. Ich bin schon so viele Jahre dabei und habe immer noch nichts erreicht.«

»*So viele* Jahre?«, schnaufe ich.

»Für eine Polizeimeisterin.«

Taina merkt an, dass Johanna aus einer großen Bewerberschar für die neue Sondereinheit ausgewählt wurde und dass sich ihre Karriere ohne solche Dummheiten schnell hätte weiterentwickeln können.

»Ich war verbittert«, sagt Johanna daraufhin. »Ihr wisst gar nicht, wie sehr. Ich war so wütend, vor allem auf Kari.« Und nach einer kurzen Pause fährt sie leise, fast flüsternd, fort: »Mein Gott, was für ein Chaos. Ich bin so eine Idiotin.«

Im Büro breitet sich eine unangenehme Stille aus. Johanna ist so geknickt, dass es sich sogar an ihrer Körperhaltung abzeichnet. Sie ist völlig in sich zusammengesackt.

Ich sitze auf dem äußersten Rand des Stuhls, meine Beine zittern. Ich bin aufgewühlt. Jetzt scheint mir der richtige Zeitpunkt, um Empathie zu zeigen. Johanna hat alles gesagt, sie hat uns ihre Schwäche offenbart und die Fehler zugegeben. Sie braucht jetzt Trost und keine Moralpredigt.

Ich stehe auf. Wahrscheinlich wirke ich ungelenk, zumindest sieht Taina mich erschrocken an. Nach ein paar steifen Schritten bin ich bei Johanna.

»Komm mal her«, knurre ich. Johanna ist perplex, doch ich gebe nichts darauf, sondern nehme sie väterlich in den Arm. Und ich lasse sie erst los, als sie sich unangenehm windet.

»Glaubt ihr, Mikki wusste was vom Puppenhaus?«, fragt sie. »Wenn er mit denen unter einer Decke steckt, wird er dafür bezahlen.«

Taina antwortet, bevor ich überhaupt den Mund aufmachen kann. »Das werden wir herausbekommen. Mikki wird vorgeladen. Und Johanna – das ist eine ernste Angelegenheit. Du kommst nicht mit einer Umarmung davon.«

Ich will Taina gerade für ihre Entscheidung loben, als ein diensthabender Polizeibeamte seinen kahlrasierten Kopf durch die Tür steckt. Er hat einen gelben Post-it-Klebezettel in der Hand. »Eine Frau hat angerufen, anonym, und eine

Nachricht für Sorjonen hinterlassen«, teilt er mit. Es sei äußerst wichtig. Alle Blicke richten sich auf den durchtrainierten Polizeibeamten.

»Und wie lautet die Nachricht?«, frage ich.

Der Beamte blickt auf seinen Zettel und liest vor: »Der Audityp ist Zahnarzt. Mit Brille und grauen Haaren. Finden Sie ihn.«

45

Der Alte saß am Esstisch der Villa. Vor ihm auf dem Tisch lag alles ausgebreitet, was er brauchte: sterile Kompressen, Desinfektionsmittel, eine Packung Kanülen, verschieden große Spritzen und ein kleines Arzneifläschchen, das halb mit einer hellen Flüssigkeit gefüllt war. Er betrachtete die Menge ungläubig. Dann stand er auf, um seine Aktentasche noch einmal zu durchsuchen. Ohne Ergebnis. Matias' Betäubung hatte seine Bestände dezimiert, er hatte sich verrechnet. Das war ihm noch nie passiert.

Fluchend ging er in Richtung Schlafzimmer und warf von der Schwelle aus einen übellaunigen Blick auf die gefesselt auf dem Bett liegende Katia.

Sie wagte nicht, ihn anzusehen. Sein Atem ging schwer, die Kampfansage in seinem Blick konnte sie förmlich spüren. Ihr tat alles weh. Die Hand- und Fußschellen scheuerten, er hatte sie diesmal noch enger gezogen. Das Metall schnitt sich in die Haut ihrer Hand- und Fußgelenke.

Seit ihrem Fluchtversuch jagte er ihr noch mehr Angst ein als vorher. Es wäre leichter gewesen, wenn er geschrien, getobt oder sie sogar geschlagen hätte. Aber er war völlig ruhig geblieben, beherrscht, kalt. Er plante irgendetwas Fürchterliches, das spürte sie.

Er war in die Küche zurückgegangen, von dort waren jetzt Geräusche zu hören. Schubfächer wurden auf- und zugemacht, und Wasser rauschte. Dann wurde es still. Kurz darauf erschien er wieder in der Türöffnung mit einem Eimer in der Hand. Er trug eine lange Gummischürze, Gummihandschuhe und eine Atemmaske. Die Augen hinter den metallumrandeten Brillengläsern blickten sie kühl und abschätzend an.

»Wir müssen dich waschen«, sagte er. »Du bist nicht mehr sauber.« Er blickte sie von Kopf bis Fuß mit abgrundtiefer Verachtung an.

»Mit Dreck und Wunden übersät wie ein Schwein. Am ganzen Körper blaue Flecken.« Er setzte sich ans Bett und nahm den Schwamm aus dem Eimer, drückte das überzählige Seifenwasser aus und begann, sie mit groben Bewegungen zu scheuern. »Bete, dass wir dein Äußeres wieder hinbekommen. Wir können jetzt nämlich nicht mehr länger warten.«

Als Katias Beine sauber waren, ging er das Wasser wechseln. Unterwegs ließ er seinen Blick über die auf dem Tisch ausgebreiteten Instrumente schweifen und traf eine Entscheidung. Wieder bei Katia im Schlafzimmer, sagte er: »Den Rest des Tages musst du allein klarkommen. Ich muss in die Stadt, was besorgen.«

46

»Was ist mit Kari los?«, fragt Niko. Die Stimme dringt von weit her an mein Ohr.

»Wir lassen ihn am besten in Ruhe«, antwortet Johanna mit gesenkter Stimme. Dann fällt die Tür ins Schloss, und ich bin allein.

Ich sitze im Besprechungsraum und starre auf den Bildschirm meines Laptops. Meine Haare stehen in alle Richtungen, wahrscheinlich ähnele ich im Moment einer Muppet-Puppe. Auf dem Bildschirm prangt das Bild eines ergrauten Zahnarztes, dem eine recht angesehene private Zahnklinik in der Stadt gehört. Ein humorloses Ingenieursgesicht mit Pilotenbrille, das exakt zu der Stimme am Telefon passt. Gösta Lilljeqvist, ein absoluter Experte, was Betäubungsmittel angeht, und der einzige Zahnarzt, den ich in Lappeenranta kenne.

Wie peinlich. Schon beim Tippen des Namens in die Tastatur wusste ich, wie der Mann aussehen würde. Die Dinge liegen so klar, dass mir schwindlig wird.

»Hohlkopf«, schimpfe ich mich selbst und schlage mir gegen die Stirn. Vielleicht fange ich an, alt zu werden. Die Neuronen im Gehirn zerbröseln wie trockenes Moos. Bald hänge ich im Schaukelstuhl und der Speichel läuft mir übers Kinn.

Ich fluche noch eine Weile vor mich hin, dann rufe ich über die Schulter: »Niko, wir müssen los!«

Niko fährt. Ich bin nicht in der Lage dazu. All meine Aufmerksamkeit geht dafür drauf, mit mir selbst ins Gericht zu gehen. Ich erzähle Niko, dass ich mit Lilljeqvist am Telefon gesprochen habe. Er kennt sich aus mit den Wirkstoffen, und wie sich herausgestellt hat, hat er nicht nur in Lappeenranta eine Praxis, sondern auch in Sankt Petersburg. Alles passt zusammen.

»Ich bin so ein Vollidiot. Ein verfluchter Grottenolm.«

»Was ist das denn?«

»Ein in Höhlengewässern lebender, blinder Schwanzlurch.«

Niko unterdrückt ein Lachen und versucht dann, mich zu beruhigen. »Woher hättest du das wissen sollen. Er ist ein angesehener Zahnarzt, der beste und teuerste hier in der Stadt. Verwandte von mir gehen auch zu ihm.«

»Und er ist Mitglied der Karelia-Gilde.«

»Das sind viele.«

Wir fahren zur Praxis von Lilljeqvist. Johanna ist mit einer diensthabenden Streife auf dem Weg zu seiner Privatadresse. Taina hat beschlossen, sie vorerst nicht aus dem Verkehr zu ziehen. Im Moment brauchen wir jede Kraft. Doch wenn der Fall gelöst ist, hat wohl auch Johannas Karriere ein Ende. Zumindest sieht es im Moment sehr danach aus. Das ist äußerst bedauerlich.

Die Zahnarztpraxis befindet sich in einem neuen Bürogebäude. Laut Schild am Eingang liegt sie im ersten Stock. Wir schnappen uns den wieselähnlichen jungen Mann vom Empfang in der Eingangshalle. Er hat neugierige Augen und, noch wichtiger, einen Generalschlüssel.

»Aber da ist niemand«, sagt er auf der Treppe.

»Woher wissen Sie das?«, frage ich.

»Lilljeqvist hat die Praxis wegen Krankheit geschlossen, alle Termine sind abgesagt. Er hat am Montag hier angerufen und Bescheid gegeben.«

Das überrascht mich nicht. Dann schließt uns der Mann vom Empfang die Tür auf.

47

Plötzlich hörte er Stimmen auf dem Korridor. Er hatte den Schlüssel zum Medikamentenschrank in der Hand, verharrte regungslos mitten im Behandlungszimmer und lauschte. Die Stimmen wurden schnell lauter. Und schon wurde die Tür zur Praxis geöffnet.

Er war hin und her gerissen, sah erst zum Medikamentenschrank, dann zu einer Tür, über der das Schild »Notausgang« leuchtete. Sie führte in ein enges Treppenhaus zur Hintertür des Bürogebäudes. Sein Wagen war unmittelbar daneben geparkt. Mit etwas Glück schaffte er es hinaus, sicher war er allerdings nicht.

Jetzt waren die Stimmen im Flur der Praxis zu hören.

»Was hat er denn angestellt?«, hörte er den Portier fragen.

»Vielen Dank für Ihre Hilfe«, lautete die knappe Antwort.

Er erkannte die Stimme des Polizisten, der ihn wegen des Betäubungsmittels angerufen hatte. Der Portier wollte offensichtlich unbedingt mit hereinkommen, zumindest dauerte die Diskussion an der Tür an. Er hielt den Atem an. Dann schlich er rasch die paar Schritte durch den Raum zur Tür des Behandlungszimmers und drehte so geräuschlos wie möglich den Schlüssel im Schloss herum. Er eilte zurück zum Medikamentenschrank, doch er war zu ungeduldig. Der Schlüssel verhakte sich, und er musste beide Hände benutzen.

»Ist aber ordentlich hier«, hörte er jemanden im Warteraum sagen. Wahrscheinlich ein weiterer Polizist.

»Sogar die Zeitschriften glänzen«, stimmte Sorjonen zu.

Endlich bekam er die Schranktür auf und griff sich ein paar Fläschchen Methitural vom Regal.

In dem Moment versuchte jemand die Tür zum Behandlungszimmer zu öffnen, die Klinke bewegte sich. Er schrak zusammen, und eines der Fläschchen fiel ihm aus der Hand. Instinktiv schob er die Füße zusammen und das Fläschchen landete weich und geräuschlos eingeklemmt zwischen seinen Lederschuhen.

48

Niko eilt hinaus ins Treppenhaus und erscheint kurz darauf mit dem Wieselmann im Schlepptau.

»Eigentlich bleiben die Zwischentüren offen«, wundert der sich, während er aufschließt.

Das Behandlungszimmer ist noch aufgeräumter als der Warteraum. Es wirkt so steril wie ein Operationssaal. Die Technik scheint auf dem neuesten Stand zu sein: ein futuristisch anmutender Behandlungsstuhl, auf dem Tisch ein Computer vom neuesten Modell. Alles glänzt in strahlendem Weiß und spiegelndem Metall, sodass es beinahe in den Augen schmerzt. Ich ziehe die breite obere Schublade des Behandlungsschrankes heraus. Verschiedene metallene Instrumente liegen fein säuberlich nebeneinander angeordnet. Ich will mir gar nicht vorstellen, wofür man sie im Einzelnen genau benutzt. Sie haben fies aussehende Haken und Spitzen. Mein kaputter Backenzahn tut plötzlich weh. Ich schiebe das Fach wieder zu.

Die weißen Wände sind komplett leer. Keine Landschaftsbilder, keine Kinderzeichnungen, keine Diplomzeugnisse oder Urkunden.

»Ein gruseliger Ort«, sagt Niko.

Jemand sollte sich zumindest den Medikamentenschrank und den Computer vornehmen. Ich bitte Niko, die Techniker herzubestellen, obwohl Lilljeqvist bestimmt keine belastenden Dinge an seinem Arbeitsplatz aufbewahrt.

Dann brechen wir auf. Draußen vor dem Bürogebäude

steht eine Bank, die bei unserer Ankunft leer war. Jetzt sitzt dort Katias Mutter mit einer Sonnenbrille auf der Nase und einem Ordner auf dem Schoß.

»Ich komme gleich«, sage ich zu Niko, gehe zu ihr rüber und bleibe vor ihr stehen: »Woher wussten Sie, wo Sie uns finden?«

»Das war nicht sehr schwierig.«

»Falls wir Nikos Wagen untersuchen, würden wir hoffentlich keinen Peilsender finden?«

»Natürlich nicht. Das wäre ja ein Verbrechen.« Sie nimmt die Sonnenbrille ab: »Setzen Sie sich, lassen Sie uns reden.«

»Wenn Sie mir Ihren Namen sagen.«

Nach kurzem Zögern antwortet sie: »Lena.«

Ich setze mich neben sie und tippe auf den Ordner. »Der war im Ofen. Liege ich richtig?«

Sie sieht mich an, und ich glaube, in ihrem Blick einen Hauch Respekt zu erkennen. »In dem ganzen Gebäude gibt es nur einen Zahnarzt: Gösta Lilljeqvist«, sagt sie mit einem Nicken in Richtung Schildertafel. »Habt ihr was gefunden?«

Ich seufze. Sie weiß alles, was wir auch wissen, vielleicht sogar mehr. Ich erkläre ihr, unnötigerweise, dass ich nichts von den laufenden Ermittlungen preisgeben darf. Schon gar nicht, wenn ich nicht mit einer Waffe bedroht werde.

»Finnland ist Finnland«, sage ich, »und Russland ist Russland.«

»Bravo.«

»Man soll sich nicht in die Angelegenheiten des Nachbarn einmischen«, fahre ich unbeirrt fort. »Das wusste schon unser legendärer Präsident Kekkonen.«

Ich ergänze noch, dass ich die Beharrlichkeit, mit der sie

nach ihrer Tochter sucht, durchaus bewundere. Mehr sogar, als ich ihr gegenüber zugeben kann. Dennoch darf sie sich nicht in unsere Ermittlungen jenseits der Grenze einmischen. Ich bitte sie, mich meine Arbeit machen zu lassen, auch zu ihrem eigenen Guten und dem ihrer Tochter.

»Ohne mich wären Sie gar nicht hier«, gibt sie zurück und hat damit leider recht.

Wir schweigen.

»Wir werden Katia bald finden«, verspreche ich.

»Ist Lilljeqvist der Schlüssel?«

»Davon gehe ich zumindest aus.«

Mein Telefon klingelt. Ich nehme es aus der Tasche und gehe ran. »Die Wohnung ist leer«, sagt Johanna. »Und auf dem Boden hinter dem Briefschlitz der Wohnungstür lagen die Zeitungen von mehreren Tagen.«

Ich werfe Lena einen Blick zu und ringe innerlich mit mir, ob ich antworten soll oder nicht, schließlich sitzt sie neben mir. Dann schieße ich die Vorsicht in den Wind. Mag sie es als Vertrauensbeweis oder als Dank für ihre Hilfe werten. Außerdem verfolgen wir dasselbe Ziel, das ist unbestritten.

Ich erzähle Johanna, dass die Praxis seit mehreren Tagen geschlossen hat und klinisch sauber ist, und frage, ob es bei ihm zu Hause mehr Anzeichen von Leben gibt.

»Auch hier ist es unnatürlich sauber«, sagt Johanna. »Im Schrank hängen zwanzig identisch aussehende Hemden. Die Laken sind gebügelt und in Plastikhüllen vakuumverpackt. Es gibt allerdings noch mehr. Fotos zum Beispiel.«

Johanna berichtet, dass sie gerade vor einem sehr interessanten, gerahmten und an der Wand aufgehängten Bild stehe, auf dem eine stattliche Villa zu sehen ist, vor dem die

Mitglieder der Karelia-Gilde posieren. Unter ihnen Lilljeqvist, Degerman und Mikael Ahola. Das Foto scheint nicht älter als ein oder zwei Jahre zu sein.

»Johanna«, sage ich. »Du bist ein Schatz.« Dann verspreche ich ihr, mit Niko unverzüglich in die Wohnung zu kommen, und beende das Telefonat.

Lena sieht mich an.

»Ich muss …«, setze ich an.

»Natürlich«, fällt sie ein und reicht mir den Ordner. »Tun Sie Ihre Arbeit.«

49

In Helsinki gab es einige brillante Vernehmer, sodass ich nicht allzu oft gebraucht wurde. Mein Vorgesetzter war der Ansicht, dass dies auch nicht erwünscht sei, weil meine Fähigkeiten als Befrager nicht gerade spitzenmäßig waren. Das hat er mir ganz unverblümt mal in einem Personalgespräch gesagt, was ich einigermaßen taktlos fand. Allerdings versuchte er mich damit zu trösten, dass ich viele andere gute Fähigkeiten hätte, die in der praktischen Ermittlungsarbeit besser angewendet wären. Natürlich hatte er recht.

In Lappeenranta ist die Situation anders. Unsere Einheit ist klein, und ich habe keine Chance, mich um die Verhöre zu drücken. Irgendwie schwant mir, dass ich in Zukunft einen großen Teil davon zu übernehmen habe. Denn alle erwarten, dass der Mann von der Zentralen Kripo gerade dafür der Richtige sei.

Das Verhör von Mikael Ahola ist eine besondere Herausforderung, aber irgendwo muss ich ja anfangen. Taina kennt Ahola zu gut, sie hat sich als befangen ausgeklammert. Johanna ist verständlicherweise ebenfalls von der Liste gestrichen. Bleiben nur Niko und ich, und Niko hat eindeutig zu wenig Erfahrung mit kritischen und entscheidenden Verhören.

Taina möchte als stille Zuhörerin dabei sein. Wahrscheinlich will sie sichergehen, dass ich nicht alles versaue. Sie ist wie eine Fahrlehrerin, den Fuß sicherheitshalber immer auf der Bremse.

»Mikael ist schlau«, warnt mich Taina vor. »Schlau und vorsichtig. Mach nicht zu viel Druck, geh behutsam vor.«

»Behutsam«, wiederhole ich.

Taina sieht mich an. Meine kurzsichtigen psychologischen Augen glauben tiefe Besorgnis und Skepsis zu erkennen. Das ist nicht besonders hilfreich.

»Ich bin bereit«, sage ich und richte meine Papiere. »Lass uns Ahola hereinrufen.«

Taina gibt dem diensthabenden Polizisten ein Zeichen, und kurz darauf wird der mit einem dunklen, eleganten Anzug bekleidete Ahola höflich ins Zimmer gebeten. Wir geben uns die Hand, und er und Taina tauschen kurz Höflichkeiten aus. In allem ist zu spüren, dass Ahola das Bild eines Mannes vermitteln will, der über jeden Verdacht erhaben ist. Natürlich wolle er der Polizei bei den ins Stocken geratenen Ermittlungen helfen. Sein herablassendes Lächeln ärgert mich.

Nachdem sich Ahola bequem auf einen Stuhl gesetzt hat, schmettere ich ihm den Ordner hin, den ich von Lena bekommen habe, und blättere einige Seite um. Die Bilder von knapp bekleideten und nackten Mädchen huschen vorüber.

»Erkennen Sie die Mädchen?«

Ahola wendet sich irritiert an Taina. »Was ist das?«

Taina sagt nichts, stattdessen wirft sie mir einen kurzen Blick zu, der mich zu fragen scheint, wo die Behutsamkeit bleibt.

»Diese Mädchen waren im Ferienhaus der Karelia-Gilde in Saimaanranta«, erläutere ich. »Sie sind der Vorsitzende der Gilde. Die Frage ist relevant. Also?«

»Im Ferienhaus ist niemand gewesen«, gibt Ahola zurück.

»Es kann wegen eines Wasserschadens schon seit Monaten nicht benutzt werden.«

Ich schiebe das Foto der tot am Ufer liegenden Valentina zu ihm hinüber. »Und sie? Kennen Sie sie?«

Ahola legt die Hände auf die Armlehnen seines Stuhls und ist im Begriff aufzustehen.

»Das würde ich Ihnen nicht empfehlen«, sage ich ruhig. »Es macht keinen guten Eindruck, die Zusammenarbeit zu verweigern.«

Mit sichtlicher Beherrschtheit lässt er sich wieder zurück in den Stuhl sinken. Schließlich lege ich das Foto von Katia vor ihm hin, das wir vom Überwachungsvideo gemacht haben, und beobachte seine Reaktion.

»Ich habe das Mädchen noch nie gesehen«, stößt er hervor. »Und auch die anderen Mädchen nicht. Ihr sprecht mit dem Falschen.«

Er scheint die Wahrheit zu sagen. Die Bilder hat er sich wirklich angesehen und nicht nur so getan. Das nimmt mir einen guten Teil meines Schwungs, ich versuche aber, mir nichts anmerken zu lassen.

Ich frage ihn, ob er Esa Kuparinen kennt. Und siehe da, erste feine Risse in seiner Selbstsicherheit.

»Den toten Autohändler?«, sagt er. »Ich kannte ihn, aber nur flüchtig. Wir haben hin und wieder ein paar Worte auf Veranstaltungen der Handelskammer gewechselt.«

Ich kann mir nicht verkneifen zu fragen, woher er von Kuparinens Tod weiß. Diese Information haben wir aus ermittlungstechnischen Gründen noch nicht veröffentlicht.

»Na, die Stadtleitung muss doch wissen, was in ihrer Stadt passiert«, antwortet er selbstgefällig und setzt noch ein unpassendes Lächeln drauf. Der Mann strapaziert meine Nerven. Und zwar ordentlich.

Ich schlucke meinen Ärger hinunter und frage ihn nach Matias Vasilkov. Fast wünsche ich mir, er würde behaupten, ihn nicht zu kennen. Vermutlich weiß er nämlich nicht, dass wir das Protokoll einer Sitzung haben, auf der beschlossen wurde, Vasilkov mit der Beseitigung des Wasserschadens zu beauftragen. Ahola war vor Ort und hat die Sitzung geleitet.

Meine Hoffnung wird nicht erfüllt. »Einen Mann dieses Namens haben wir angestellt, um das Ferienhaus zu renovieren«, antwortet er stattdessen unumwunden. »Völlig unfähig.«

Ich zeige ihm ein Bild von Matias Vasilkov.

»Ich habe leider keine Ahnung, wie dieser Nichtskönner aussieht. Ich bin ihm nie begegnet.«

Falls ich auch nur im Entferntesten richtigliege mit meiner Menschenkenntnis, dann sagt er auch diesmal die Wahrheit. Allerdings kommen die wichtigsten Fragen erst noch.

»Gösta Lilljeqvist«, werfe ich in den Raum.

Ahola wird wachsam und wartet ab. Die Veränderung ist minimal, aber eindeutig.

»Ist Ihnen der Name bekannt?«

»Ja, habe ich schon mal gehört. Er ist wohl Zahnarzt, wenn er nicht schon in Rente gegangen ist.«

Zum ersten Mal scheint sich Ahola auf dünnem Eis zu bewegen. Sein Blick ist unstet, und er formuliert vorsichtiger. Hätte er nichts zu verbergen, bräuchte er auch nicht kontrollieren, was er sagt.

»Sonst kennen Sie sich nicht?«

»Nein.«

»Obwohl er ein Mitglied der Gilde ist?«

»Ich kenne nicht jedes einzelne Mitglied. Viele nehmen an unseren Veranstaltungen nicht aktiv teil.«

Auf diesen Augenblick habe ich gewartet. Ich ziehe das Foto hervor, das wir aus dem Rahmen genommen haben. Darauf steht Ahola direkt neben Lilljeqvist und anderen Gildenmitgliedern auf der Treppe vor einer Villa.

»Sie stehen hier sehr nah beieinander. Erinnern Sie sich allmählich?«

Ahola scheint einen Entschluss zu fassen. Er rutscht auf dem Stuhl zurück und setzt einen distanzierten Gesichtsausdruck auf. »Nun, dieser …«, beginnt er.

»Lilljeqvist.«

»Genau. Er war wohl bei dieser Reise dabei. Wir waren fast zwanzig Leute, und es ist schon einige Jahre her.«

»Sie stehen direkt nebeneinander.«

»Kennen Sie alle Menschen, neben denen sie irgendwann einmal gestanden haben?«

Ich lasse mich nicht von ihm provozieren und mache unbeirrt weiter. »Was ist das überhaupt für ein Ort?«, frage ich.

Er zuckt mit den Schultern. »Wir haben irgendwo angehalten, um ein Gruppenfoto zu machen. Vielleicht ein Café.«

»Es sieht eher aus wie eine Villa. Aber gut, es sind ja noch andere auf dem Bild. Irgendeiner wird sich wohl erinnern können.«

Ahola scheint jetzt wirklich verärgert zu sein. Die Reaktion ist in dieser Phase ziemlich übertrieben. Bis jetzt habe ich ihn nur nach Mitgliedern der Gilde befragt.

»So langsam verstehe ich, warum die Zentrale Kriminalpolizei jemanden wie Sie loswerden wollte«, ereifert er sich mit einem Blick auf Taina. »Wir haben hier bald die gleiche Situation. Ist das nicht schon als unzulässiges Unterdrucksetzen eines Befragten zu sehen?«

»Es geht hier nicht um meine Karriere oder Ihre Gefühle«, antworte ich unbeeindruckt und schiebe ihm Katias Foto noch einmal hin. »Das Mädchen auf dem Foto wird sterben, wenn Sie nicht bald anfangen zu reden.«

Ahola wirft einen widerwilligen Blick auf das Foto.

»Sie kennen Lilljeqvist«, fahre ich fort. »Wo hält er sich auf?«

Keine Antwort.

»Haben Sie das gemeinsam geplant? So langsam müssen wir davon ausgehen, da Sie nicht bereit sind, uns zu helfen.«

»Ich habe keine Ahnung, was in dem Ferienhaus der Gilde passiert ist«, sagt Ahola mit Nachdruck. »Und ich kenne Lilljeqvist nicht näher.«

Offensichtlich ist er nicht bereit, seine Version zu korrigieren. Ich werde langsam ratlos.

»Sie bekommen doch bald Nachwuchs«, versuche ich es aus einer anderen Richtung. »Es ist nicht angenehm, sein Kind aus dem Gefängnis heraus aufwachsen zu sehen.«

Jetzt mischt sich Taina ein. »Kari, können wir kurz reden?«

Ich sehe sie fragend an.

»Draußen.«

Wir gehen in den Flur. In ausreichender Entfernung zum Verhörraum sage ich: »Es läuft nicht ganz wie gehofft.«

»Nein. Mikael ist zäh.« Taina äußert ihre Befürchtung,

Ahola werde wegen des Verhörs für Wirbel in den Medien sorgen.

»Ich glaube nicht, dass diese Gefahr besteht«, entgegne ich. »Er ist irgendwie in die Sache verstrickt.«

Wir schweigen. Taina schaut nachdenklich in Richtung des Verhörraums. Uns rennt die Zeit davon, und bald müssen wir Ahola wieder gehen lassen. Noch ist jedoch keiner von uns bereit, das laut einzugestehen.

»Wie läuft es?«, ruft eine Stimme von hinten. Es ist Johanna.

»Nicht so gut«, antwortet Taina.

»Ich habe einen Vorschlag.«

»Ich höre?«

»Lasst mich zu ihm. Allein.«

Johanna hat sich die Sache offensichtlich gründlich überlegt. Je mehr sie ihren Vorschlag begründet, umso klarer sehe ich die Vorteile. Das Ganze könnte funktionieren. Ahola weiß schließlich nicht, dass wir über die Verbindung zwischen ihm und Johanna Bescheid wissen. Vielleicht gelingt es ihr, die notwendigen Informationen aus ihm herauszulocken. Sie würde so tun, als wolle sie Ahola schützen und ihm quasi unter der Hand raten, mit uns zu kooperieren und zu sagen, was wir wissen wollen, um dadurch eine Anklage gegen sich abzuwenden.

»So ist mein Fehler wenigstens zu etwas nütze«, begründet Johanna ihren Vorschlag.

Taina zögert. »Du hast nicht sehr viel Verhörerfahrung. Das ist ein großes Risiko.«

»Wir haben aber nichts anderes«, werfe ich ein.

»Das ist allerdings wahr.«

Also lege ich Johanna den Stand der Dinge kurz dar. Offensichtlich weiß Ahola etwas über Lilljeqvists Machenschaften, vielleicht sogar, wo dieser sich aufhält. Ich habe das Gefühl, dass wir Katia noch immer retten können, aber uns läuft die Zeit davon. Johanna ist unsere letzte Hoffnung.

»Bist du dir sicher?«, fragen wir sie noch einmal. Sie sieht jung und verletzlich aus, aber ebenso entschlossen. Ein warmes Gefühl durchströmt mich.

»Bin ich«, antwortet sie.

»Du bist eine gute Polizistin«, sage ich mit belegter Stimme und lege ihr etwas unbeholfen eine Hand auf die Schulter.

»Danke«, antwortet sie unsicher.

»Also gut«, räuspere ich mich, und Taina klatscht in die Hände. »Los, lasst uns weitermachen.«

Johanna holt tief Luft und geht in den Verhörraum, Taina und ich ins Besprechungszimmer. Ehrlich gesagt sind wir ziemlich nervös, schließlich lastet eine enorme Verantwortung auf Johanna. Ich kann nicht still sitzen und gehe im Zimmer auf und ab. Taina schreibt auf ihrem Smartphone E-Mails, auch sie wirkt aufgeregt. Jeder von uns schielt unnötig oft zur Uhr.

Die Minuten verrinnen.

Ich verliere allmählich die Hoffnung, doch dann steht Johanna plötzlich in der Tür. Ihre Miene ist vielversprechend, ja geradezu zufrieden.

»Das Foto ist vor Degermans Ferienvilla aufgenommen«, sagt sie. »Und Lilljeqvist hält sich dort auf.«

50

Der Alte stand vor der Villa neben seinem Wagen. Er sagte etwas auf Russisch in sein muschelförmiges Handy. Das Telefonat dauerte schon eine ganze Weile, und es sah so aus, als müsste er sich sehr zusammenreißen. Doch es gelang ihm, einen beherrschten und eindringlichen Ton zu bewahren.

Er lauschte seinem Gesprächspartner und strich dabei gedankenverloren über die Kofferraumhaube des Audis. Als ein Finger über ein Einschussloch glitt, verzog er leidend die Miene.

»*Davai*, Oleg«, sagte er mit beschwörender Stimme. Am anderen Ende folgte eine Antwort, die ihn das Gesicht verzerren ließ. »Du kannst mich mal!«, rief er dann und beendete wütend das Telefonat. Er starrte mit eingezogenem Kinn auf das Handy in seiner Hand. »Perverser hohlzahniger Russe«, zischte er, holte tief Luft und wählte aus der Liste der angerufenen Nummern die vorletzte aus, ein schwer zu deutendes Lächeln auf den Lippen.

Am anderen Ende der Leitung wurde sofort abgenommen.

»Du sollst mich nicht mehr anrufen!«, schrie Mikael Ahola ins Telefon.

»Ich wollte dir nur mitteilen, dass der Geldhahn zu ist. Es ist vorbei.«

Ahola stieß ein hohles Lachen aus. »Na, da kannst du sicher sein. Du sollst ein Mädchen gefangen halten.«

»Wer erzählt so etwas?«

»Die Polizei. Sie wird bald da sein.«

Er antwortete nicht, zwinkerte nur heftig mit den Augen. Das Gehörte ließ ihn einen Moment das Gleichgewicht verlieren. Doch er hatte sich umgehend wieder unter Kontrolle. Ahola am anderen Ende der Leitung weniger.

»Verreck in der Hölle, Lilljeqvist«, brummte Ahola.

»Da werden wir uns wiedersehen«, antwortete er und legte auf.

Erneut betrachtete er das Handy und schleuderte es dann mit einem Lächeln über das Auto hinweg in Richtung See. Man hörte, wie es auf einem Uferstein aufschlug und von dort ins Wasser platschte. Dann zog er sein Jackett zurecht, richtete den Krawattenknoten und ging ins Haus.

»Es gibt ein paar Änderungen«, sagte er in der Tür des Schlafzimmers. Katia sah ihn mit angstgeweiteten Augen an. Sie lag immer noch an Händen und Füßen gefesselt auf dem Bett, die Schienbeine mit Pflastern übersät, wo sie sich im Unterholz die Haut aufgerissen hatte. Mit zweien hatte er ihr außerdem den Mund zugeklebt. Jetzt trat er neben das Bett und riss sie ab.

»Das ist unser letzter Tag hier«, sagte er mit ungewöhnlich sanfter Stimme. »Und wir sind unter uns. Wir können uns unterhalten.«

Er sah Katia mit geneigtem Kopf an. »Mein Name ist Gösta. Du kannst Onkel Gösta zu mir sagen.«

Katia blieb stumm.

»Sag es: Onkel Gösta.«

»Onkel Gösta.«

Er kniff die Augen zusammen. »Noch einmal!«

Katia gehorchte. »Onkel Gösta.«

Sekunden verstrichen, in denen er nichts sagte und sein Blick abschweifte. Dann wachte er wie aus einer anderen Realität auf, drehte sich um und verschwand in Richtung Küche. Als er zurückkam, hatte er eine Spritze in der Hand. Katia registrierte, dass sie größer war als die anderen bisher und um ein Vielfaches mehr Flüssigkeit enthielt. Die Situation schien aus dem Ruder zu laufen. Sie versuchte, sich durch gleichmäßiges Atmen etwas zu beruhigen. Aber es gelang ihr nur mäßig.

Er setzte sich zu ihr aufs Bett. Nach kurzem Zögern legte er seine Hand auf Katias Oberarm und streichelte ihn ungeschickt. Die Geste wirkte auf sie seltsam gefühllos, fast so, als ob er über einen Gegenstand strich.

»Ich bin Witwer, meine Frau ist vor Kurzem gestorben. Kinder hatten wir keine.«

»Das tut mir leid«, zwang sich Katia zu einer Antwort. Wenn es ihr gelänge, eine Art von emotionaler Verbindung zu ihm herzustellen, dann würde er sie vielleicht in Ruhe lassen? Mitleid mit ihr haben und sie schonen? Sie musste es versuchen.

»Das ist wirklich traurig«, setzte sie vorsichtig an. »Die Familie ist wichtig.«

Er wirkte wieder abwesend.

»Meine Mutter wartet auf mich«, fuhr Katia fort. »Sicher ist sie schon ganz krank vor Sorge.«

»Hm.« Er zog seine Hand weg. »Ich musste bei Elina etwas nachhelfen.« Bei diesen Worten blickte er auf die Spritze. Der Kanülenschutz war noch dran.

»Was hast du vor?«, fragte Katia, obwohl sie die Antwort bereits ahnte.

Er überlegte kurz. »Na, eigentlich kannst du es ja auch ruhig wissen«, sagte er dann, und ein seltsames Lächeln huschte über sein Gesicht. »Zuerst gebe ich dir die Spritze, dann erschieße ich mich.«

Katia war bewusst, dass sie nicht mehr fähig wäre, klar zu denken, wenn sie der Angst nachgab. Dann wäre alles vorbei. Sie musste ihn beim Reden halten. Auf Zeit spielen.

Sie räusperte sich. »Wir haben noch etwas Zeit. Erzähl mir vom Puppenhaus.«

In seine Augen kam wieder etwas Leben. Anscheinend hatte sie genau die richtige Frage gestellt. Seine Haltung straffte sich, und er wirkte beinahe stolz, als er begann, ihr von den Anfängen von Doll's House zu erzählen.

Katia lauschte seinen Ausführungen so aufmerksam, wie sie vermochte, immer um Augenkontakt bemüht. Hin und wieder gelang es ihr, seinen flackernden Blick einzufangen, doch meistens blendeten die Gläser seiner Brille, oder er hatte den Kopf abgewendet. Bei jeder leicht verlängerten Pause stellte sie eine neue Frage, um ihn dazu zu bringen, weiterzureden. Er schien sich darin zu gefallen, jemandem von seinen genialen Machenschaften zu berichten.

Alles hatte mit einer Internetsuche begonnen, deren Ergebnisse überraschend waren. Offensichtlich war die Welt voll von Männern, die sich für schlafende, mit Drogen oder Alkohol betäubte Mädchen interessierten. Sogar unter seinen Patienten hatte es Interessenten gegeben. Versuchsweise hatte er ein paar Bilder von mehr oder weniger entkleideten jungen Patientinnen unter Narkose an die entsprechenden Internetforen geschickt. Er hatte schon über einige Jahre hinweg derartige Fotos gemacht – bisher aber nur zu seinem privaten Vergnügen.

»Sie nennen sich selbst Aficionados. Es ist eine ganz eigene Welt.«

Der Erfolg war so überwältigend, dass einer der Männer halb im Spaß vorgeschlagen hatte, eine eigene Internetseite einzurichten und von den Besuchern eine Gebühr zu verlangen.

»Damit hat alles angefangen.«

Jemand aus Sankt Petersburg hatte ihm beim Aufbau der Internetseite geholfen und die Regelung des Geldverkehrs übernommen. Er war ihm von einem Patienten vermittelt worden, den er gut kannte. Die Beteiligten hatten keinerlei persönlichen Kontakt, und das Geld floss über ausländische Konten.

»Weißt du, was das Tor-Netzwerk ist?«

Katia kam gar nicht dazu, den Kopf zu schütteln, er fuhr unmittelbar fort: »Egal. Die Russen kannten sich damit aus, und Matias hat die Arbeit dort für mich überwacht.«

Es hatte nicht lange gedauert, bis er einsah, dass es den Kunden nicht reichte, nur Bilder oder Videos anzusehen. Anders als er wollten sie mehr, viel mehr. Außerdem war die Nutzung der Praxisräume extrem riskant. Man brauchte ein Studio und Mädchen, die freiwillig mitmachten, gegen Bezahlung, und ansonsten ihren Mund hielten. Die Mädchen waren leicht gefunden, es reichte, die Information in den richtigen Kreisen zu streuen. Hinsichtlich der Räumlichkeiten kam man schnell auf die Karelia-Gilde und deren Ferienhaus in Saimaanranta, das nach einem Wasserschaden nicht mehr benutzt wurde.

Während er weiter erzählte und versuchte, die Gründe darzulegen, warum es so viele Anhänger der Szene gab, wurde seine Stimme fast weich. Katia kam es so vor, als wäre es ihm wichtig, dass sie die Hintergründe verstand.

»Männer wollen nicht in eine Situation geraten, in der das Mädchen in einem empfindsamen Augenblick irgendetwas Dummes sagt und alles verdirbt. Oder plötzlich anfängt, sich zu sträuben. Das verstehst du doch?«

Katia nickte.

»Wenn das Mädchen schläft, ist die Situation ruhig. Es hat fast etwas ...« – er suchte nach dem passenden Wort – »... Heiliges. Genau, etwas Heiliges. Durch die Betäubung wird aus etwas Banalem ein Sakrament.« Er saß auf dem Bettrand, das Kinn leicht vorgereckt, und versuchte seine Gedanken zu ordnen, bevor er nach einem kurzen Schweigen fortfuhr: »Die Reinheit der Erfahrung. Das ist der Kern des Puppenhauses, und dafür sind viele bereit zu bezahlen.«

Dann schreckte er aus seinen Gedanken auf, starrte auf die Spritze und richtete sich auf.

»Erzähl mir von Elina«, sagte Katia eilig. Er durfte nicht aufhören zu reden.

Die Hand, die die Spritze hielt, sank wieder aufs Bett. Es überraschte Katia, wie leicht er geneigt war, über seine tote Frau zu reden. Vielleicht war er ja doch noch nicht bereit zu sterben.

»Alles war vorbereitet«, erzählte er. »Doch dann haben die Ärzte ihr plötzlich wieder Hoffnung gemacht. Irgendwelche neuen Zytostatika.« Die Erinnerung nahm ihn offensichtlich sehr mit, er sah leidend aus. »Ich hatte alles fertig berechnet: den Stoff, die Dosis, den Zeitplan. Elina hätte keinen Augenblick leiden müssen. Aber das neue Medikament hätte all das durcheinandergebracht.«

Katia wartete, doch er sprach nicht weiter. »Und dann hast du Elina die Spritze gegeben und sie erlöst?«, fragte sie ihn.

Er nickte. »Sie ist neben mir eingeschlafen. Alles verlief so, wie ich es geplant hatte. Es war ein gottgleiches Gefühl. Elina hatte einen schönen Tod, und niemand hat eine Frage gestellt.«

Katia hielt einen Moment inne, beschloss dann, alles auf eine Karte zu setzen. »Schenk mir auch so einen schönen Tod wie Elina.«

Er sah sie verdutzt an.

»Öffne meine Handschellen«, bat sie. »Lass uns die letzten Momente gemeinsam verbringen.«

Er zuckte entgeistert zurück. »Ich bin nicht so einer! Ich will nicht anfassen, ich will euch nur anschauen.«

Katia versicherte ihm, dass sie daran nicht zweifle. Sie wollte einzig im Moment des Sterbens wie ein Mensch und nicht wie ein Käfigtier behandelt werden. Sie bräuchten sich nicht zu berühren.

Er zögerte immer noch, doch Katia sah ihm tief in die Augen. »Lass uns in Frieden gehen, Onkel Gösta.«

51

»Machtausübung!«, ruft Niko plötzlich. »Das ist das Motiv. Das muss es sein.«

Ich schrecke beinahe zusammen. Wir sind unterwegs zu Degermans Ferienvilla. Vor uns rasen zwei Streifenwagen mit blinkenden Lichtern und heulenden Sirenen. Wir folgen in ihrem Windschatten.

»Immerhin kann es nicht allein ums Geld gehen. Lilljeqvist gehört zu den zehn Bestverdienern der Stadt.«

Ich räuspere mich, um Niko väterliche Ratschläge zu erteilen, als er auch schon berauscht von seiner Kombinationsgabe wieder ansetzt: »Totale Kontrolle! Das passt wie die Krone auf den Zahn. Er war schon immer ein Pedant, aber jetzt ist er auf die dunkle Seite gewechselt. Er behandelt die Mädchen wie Barbiepuppen. Die Patienten in seiner Praxis mögen sich beschweren und den Mund nicht weit genug aufmachen, doch Puppen sind was anderes. Sie sind die idealen Patienten, mit ihnen kann man anstellen, was man will. Und sie beschweren sich nicht.«

Als er Luft holt, kann ich seinen Redeschwall endlich unterbrechen. »Verrenne dich nicht in möglichen oder unmöglichen Gedankengängen eines irren Täters. Sonst tapst du selbst schnell auf der dunklen Seite.«

Niko starrt mit glänzenden Augen auf die Straße und hört nichts von dem, was ich sage. »Der Tod seiner Frau passt auch ins Bild. Die Trauer hat ihn wirr werden lassen. Ja! Der Fall ist völlig klar.«

»Schluss jetzt!«

Niko fährt zusammen. Ich bitte ihn, für einen Moment einem älteren Kollegen zuzuhören, der jahrelang an der Schwelle zur Arbeitsunfähigkeit gestanden und mit einem Burn-out gerungen hat. Verursacht durch ebenjenen Fehler, den Niko im Begriff stand zu tun.

»Versuch nicht, Verrücktheit zu verstehen. Wenn du zu lange ins Dunkel starrst, gehen auch in deinem Kopf die Lichter aus.«

Bei der Arbeit muss man sich so verhalten, wie es im Arbeitsvertrag steht. Die Konsequenzen sollte man anderen überlassen – jenen, die dafür zuständig und ausgebildet sind. Man sollte sich keine größere Last aufbürden als vorgesehen, sonst leidet auch die eigentliche Arbeit darunter. Hat man das kapiert, fühlt man sich, als ob man von einer Horde Affen im Nacken befreit wurde. Ich gebe zu, dass ich selbst nicht das beste Beispiel bin und mitnichten immer so handle, wie ich predige. Aber gerade darum nehme ich mir das Recht heraus, einem jüngeren Kollegen Ratschläge zu erteilen.

»Ich weiß, wie wir weiter vorgehen müssen.« Niko wirft mir einen schnellen Blick zu und scheint meine Worte nicht sonderlich ernst zu nehmen.

»Das ist kein Spaß«, sage ich. »Hör auf, diesen Gedanken weiterzuverfolgen.«

Wir biegen im Schlepptau der Streifenwagen in einen Schotterweg ein. Der Wagen ächzt in der Kurve, Steine wirbeln auf und fliegen gegen den Kotflügel, als wir uns der Villa nähern. Laut Navi sind es noch knapp drei Kilometer.

Wir schweigen, die Gedanken auf das gerichtet, was

gleich folgen wird. Auch Niko ist verstummt und blickt wiederholt in den Rückspiegel. »Folgt der uns?«

Ich drehe mich um. In der Staubwolke, die wir hinter uns herziehen, ist ein Auto zu sehen. Es fährt uns entschlossen hinterher, wenn man das von einem leblosen Objekt sagen kann. Der Abstand bleibt unverändert, und die Front des Wagens taucht in regelmäßigen Abständen aus der Staubwolke auf. Ich versuche, das Kennzeichen zu entschlüsseln, sehe aber nur, dass es breiter ist als ein finnisches.

»Das ist sicher Lena.«

»Wer?«

»Katias Mutter.«

Unsere Blicke begegnen sich. Niko fragt mich wortlos, ob wir eingreifen sollten.

Ich schüttele den Kopf. »Das sind wir ihr schuldig.«

52

Katia bewegte vorsichtig ihre schmerzenden Glieder. Das Stechen in ihrer Seite war unerträglich, am liebsten hätte sie laut geschrien, doch davon schien Lilljeqvist nichts zu merken. Er legte die Handschellen ordentlich zusammen und deponierte sie auf dem Nachttisch. Beinahe schien es, als zögere er die Situation mit Absicht hinaus.

Ihre Augen suchten nach der Spritze, konnten sie aber nirgends entdecken. Wahrscheinlich hatte er sie in die Jacke seines Jacketts gesteckt, als er ihr die Fesseln öffnete. Er war Rechtshänder, also war sie vermutlich in seiner rechten Tasche.

Er richtete sich auf und blieb mit einem eigenartigen, fast schüchternen Lächeln neben dem Bett stehen. Katia konnte sich nicht erinnern, ihn jemals ratlos gesehen zu haben.

»Komm«, bat sie.

Er rührte sich nicht.

»Hab keine Angst, Onkel Gösta. Wir liegen nur nebeneinander.«

Doch der Gedanke schien ihm unangenehm zu sein, also fügte sie schnell hinzu: »Uns bleibt nur dieser eine Augenblick. Stell dir vor, ich wäre Elina. Du kannst das Gleiche noch mal erleben.«

Er näherte sich ihr mit einem unsicheren Schritt, dann einem zweiten. Katia hielt die Luft an. *Komm, komm, komm*, schrie es in ihrem Kopf.

Er zog die Schuhe aus und kletterte ungelenk am Fußende aufs Bett. Katia rückte so zur Seite, dass er sich links von ihr hinlegen musste, was er mit äußerster Vorsicht tat. Ganz am Rand des Bettes, möglichst weit von Katia entfernt, legte er sich auf den Rücken. Sie hätte jubeln können: Die Spitze war tatsächlich in der rechten Jacketttasche, wie sie vermutet hatte. Der Kolben schaute oben heraus.

Er schwieg lange, dann sagte er: »Ich habe Elina drei Wochen bei mir behalten.«

Katia schauderte, war sich nicht ganz sicher, wie er das meinte.

»Es gab keinen großen Aufruhr, auch die Zeitungen schwiegen. Die Gildenbrüder haben sich darum gekümmert.«

Katia schielte aus dem Augenwinkel zu ihm. Er sah beim Reden an die Decke. Vorsichtig begann sie, ihre Hand zu seinem Jackett wandern zu lassen.

»Während Elinas Krankheit konnte ich nicht zärtlich zu ihr sein, nicht auf die richtige Art. Nach dem Tod war es leichter. Es ist schwer zu erklären.«

»Ich glaube, ich kann es verstehen«, sagte sie mit sanfter Stimme, während sie ihre Hand näher in Richtung Tasche schob.

Er schien sich ein wenig zu entspannen. Ihre Fingerspitzen berührten jetzt fast das Jackett. Ihr Herz war nahe am Zerbersten, ihr Herzschlag in den Ohren so laut, dass sie seine Worte kaum noch hörte. Mit angehaltenem Atem fuhr sie erst mit dem Daumen, dann mit dem Zeigefinger in die Tasche. In diesem Moment drehte er den Kopf zu ihr.

»Genauso wie jetzt, das war die Idee des Puppenhauses. Die gleiche Schönheit, die gleiche Ruhe und die gleiche Reinheit.«

Offenbar sah er etwas in ihren Augen, denn er richtete den Blick hinunter zur Tasche seines Jacketts. »Was machst du …«

Katia schob ihre Hand blitzschnell in die Tasche und bekam die Spritze zu fassen. Doch da richtete er sich mit einem Satz auf und drehte sich von ihr weg, sodass ihr die Spritze aus der Hand glitt, auf den Boden fiel und unter das Bett rollte. Für eine Sekunde herrschte Totenstille, dann warf sie sich mit voller Wucht auf den Puppenmeister.

53

Als wir bei der Villa ankommen, geschieht alles sehr schnell. Niko fährt an den wartenden Streifenwagen vorbei direkt vor die Treppe und hält neben dem dort geparkten schwarzen Audi.

Wir springen aus dem Wagen. Aus den Augenwinkeln nehme ich die Einschusslöcher in der Kofferraumhaube des Audis wahr, während wir mit gezückter Dienstwaffe die Treppe hinauf zur Eingangstür der Villa laufen. Die Vorhänge sind zugezogen, sodass man durch die Fenster nicht ins Innere des Hauses sehen kann. Die Tür ist verschlossen, aber eine Scheibe ist eingeschlagen. Ich bedeute Niko und den herbeieilenden Polizeikräften durch die Tür ins Haus einzudringen. Sie tragen Einsatzausrüstung. Eine Schussweste würde Nico und mir auch guttun, doch wir hatten keine Zeit, sie einzupacken.

In diesem Moment schießt Lenas Auto an der Villa vorbei, hinterlässt zwei hässliche Reifenspuren auf dem Sandweg und reißt Zweige von den Johannisbeersträuchern ab. Die Polizisten drehen sich ruckartig um und bringen sich in Schießstellung.

»Eine von uns«, gebe ich Entwarnung. »Gewissermaßen.«

Verwundert schauen sie dem aus dem Nichts aufgetauchten zivilen Fahrzeug hinterher. Ich hatte vergessen, dass Lena recht energisch ist. An ihrer Motivation gibt es jedenfalls nicht das Geringste auszusetzen, ich würde sie jederzeit in mein Team aufnehmen. Sie ist wie eine Naturgewalt.

Hinter dem Gebäude schlägt eine Autotür zu, dann ist ein lauter Schlag zu hören und zersplitterndes Glas. Ich vermute, Lena ist durch die Hintertür ins Haus. Ich gebe den Polizeikräften das Zeichen, zu stürmen, und renne Lena hinterher zur Rückseite der Villa.

In der Terrassentür klafft ein riesiges Loch. Offensichtlich hat sie einen gusseisernen Terrassenstuhl durch die Scheibe geworfen. Ich trete vorsichtig hindurch, die Waffe im Anschlag. Es ist still. Die Küche ist leer, ebenso das Wohnzimmer – wenn man von Niko und den mit erhobenen Maschinenpistolen vorrückenden Polizisten einmal absieht.

Die Tür zum Schlafzimmer ist angelehnt. Dahinter sind Geräusche zu hören, und ich halte inne. Den Polizisten, die mir gefolgt sind, bedeute ich, ebenfalls still zu sein. Jemand schluchzt.

Ich trete zur Tür und werfe vorsichtig einen Blick hinein. Es dauert ein paar Sekunden, bis ich mir einen Gesamteindruck verschafft habe. Dann drehe ich mich um, mache das Gefahr-vorbei-Zeichen und stecke meine Pistole zurück ins Halfter.

Niko erscheint neben mir und schiebt die Tür weiter auf.

Lena kniet auf dem Boden und hält ihre Tochter im Arm, deren Oberkörper im Takt ihres Schluchzens zuckt. Katia sitzt auf dem Boden und hat ihr Gesicht an der Schulter ihrer Mutter verborgen. Neben ihnen liegt Gösta Lilljeqvist auf dem Bauch. Er bewegt sich nicht mehr. In seinem Rücken steckt eine Spritze. Sie wurde tief eingestochen, und der Kolben ist komplett nach unten gedrückt.

54

Ich komme erst spät nach Hause, allerdings habe ich dieses Mal daran gedacht, vorher Bescheid zu sagen. Im Haus ist es still und dunkel. Ich hänge die Jacke am Garderobenständer auf, ziehe mir die Schuhe aus und gehe in die Küche. Hoffnungsvoll öffne ich den Kühlschrank und werde nicht enttäuscht: ein Teller mit Lachsterrine. Auf einem kleineren Teller daneben ein Stück Käsekuchen, in dem ein Zahnstocher mit einem gelben Fähnchen steckt: *Für den Sherlock von Lappeenranta und den Watson unserer Familie!* Daneben hat Janina ein winziges Männchen gemalt, dessen Schnurrbart dicht ist wie ein Fuchsschwanz und der wie Watson aussieht. Die Figur ist von einem Herzen eingeschlossen. Ich lächle und gehe mit beiden Tellern zum Sofatisch. Dann schalte ich den Fernseher ein und zappe durch die Kanäle, bis ich auf ein Basketballspiel stoße. Doch ich kann mich nicht konzentrieren.

Die offizielle Dienstzeit war längst überschritten, als wir an der Villa endlich fertig waren. Die Leiche von Matias Vasilkov hatten wir schnell gefunden. Danach hatte ich Degerman angerufen und ihm berichtet, was in seinem Feriendomizil geschehen war. Er reagierte heftig und wäre fast durchs Telefon gesprungen. Außerdem bestand er darauf, noch am selben Abend seine Aussage zu machen. Das haben Taina und ich übernommen. Ich bin tatsächlich überzeugt, dass der Oberbürgermeister mit den Machenschaften des Puppenhauses direkt nichts zu tun hatte, obwohl ich mir nur schwerlich vorstellen kann, dass er von gar nichts etwas gewusst haben soll. Und inwieweit genau Mikael Ahola darin verstrickt war, ist auch noch immer unklar. Auf jeden Fall hat er allen Grund, Degermans Zorn zu fürchten. Und Anneli wird auch ein Wörtchen zu sagen haben. Der Mann ist nicht zu beneiden.

Nachdem die Lage an der Villa geklärt war, hatten wir kurz Gelegenheit, mit Katia zu sprechen, bevor sie ins Krankenhaus gebracht wurde. Schon bei diesen wenigen Worten war festzustellen, dass sie ihrer Mutter sehr ähnlich ist. Nach allem, was sie durchgemacht hatte, noch dazu mit einer bandagierten Wunde an der Seite, ist es ihr irgendwie gelungen, Lilljeqvist dazu zu bringen, sie von den Fesseln zu befreien, und ihm die Spritze in den Rücken zu jagen. Eine beeindruckende Leistung. Doch damit ist es für Katia noch nicht vorüber, sie wird wohl lange an dem, was im Puppenhaus geschehen ist, zu tragen haben. Immerhin mangelt es ihr nicht an Haltung. Außerdem bin ich mir sicher, dass Lena sie nicht noch einmal alleine lässt.

Doch eigentlich sollte ich mir darüber keine Gedanken machen. Keine Arbeit zu Hause! Nicht mehr.

Ich bringe die leeren Teller in die Küche und schalte den Fernseher aus. Dann gehe ich in Richtung Schlafzimmer. Unterwegs werfe ich einen Blick in Janinas Zimmer. Sie schläft friedlich. Im Halbdunkel kann ich ihre weichen Gesichtszüge und die langen Haare auf dem Kopfkissen erkennen. Im Arm hält sie ihren Teddy, der ihr schon seit fast fünfzehn Jahren als Kuscheltier dient. Ich hatte ihn mal beim Glücksrad im Vergnügungspark Linnanmäki für sie gewonnen.

Der Anblick rührt mich, und ich habe einen Kloß im Hals. Das war heute ein außerordentlich aufwühlender Tag.

Bevor meine Emotionen allerdings überhandnehmen, gehe ich weiter ins Schlafzimmer. Pauliina schläft auch schon. Ich setze mich vorsichtig auf meine Seite des Bettes und horche in mich hinein. Die Müdigkeit ist gewaltig, der Kopf schwirrt mir von den vielen Ereignissen der letzten Tage. Aus Erfahrung weiß ich, dass ich erst in den frühen Morgenstunden Schlaf finden werde, wenn überhaupt. Also stehe ich noch einmal auf und gehe zu Pauliinas Nachttisch. Ich schnappe mir die Dose mit dem Schlafmittel, schüttele eine Tablette auf meine Hand und schlucke sie mit einem Schluck aus Pauliinas Wasserglas hinunter. So kann ich zumindest sicher sein, dass ich gleich einschlafen werde.

Das habe ich verdient.